ars vivendi®

GEORGE PELECANOS

PRISONERS

ROMAN

Aus dem amerikanischen Englisch von Karen Witthuhn

ars vivendi

Für Charles Willeford und Elmore Leonard

Der Verlag dankt Rowohlt für die freundliche Abdruckgenehmigung
der Passage aus Charles Portis, *True Grit*

Die Originalausgabe erschien 2018 unter dem Titel
The Man Who Came Uptown

Deutsche Originalausgabe
1. Auflage Juni 2019

www.arsvivendi.com

Druck: CPI books GmbH, Leck
Gedruckt auf holzfreiem Werkdruckpapier
der Papierfabrik Arctic Paper

MIX
Papier aus verantwortungsvollen Quellen
FSC® C083411

Printed in Germany

ISBN 978-3-7472-0011-7

Prisoners

ERSTER TEIL

1

WENN ANTONIUS an die Fehler dachte, die sie bei dem Raubüberfall gemacht hatten, standen die Kapuzenpullis ganz weit oben auf der Liste. Vier Männer in dicken, dunklen Sweatshirts fielen bei über dreißig Grad Hitze einfach auf. Vielleicht hatte der Mann vom Geldtransporter deshalb gleich auf sie geschossen, als er aus dem Drugstore kam. Und weil sie Waffen in der Hand hielten. Tja, wären sie nicht so zugekifft gewesen, hätten sie über die Sweatshirts vielleicht noch mal nachgedacht. Und über das Wunschkennzeichen am Fluchtwagen. Das stand auch weit oben auf der Liste.

Antonius, dem die Braids auf die Schultern fielen, lehnte sich zurück und sah den privaten Ermittler an, der ihm in dem verglasten Besprechungsraum gegenübersaß. Er selbst hockte mit dem Rücken zur beigen Wand auf dem Heißen Stuhl, der Häftlingen vorbehalten war. Da er zurzeit in Isolationshaft gehalten wurde, trug er Fußfesseln. Um sie herum befanden sich weitere Glaskästen, in denen Gefangene mit ihren Anwälten, Freundinnen, Müttern oder Ehefrauen sprachen. Ein Wachmann behielt von einem Büro aus alles im Blick. Für den Fall, dass es Ärger gab, war in jedem Glaskasten neben der Tür ein Alarmknopf angebracht. Manchmal wurden die Gespräche hitzig.

»Euch muss da auf dem Parkplatz doch heiß gewesen sein«, sagte der Ermittler. Er hieß Phil Ornazian.

Antonius musterte ihn. Ein Typ mit breiten Schultern, kurzem schwarzen Haar und grau gesprenkeltem Dreitagebart. Ungefähr Anfang vierzig. Am Finger ein Ehering. Sah mit seiner Hakennase und den großen braunen Augen irgendwie arabisch aus. Antonius hatte ihn bei ihrer ersten Begegnung für einen Moslem gehalten, tatsächlich aber war Ornazian irgendeine Art Christ. Er hatte mal erwähnt, er und seine Familie gingen in eine »apostolische« Kirche. Was auch immer das war.

»Sagen Sie bloß«, erwiderte Antonius. »Im August? In Washington?«

»Die Kapuzenpullis … wessen Idee war das?«

»Wessen Idee?«

»Auf dem Überwachungsvideo steht ihr Typen in Winterklamotten auf dem Parkplatz vor dem Drugstore, und die Leute laufen in T-Shirts, Poloshirts und kurzen Hosen an euch vorbei. Ich hab mich darüber gewundert. Und würde gern wissen, wer das für eine schlaue Idee gehalten hat?«

Es war Antonius' Busenfreund DeAndre gewesen, der darauf gedrungen hatte, dass sie mitten im Washingtoner Hochsommer schwarze Sweatshirts anzogen – die Kapuzen hochgeschlagen, um die Gesichter vor den Kameras auf dem Gebäude zu verbergen. DeAndre, der Vollidiot, der nie was hinkriegte. Der Typ würde sogar eine Geburtstagsparty bei Chuck E. Cheese's vermasseln.

»Weiß ich nicht mehr«, sagte Antonius.

Antonius wollte nicht bockig sein. Er wusste, dass Ornazian ihm helfen sollte. Sein Verteidiger wollte DeAndre als Boss und Entscheidungsträger der Gruppe darstellen und so Antonius vor Gericht zumindest teilweise entlasten. Ornazian arbeitete für Antonius' Anwalt Matthew Mirapaul und sollte den Dreck ausgraben, der ihm vor Gericht helfen würde. Aber Antonius würde seine Freunde nicht ans Messer liefern, obwohl DeAndre ihn und die anderen bereits verraten und reingeritten hatte. Er hielt sich an den Kodex.

»Okay«, sagte Ornazian. »Reden wir über Ihre Freundin.«

»Sherry.«

»Sie haben gesagt, Sie wären zum Zeitpunkt des Überfalls mit ihr zusammen gewesen.«

»Wir waren in meinem Wagen unterwegs. Sie hatte mich angerufen, ich sollte sie am Giant-Supermarkt an der Rhode Island Avenue im Northeast abholen, weil sie dort eine ganze Menge eingekauft hatte. Sie hat mich so gegen vierzehn Uhr angerufen, ich bin hingefahren und hab sie abgeholt, so gegen halb drei.«

»Warum war sie in einem Giant im Northeast, wenn es in Ihrer Gegend zwei Safeways gibt?«

»Sie mag den Giant.«

»Hat Sie jemand zusammen gesehen?«

»Nee. Glaube nicht. Aber, schauen Sie, wenn ich um halb drei mit ihr zusammen war, dann kann ich es nie im Leben bis drei Uhr quer durch die Stadt zur Georgia Avenue im Northwest geschafft haben, um bei dem Überfall dabei zu sein. Sie müssen sich nur die Anruflisten beschaffen, dann sehen Sie, dass sie mich um zwei angerufen hat. Das beweist, dass ich nicht dabei war.«

Ornazian sagte nichts. Natürlich bewies der Anruf nichts dergleichen. Sherry, die Freundin, hatte höchstwahrscheinlich tatsächlich wie angewiesen angerufen. Auch das war Teil des Plans gewesen. Kifferlogik, sich durch einen Anruf ein Alibi verschaffen zu wollen, gleichzeitig aber keinerlei Augenzeugen zu haben, die die Geschichte bestätigten. Denn es gab niemanden, der bezeugen konnte, dass Antonius und Sherry zur fraglichen Zeit zusammen gewesen waren.

Durch seine eigenen Ermittlungen, die der Staatsanwaltschaft und die Aufnahmen der Überwachungskameras am Parkplatz wusste Ornazian inzwischen Folgendes: Vor fast zwei Jahren hatte an einem heißen Hochsommertag ein bewaffneter Sicherheitsmann die Tageseinnahmen eines Rite-Aid-Drugstores an der oberen Georgia Avenue abgeholt und wollte das Gebäude mit den Stofftaschen in der Hand gerade wieder verlassen und zu dem gepanzerten Geldtransporter gehen, der draußen mit laufendem Motor stand.

Auf dem Parkplatz warteten vier Männer Anfang zwanzig, die sich die Kapuzen ihrer schwarzen Sweatshirts über den Kopf gezogen hatten und heftig schwitzten. Alle trugen halbautomatische Handfeuerwaffen bei sich. Der Fahrer des Geldtransporters hätte sie im Spiegel eigentlich sehen können, war aber abgelenkt, da er entgegen der Bestimmungen seines Arbeitgebers ein bei einem KFC/Taco Bell nahe der District Line erstandenes Mittagessen verzehrte.

Bei den Männern auf dem Parkplatz handelte es sich um Antonius Roberts, DeAndre Watkins, Rico Evans und Mike Young. Sie schlugen den Großteil ihrer Zeit im Keller von Antonius' Großmutter tot, die in Manor Park ein Haus besaß, in dem auch Antonius schlief. Dort rauchten sie große Mengen Marihuana, sahen sich im Fernsehen Dokumentationen über Verschwörungstheorien an, spielten Videospiele und nahmen schlecht produzierte Rapvideos auf, manchmal kurze Clips mit Box- oder Mixed-Martial-Arts-Kämpfen, obwohl sie davon keine Ahnung hatten.

Eines Nachmittags kam irgendwer auf die Idee, zum Drugstore an der Georgia zu fahren und auszuspionieren, wie dort die Abholung der Tageseinnahmen organisiert war. Das taten sie, als Death-Row-Rapper verkleidet, an mehreren aufeinanderfolgenden Tagen. Die Geldtaschen wurden immer von einem pummeligen Typen abgeholt, der nicht den Eindruck machte, als würde er Widerstand leisten, und nicht wirkte, als könnte er rennen oder einen Hechtsprung hinlegen. Wenn man dem eine Knarre vor die Nase hält, sagte DeAndre, was soll der schon machen?

Der Sicherheitsmann hieß Yohance Brown und war bei Weitem nicht so unbeholfen und wehrlos, wie er aussah. Brown war Ex-Soldat und hatte zwei kampfintensive Einsätze im Irak absolviert. Zwar hatte er seit seiner Rückkehr in die Heimat an Gewicht zugelegt, aber ein hilfloses Opfer war er nicht.

Am Tag des versuchten Raubüberfalls waren die vier Komplizen in zwei Autos eingetroffen.

Als Yohance Brown den geschützten Eingangsbereich des Drugstores zwischen zwei automatischen Glasschiebetüren betrat, sah er die vermummten Räuber auf dem Parkplatz stehen, high wie Revolverhelden in einem Italowestern, die 9-mm-Pistolen an die Oberschenkel gedrückt. Als einer von ihnen die Waffe hob, ließ Brown die Geldtaschen fallen, zog seine Glock, zielte mit ruhiger Hand und eröffnete das Feuer. Die Räuber rannten zu ihren Wagen und schossen über die Schulter hinweg in Richtung Eingang. Später fand man im Drugstore ein plattgedrücktes Projektil in einem Twinkie. Wie durch ein Wunder blieben alle Kunden unverletzt.

Einer der Räuber, Mike Young, wurde von Brown im Rücken getroffen und später von Rico Evans wie ein nasser Sack vor der Notaufnahme des Washington Hospital Centers aus dem Wagen geworfen. Evans hatte den einem Anwohner von Park View für den Anlass entwendeten Hyundai gefahren. Young überlebte.

Antonius und DeAndre waren in den alten Toyota Corolla gesprungen, der DeAndres Cousine Rhonda gehörte, und dann auf der Georgia Avenue in nördlicher Richtung davongerast. Verkehrskameras zeichneten das Nummernschild des Corolla auf, auf dem »Alize« stand, der Name eines cognachaltigen, in gewissen Stadtteilen beliebten Likörs. Polizisten unterschiedlicher Hautfarben und Herkunft sahen sich später auf dem Revier im Fourth District immer wieder die Videoaufnahmen an und lachten sich schlapp über die Idioten, die mit einem Wunschnummernschild auf Raubtour gegangen waren, und noch mehr über das Wort »Alize«. Alle Verdächtigen waren inzwischen verhaftet und eingebuchtet worden. DeAndre Watkins verriet für eine verminderte Anklage umgehend seine Freunde. Er befand sich derzeit im vierten Stock der Haftanstalt, in der Spezialabteilung, die von den Insassen »Rattenbunker« genannt wurde.

»Wie geht's Sherry?«, fragte Ornazian.

»Sie ist gerade ein bisschen sauer auf mich«, sagte Antonius. »Na ja, ich hab hier aus dem Knast dieses andere Mädchen angerufen, das ich kenne. Ich brauchte mal was Neues, Phil. Mit Sherry bin ich schon lange zusammen, das macht mich nicht mehr heiß. Sie wissen ja, wie das ist.«

»Sie hatten also Telefonsex mit einer Frau, die nicht Ihre Freundin ist.«

»Mhm.«

»Ich hab Ihnen schon mal gesagt, die Gefängnistelefone werden abgehört.«

»Ja, tja, Sie hatten recht. Die Feds haben mein Gespräch mit dem Mädchen aufgenommen und Sherry das Band vorgespielt, um sie wütend zu machen. Die wollen sie dazu bringen, gegen mich auszusagen. Dass ich beim Überfall dabei war.«

»Und?«

»Sherry war wütend wie ein tollwütiger Köter«, sagte Antonius. »Aber so ist sie eben. Die knickt nicht ein.«

Antonius war ein Mann, der Bedürfnisse hatte, vielleicht mehr als andere. Er sah gut aus und hatte Charisma, was ihm eher schadete als half. Zurzeit saß er in der Abteilung South I in Isolationshaft, als Strafe für eine sexuelle Beziehung zu einer Justizbeamtin. Die Häftlinge behaupteten, im ganzen Knast gebe es nur zwei Stellen, an denen man von Überwachungskameras unbeobachtet jemanden vögeln oder abstechen konnte. Antonius hatte gedacht, eine gefunden zu haben. Er hatte sich geirrt.

Ornazian fuhr seinen Laptop hoch, stellte ihn auf den Tisch, suchte etwas auf YouTube, wurde fündig und schob den Computer so herum, dass Antonius den Bildschirm sehen konnte. Ein Video lief an. Es zeigte Antonius, DeAndre und ein paar ihrer Freunde, die Blunts rauchten, sich mit nackten Oberkörpern ungelenk boxten und Champagner- und Cognacflaschen sowie diverse Schusswaffen schwenkten, darunter eine AK-47. Untermalt wurde die Szene von dem drittklassigen Rap, den sie gerade improvisierten. Antonius konnte sich ein leichtes Lächeln nicht verkneifen. Wehmütig dachte er an die Kameradschaft unter seinen Freunden und an die Freiheit zurück.

»Die Staatsanwaltschaft wird das hier vor Gericht vorspielen«, sagte Ornazian.

»Was hat das mit dem Überfall zu tun?«

»Nichts.«

»Die wollen mich nur fertigmachen.«

»Genau.«

Antonius schüttelte reumütig den Kopf. »Alle treten mir auf den Schwanz.«

Seine Chancen standen nicht gut. Er wartete seit dreiundzwanzig Monaten im Gefängnis auf seinen Prozess. Die Beweislage sprach eindeutig gegen ihn. Er musste mit zwölf Jahren Haft rechnen. Lorton, die städtische Vollzugsanstalt auf der anderen Flussseite, war vor langer Zeit geschlossen worden, also würde man ihn irgendwohin weit weg schicken.

»Wie kommen Sie mit der Isolationshaft klar?«

»Macht mir nichts aus«, sagte Antonius. »Ich hab meine eigene Zelle. Und meine Ruhe. Gibt mit niemandem Ärger oder so.«

»Kommen Sie da bald wieder raus?«

»Angeblich soll ich demnächst wieder in den normalen Vollzug verlegt werden.«

»Ich habe eine Bitte. Sind Sie in dieser Abteilung mal einem Typen namens Michael Hudson begegnet?«

Antonius überlegte. »Ich kenn einen Typen, der Hudson genannt wird. Nicht vom Quatschen, man nickt sich zu. Stiller, großer Typ, kurz geschorene Haare. Mittelbraune Haut.«

»Ist er glatt rasiert?«, fragte Ornazian, um Antonius zu testen.

»Nee, er trägt Bart. So nen Vollbart. Hab gehört, er sitzt, weil er einen Drogendealer abgezockt hat. Er wartet auf seine Verhandlung.«

»Das ist er«, sagte Ornazian. »Könnten Sie ihm eine Nachricht übermitteln, wenn Sie aus der Isolationshaft kommen?«

»Klar«, sagte Antonius. »Was soll ich ihm sagen?«

»Einfach nur: Phil Ornazian sagt, dass alles gut wird.«

»Geht klar.«

»Danke, Antonius. Tut mir leid, dass ich nicht mehr für Sie tun konnte.«

»Ist nicht Ihre Schuld. Sie haben's versucht.«

Ornazian streckte den Arm aus. Er und Antonius stießen die Fäuste zusammen.

2

MÄNNER IN orangenen Overalls warteten ordentlich aufgereiht vor einem in den Boden geschraubten Tisch, an dem eine junge Frau saß. Auf dem Tisch lagen ein Ausleihbuch der D.C. Public Library, ein Stapel Bibliothekskarten und ein Stift. Daneben stand ein Karren mit Regalbrettern voller Bücher. Die Zellentüren des allgemeinen Vollzugs waren von einem Beamten in der verglasten Zentrale, »Goldfischglas« genannt, per Knopfdruck geöffnet worden. Die beiden anderen Wärter trieben sich in der Abteilung herum und behielten das Geschehen gelangweilt und desinteressiert im Blick. Hohe Wachsamkeit war nicht vonnöten. Wenn die Bücherfrau da war, blieb es ruhig.

Die Frau am Tisch war die mobile Bibliothekarin der Haftanstalt. Die Männer nannten sie Anna oder, wenn sie gut erzogen waren, Miss Anna. Zur Arbeit kam sie ungeschminkt und trug praktische, unauffällige Kleidung. Ihre Haut war olivfarben, ihr Haar schwarz, die Augen hellgrün. Sie war vor Kurzem dreißig geworden und hielt sich mit Schwimmen und Radfahren fit. In der Haftanstalt verwendete sie ihren Mädchennamen, Kaplan. Draußen und auf ihrem Führerschein benutzte sie den Namen ihres Mannes, der Byrne lautete.

»Wie geht's Ihnen heute, Anna?«, fragte Donnell, ein hochgeschossener junger Mann mit schläfrigen Augen.

»Gut, Donnell. Und Ihnen?«

»Geht. Haben Sie das Lesebuch, nach dem ich gefragt hab?«

Anna suchte auf dem neben ihr stehenden Karren nach dem von Donnell gewünschten Buch und gab es ihm. Sie trug seinen Namen, den Buchtitel, seine Haft- und Zellennummern und das Rückgabedatum in das Ausleihbuch ein.

»Mit Dave Robicheaux kann es keiner aufnehmen«, sagte Donnell.

»Wie ich höre, ist er ziemlich unverwüstlich«, sagte Anna.

»Kann ich Sie was fragen?«

»Sicher.«

»Haben Sie auch Bücher, die, na ja, Frauen erklären?«

»Was meinen Sie mit *erklären*?«

»Ich hab da diese Freundin, ey, keine Ahnung. Ich kapier einfach nicht, was sie so denkt. Frauen können echt, so, mysteriös sein. Will sagen, können Sie mir da ein Buch empfehlen?«

»So was wie ein Handbuch?«

»Ja.«

»Vielleicht sollten Sie mal einen von einer Frau geschriebenen Roman lesen. Dann verstehen Sie besser, was im Kopf einer Frau vor sich geht.«

»Können Sie was empfehlen?«

»Ich denke drüber nach. Der Robicheaux muss nächste Woche zurückgegeben werden, wenn ich wieder da bin.«

»Was, wenn ich ihn bis dahin nicht durchhab?«

»Dann können Sie ihn um eine Woche verlängern.«

»Okay. Cool.«

Donnell ging. Der nächste Häftling trat an den Tisch.

»*Lorton Legends*«, sagte der Mann. Nach diesem Roman von Eyone Williams wurde oft gefragt, aber er war hinter Gittern nicht zugelassen. Er spielte im alten Gefängnis und auf den Straßen von D.C. »Ham Sie das?«

»Nein«, sagte Anna. »Haben Sie nicht letzte Woche schon danach gefragt?«

»Dachte, vielleicht ham Sie's seitdem reinbekommen.«

Laut Anweisung durften keine Bücher mit explizit sexuellem Inhalt oder Beschreibungen von Gewalt in die Gefängnisbibliothek aufgenommen werden. Manchmal schaffte es der eine oder andere Urban-Fiction-Roman über die Hürde, manchmal nicht. Auch Bücher, die abstruse Verschwörungstheorien verbreiteten, beispielsweise *Die Apokalyptischen Reiter* von Milton William Cooper oder *Die 48 Gesetze der Macht*, waren verboten, obwohl oft nach ihnen verlangt wurde. Die Vorgaben der D.C. Public Library für ihre Gefängnisabteilung zu Sexualität und Gewalt in Büchern waren ziemlich schwammig und wurden oft nicht umgesetzt. Ein paar Serienmörderthriller und Softerotikwerke hatten den Weg hinter Gitter gefunden. Anna hatte einmal gesehen, dass eine Gruppe von Häftlingen im Aufenthaltsraum eine DVD von *The Purge* schaute.

»Was ham Sie denn dann für mich?«, fragte der Mann. »Bloß nichts Langweiliges.«

Anna entdeckte auf ihrem Karren etwas von Nora Roberts, eine sehr produktive Autorin, die normalerweise gut ankam, gab dem Mann das Buch und begann, die Daten ins Ausleihbuch einzutragen.

»Von der hab ich schon mal eins gelesen.« Der Mann betrachtete das Cover. »Die ist cool. Das passt.«

Er wandte sich ab, und der nächste Mann trat an den Tisch. Er war groß, trug einen Vollbart und das Haar kurz. Außer seinen Lesevorlieben wusste Anna wenig über ihn. Er sah nett aus, war schlank und sprach mit unaufdringlichem Selbstvertrauen. Sein Name war Michael Hudson.

»Mr. Hudson.«

»Was haben Sie heute für mich, Miss Anna?«

Sie gab ihm zwei Bücher, die sie gestern Nachmittag für ihn ausgesucht hatte, eine Kurzgeschichtensammlung mit dem Titel *Kentucky Straight* und einen Sammelband mit zwei frühen Westernromanen von Elmore Leonard.

Die Gefangenen durften zwei Bücher pro Woche ausleihen. Anna gab Michael oft dicke Bücher oder Sammelausgaben, denn er schien sehr schnell zu lesen. Seit er im letzten Jahr eingesperrt worden war, hatte er sich zu einem regelrechten Bücherwurm entwickelt. Mit Vorliebe las er Geschichten, die abseits der Ostküstenstädte spielten.

Über Menschen, denen er in Washington bisher nicht begegnet war und die an Orten lebten, an denen er nie gewesen war. Nichts allzu Kompliziertes oder Abgehobenes. Er bevorzugte klar strukturierte und einfach erzählte Geschichten. Lesen machte ihm Spaß. Das war neu für Michael. Er wollte niemanden beeindrucken. Aber sein Geschmack entwickelte sich. Er lernte.

Er betrachtete die Cover und warf einen Blick auf den Klappentext von *Kentucky Straight.*

»Die Geschichten in dem Buch spielen hauptsächlich in den Appalachen«, sagte Anna.

»Also Bergmenschen«, sagte Michael.

»Ja. Der Autor ist dort aufgewachsen. Die Western werden Ihnen auch gefallen, glaube ich.«

»Ja, Leonard. Der Typ kann was.«

»Sie haben *Beute* gelesen. Einen seiner Krimis.«

»Ich erinner mich.« Michael sah ihr in die Augen. »Danke, Miss Anna.«

»Ich mache nur meinen Job.«

»Empfehlen Sie mir noch ein paar Titel. Für später.«

Als Michaels Interesse am Lesen gewachsen war, hatte er Anna gebeten, ihm Bücher zu nennen, die ihm gefallen könnten und die er später lesen wollte, entweder nach seiner Entlassung oder nach der Verlegung in ein Bundesgefängnis. Romane, die in ihrer Bibliothek nicht vorhanden oder als nicht geeignet für die Gefangenen eingestuft worden waren. Bücher, die sie für interessant für ihn hielt. Anna nannte ihm die Titel, er schrieb sie später auf und erzählte seiner Mutter davon, wenn sie zu Besuch kam. Seine Mutter war über seine neue Begeisterung für Bücher überrascht und erfreut gewesen.

»*Als kalt der Regen fiel*«, sagte Anna. »Von Don Carpenter. Und ein Kurzgeschichtenband namens *Was sie trugen* von Tim O'Brien. Der spielt in Vietnam, während des Kriegs.«

»*Als kalt der Regen fiel*, Carpenter«, wiederholte Michael. *»Was sie trugen.«*

»Tim O'Brien.«

»Merk ich mir.« Er stand da, als würde er auf etwas warten.

Der Mann hinter ihm sagte: »Scheiße, ich werd hier schon grau.«

»Sonst noch was?«, fragte Anna.

»Ich wollte nur sagen … bis ich hierhergekommen bin, hatte ich in meinem Leben noch kein Buch gelesen. Das wissen Sie, oder? Die Freude, die ich jetzt daran habe, das ist wegen Ihnen.«

»Sie können diese Bücher lesen, weil die Bibliothek von Washington vor zwei Jahren hier drin diese Zweigstelle eröffnet hat. Aber ich freue mich, dass Sie die Chance nutzen. Ich hoffe, die da gefallen Ihnen.«

»Ich sag's Ihnen dann.«

»Sie kommen nächste Woche zum Buchclub, ja?«

»Das *wissen* Sie doch«, sagte Michael.

»Dann sehen wir uns in der Kapelle.«

»Ja.«

Sie sah ihm nach, als er zu seiner Zelle ging. Er strich mit dem Daumen über den Umschlag eines der Bücher, als würde er etwas sehr Wertvolles polieren.

In der Haftanstalt gab es eine Jura-Bibliothek, welche die Gefangenen zur Vorbereitung auf ihre Verhandlungen nutzen konnten. Sie war Annas erste Arbeitsstelle im Gefängnis gewesen.

Die Jura-Bibliothek stand den Häftlingen jeder Abteilung zwei Stunden pro Woche zur Verfügung, den Insassen in Isolationshaft auf Antrag. Eine angestellte Bibliothekarin koordinierte alles, unterstützt von einem Assistenten, der Gefangener war und einen sehr begehrten, weil wenig anstrengenden Knastjob hatte. Die Insassen hatten Zugang zu Nachschlagewerken und LexisNexis-Archiven an den PCs, konnten aber nicht aufs Internet oder E-Mail-Programme zugreifen. Außerdem wurde die Jura-Bibliothek für Wahlen genutzt, zu denen nur die nicht bereits verurteilten Insassen zugelassen waren, und für schulische und akademische Prüfungen.

Die Gefängnisbücherei gehörte offiziell zur Stadtbibliothek von D.C., war aber keine normale Bücherei, denn die Gefangenen konnten nicht einfach kommen und die Regale durchstöbern. Irgendwann sollte das möglich gemacht werden, einstweilen wurden die Bücher aber auf Karren zu den Häftlingen gebracht.

Die Anstalt bestand aus fünfzehn Abteilungen. Die mobile Bibliothekarin besuchte drei pro Tag, jede einmal in der Woche. Zu den Abteilungen gehörten unter anderem die Schule, der allgemeine Vollzug, die Seniorenabteilung, psychische Auffälligkeiten, jugendliche Straftäter und Isolationshaft. Jede hatte ihre Besonderheiten und eigenen Bedürfnisse. Es gehörte zu Annas Job, diese Bedürfnisse beim Beladen ihrer Karren im Blick zu haben und aus den über dreitausend vorrätigen Titeln, die im Arbeitsraum gelagert wurden – ausschließlich Paperbacks –, die richtigen auszusuchen.

Um halb fünf war Feierabend. Anna war im Arbeitsraum und belud ihren Karren für die Seniorenabteilung, wo sie am folgenden Morgen erwartet wurde. Untergebracht waren dort vor allem Mehrfachtäter, Drogenabhängige oder Männer, die gegen ihre Bewährungsauflagen verstoßen hatten. Sie hatte ein paar der bei den Insassen beliebten Romane von Gillian Flynn und eine Handvoll frühe Stephen Kings herausgesucht. Alles von King war stark gefragt. Außerdem waren die Harry-Potter-Bände sehr populär.

Annas Assistentin Carmia, die unlängst an der University of the District of Columbia ihr Studium beendet hatte und in den Sozialsiedlungen im Southeast aufgewachsen war, stand neben ihr, blätterte jedes zurückgegebene Buch durch und suchte nach Kassibern und Schmuggelware. Aus Sicherheitsgründen durften die Bücher nicht von einem Gefangenen zum nächsten weitergegeben werden. Jedes Buch wurde überprüft und dann erst wieder ausgeliehen.

»Bist du fertig, Anna?«

»Ja.«

»Wir können zusammen rausgehen. Ich muss meine Jungs aus dem Kindergarten abholen.«

»Ich bin gleich so weit.«

Anna arbeitete schon seit einigen Jahren in der Haftanstalt, aber nicht immer in der jetzigen Position. Nach ihrem Studium am

Emerson College in Boston war sie ihrem Mann nach Washington gefolgt, der als Anwalt in einer Kanzlei angestellt war, und hatte ihren Master in Bibliothekswesen an der Catholic University gemacht. Zunächst hatte sie als Anwaltsarchivarin in einer Kanzlei an der H Street gearbeitet und war vor Langeweile fast umgekommen. Als sie die Stellenanzeige der Corrections Corporation of America gesehen hatte, mit der eine Jura-Bibliothekarin für das Zentralgefängnis von D.C. gesucht wurde, hatte sie sich beworben und war zu ihrer Überraschung sofort genommen worden.

Der Job hatte sie zum ersten Mal mit der Gefängnisrealität in Kontakt gebracht. Am Anfang war das eine aufwühlende Erfahrung gewesen, vor allem die Sicherheitsmaßnahmen und die deprimierende Endgültigkeit der sich schließenden Türen, der sich im Schloss drehenden Schlüssel und der scheppernden Sicherheitsschranken waren schwer zu ertragen. Doch schnell waren diese Prozeduren und Geräusche Routine geworden, und Anna hatte gemerkt, dass sie lieber mit Gefangenen als mit Anwälten zu tun hatte. Mit den Inhaftierten gab es keine Probleme, sie wussten, dass Anna da war, um ihnen zu helfen. Manchmal fand sie es verstörend, mit einem wegen Vergewaltigung oder Pädophilie verurteilten Mann zusammenzusitzen und ihn dabei zu unterstützen, seine Berufungschancen zu recherchieren. Aber bedroht fühlte sie sich nie. Eher unterfordert. Der Job war weder besonders kreativ noch erfüllend. Anna liebte Romane und hätte sich gerne mehr um Literatur und Leseförderung gekümmert. Als dann im Frühjahr 2015 die Stadtbibliothek eine Filiale in der Haftanstalt eröffnete, hatte sie sich auf die Bibliothekarsstelle beworben und sie bekommen.

»Bist du so weit?«, fragte Carmia, eine gläubige Christin mit hübschen braunen Augen und der Statur einer kleinen Rugbyspielerin.

Anna schaltete ihr Arbeitshandy aus, sammelte die paar Habseligkeiten ein, die sie mit ins Gefängnis gebracht hatte, und legte sie in eine durchsichtige Plastikhandtasche.

»Auf geht's.«

Auf dem Weg zum Gefängnisparkplatz begegneten Anna und Carmia Vollzugsbeamten, Besuchern, Verwaltungsangestellten und Polizisten, die ebenfalls zu ihren Autos wollten oder herumstanden, rauchten und über den Arbeitstag sprachen. Das Gefängnis lag an der 19th und D im Southeast, am östlichen Rand der Wohngegend Kingman Park. Alteingesessene Washingtoner kannten die Gegend hauptsächlich wegen des fünfundsiebzig Hektar großen Stadium-Armory Campus, der das Gefängnis, das ehemalige, jetzt zu einer riesigen Obdachlosenunterkunft umfunktionierte D.C. General Hospital und das geliebte RFK Stadium umfasste, in dem die Washington Redskins ihre ruhmreichen Zeiten erlebt hatten.

»Hab einen gesegneten Tag«, sagte Carmia und schloss ihren japanischen Wagen auf, den sie die nächsten fünf Jahre lang abbezahlen würde.

»Du auch«, sagte Anna und ging zu ihrem Auto, einem kastigen schwarz-beigen Mercury Mariner, dem inzwischen nicht mehr hergestellten Schwestermodell des Ford Escape. Es bot einen guten Überblick und erfüllte seinen Zweck als Stadtauto. Vor allem war es abbezahlt.

Ein kleiner Schwarm Möwen kam angesegelt und ließ sich auf dem Parkplatz nieder. Anna war manchmal immer noch überrascht, diese Vögel zu sehen, aber natürlich waren sie nur einen Steinwurf vom Anacostia River und nicht weit vom Potomac und der Chesapeake Bay entfernt.

Sie stieg in ihren Wagen und holte ihr Portemonnaie und das Privathandy aus dem Handschuhfach. Dann löste sie ihre Haarspange, ließ das Fenster auf der Fahrerseite herunter und genoss einen Moment lang die frische Luft und das Kreischen der Möwen.

3

PHIL ORNAZIAN trat aus seinem gepflegten Backsteinreihenhaus, das südöstlich vom Grant Circle in Petworth im 400er-Block der Taylor Street, Northwest, lag. Die Tür fiel zu und dämpfte das Kläffen der beiden Hunde, das Lachen seiner Söhne und die Stimme seiner Frau Sydney, die die Jungs gerade schalt, weil sie das Sofa als Trampolin benutzt oder einen Ball durchs Wohnzimmer geworfen hatten oder … irgendetwas anderes. Weil sie Kinder waren. Sie machten, was Kinder eben machen, und Sydney machte, was Mütter eben machen. Ornazian selbst vertrat die bequeme Haltung, dass seine Rolle darin bestand, für ein Dach über dem Kopf, bezahlte Stromrechnungen und einen vollen Kühlschrank zu sorgen. »Ich geh auf die Jagd«, lautete sein Standardspruch, wenn er das Haus verließ. »Damit Fleisch in die Höhle kommt.« Das war seine recht dreiste Rechtfertigung dafür, dass er so oft nicht zu Hause war.

Er stieg die Verandatreppe hinab und öffnete das Tor im Maschendrahtzaun, den er aufgestellt hatte, als sein ältester Sohn laufen gelernt hatte. Spielzeug, Bälle, ein Dreirad und ein Rad mit Stützrädern lagen im »Garten« verteilt, der hauptsächlich aus nackter Erde bestand. Ornazian konnte es nicht erwarten, in seinen Ford zu steigen, einen pechschwarzen 2013er Edge.

Männer wie er waren nur dann mit sich selbst im Reinen, wenn sie unterwegs waren. Das Büro – in seinem Fall waren das vor allem sein Wagen und die Straße – war viel geordneter und kontrollierbarer als sein Zuhause. Er liebte seine Frau und seine Kinder, hielt es aber für einen Mann unnatürlich und unproduktiv, im Haushalt zu arbeiten.

Sie hatten sich schon früh darauf geeinigt, dass Sydney die Kinder erziehen und er das Geld nach Hause bringen würde. Syd hatte keine bezahlte Stelle, arbeitete aber mindestens so hart wie jeder andere, den er kannte. Sie fühlte sich Karrierefrauen nicht unterlegen und wollte so viel Zeit mit ihren Kindern verbringen wie möglich, denn sie wusste, dass diese Phase im Leben relativ schnell unwiederbringlich vorbeigehen würde. Leider bedeutete das, dass sie auf Extrawünsche verzichten mussten und manchmal knapp bei Kasse waren. Aber Phil Ornazian war vor allem ein Macher. Wenn seine legale Tätigkeit als privater Ermittler mal wieder nicht genug einbrachte, improvisierte er.

»Hallo, Miss Mattie«, sagte er zu einer ältlichen Nachbarin, die ihre kleine, kurzhaarige Promenadenmischung ausführte, deren Fell grau geworden war. Beide bewegten sich sehr langsam vorwärts.

»Phillip«, sagte sie. »Auf dem Weg zur Arbeit?«

»Ja, Ma'am.«

Mattie Alston gehörte zu den wenigen verbliebenen Hausbesitzern, die schon ewig in der Gegend lebten. Viele der Häuser waren von den ursprünglichen Eigentümern mit riesigem Gewinn verkauft oder an die Erben vermacht worden, die entweder selbst eingezogen waren oder das Geld genommen und anderswo etwas gekauft hatten. Das war die gute Seite der Gentrifizierung. Alteingesessene Hausbesitzer konnten viel Geld bekommen, wenn sie wollten. Wer mietete, wurde dagegen normalerweise vertrieben und stand mit leeren Händen da.

Vor fünfzehn Jahren, als er noch Single gewesen war, hatte Ornazian das Haus billig erstanden. Seitdem hatte Petworth sich verändert, junge Collegeabsolventen waren hereingeströmt und hatten sich in den Teilen der Stadt niedergelassen, aus denen alteingesessene weiße Washingtoner einst geflohen waren. Wenn er jetzt verkaufte, würde er mindestens drei-, vierhunderttausend Dollar Gewinn machen. Aber wo sollte er hin?

Er stieg in seinen Ford, drückte auf den Zündungsknopf und hörte den Motor dröhnen. Mit seinen breiten Reifen, den Alufelgen und dem verlängerten Auspuff hatte dieses Sportmodell etwas mehr Feuer als ein normaler Edge und Pferdestärken wie ein Mustang GT. Ornazian war ein Autofreak und hatte das Gefühl, die Extrapower zu brauchen, sollte er mal in Schwierigkeiten geraten. So hatte er es seiner Frau erklärt. Wie alle Fahrzeuge, die er seit seiner Hochzeit angeschafft hatte, war auch dieses ein Wolf im Schafspelz.

»Was'n das?«, hatte Sidney mit ihrem britischen Proletarierakzent gefragt, als er damit nach Hause gekommen war, und ihn und den schwarzen SUV von der Betonveranda mit den Backsteinsäulen herab misstrauisch beäugt.

»Familienkutsche«, hatte Ornazian gesagt.

»Für die Familie von Dale Earnhardt Jr.«, hatte sie erwidert.

Ornazian nahm die Fifth Street Richtung Süden zum Park Place, fuhr hinter dem Soldier's Home entlang, dann am McMillan Reservoir vorbei und hinter der Howard University durch, vermied die verstopfte Georgia Avenue und kam über die Florida am westlichen Rand von Le Droit Park raus. Er wollte über die New York Avenue auf schnellstem Weg die Stadt verlassen. Er kannte die Nebenstraßen und Abkürzungen. Ein Navi oder irgendeine App brauchte er nicht. Er hatte sein ganzes Leben in D.C. verbracht.

Er fuhr in der Abenddämmerung von der 295 auf die Eastern Avenue ab, an der Ostgrenze von Maryland und D.C. entlang, überquerte die Minnesota Avenue, hielt sich links und bog nach Maryland ab.

Eine halbe Meile hinter der Stadtgrenze parkte er in einer heruntergekommenen Gegend von Prince George's County vor einem Gebäudekomplex aus Ziegelstein, der alles bot, was das Herz begehrte. Es gab ein Grillrestaurant mit Drive-Through, einen Club mit Tänzerinnen, einen Friseur, ein Pfandhaus, eine Scheckeinlösestelle und einen Spirituosenladen mit vergitterten Fenstern, neben dem sich das Büro eines Kautionsagenten befand, auf dessen Schild stand: »Ward Bonds – Kautionsagentur, rund um die Uhr zu Ihren

Diensten«. Unter den Worten prangte in großen Ziffern eine Telefonnummer.

Ornazian drückte auf die Klingel, blickte auf zu der an der Wand angebrachten Kamera und hörte ein Klicken. Er betrat eine Art Lobby mit einem kleinen Wartebereich, an dessen Ende man hinter einer schmutzigen Plexiglaswand verschwommen die Büroräume erkennen konnte. Kunden oder potenzielle Klienten mussten sich erst durch in das Plexiglas gebohrte Löcher anmelden, bevor sie eintreten durften. Das Ambiente war eine Mischung aus Bankschalter und chinesischem Imbiss.

Neben der Plexiglaswand befand sich eine Tür, die ebenfalls von innen geöffnet wurde. Ornazian kam an zumeist leeren Tischen vorbei. Nur drei waren besetzt, dort arbeiteten zwei Männer und eine Frau, alle etwa Mitte zwanzig, in Firmen-T-Shirts und Bürohosen. Der eine Mann nickte Ornazian zu. In einem verglasten Büro am anderen Ende des Raums saß Thaddeus Ward, Ende sechzig, breit gebaut und unverwüstlich, hinter seinem Schreibtisch. Er hatte schiefe Zähne und trug einen ordentlich gestutzten grauen Schnurrbart.

Bei Ornazians Anblick stand Ward auf, trat mit einem schnellen, geschmeidigen Schritt auf ihn zu und schüttelte ihm die Hand.

»Ist ne Weile her«, sagte Ward. »Du könntest mir ruhig öfter mal einen Besuch abstatten.«

»Ich bin nicht so oft in der Gegend. Als dein Büro noch in D.C. war, haben wir uns häufiger gesehen.«

»Da läuft das Kautionsgeschäft nicht mehr. Nur noch mit Flüchtigen. Die Kriminellen haben jetzt eine kautionslose Option. Ich *musste* nach Prince George rausziehen.«

»Weiß ich.«

»Du kommst nur vorbei, wenn du was willst«, sagte Ward.

»Ich wusste gar nicht, dass du so sensibel bist, Thaddeus. Soll ich dich in den Arm nehmen?«

»Wenn ich fummeln will, leg ich dich über den Tisch.«

»Sei doch nicht so ein Macho.«

»Aber ich bin froh, dass du angerufen hast. Ich kann ein bisschen Extrageld gebrauchen. Ich hab im Moment zu viele Leute auf der Lohnliste und nicht genug Arbeit.«

»Dann entlass ein paar.«

»Geht nicht. Sind Veteranen.«

»Siehst du? Du *bist* sensibel.«

»Fick dich, Mann.« Ward kehrte hinter den Schreibtisch zurück. »Lass mich nur Sharon Bescheid sagen, dass ich heute Abend unterwegs bin.«

Während Ward mit dem Handy seine Tochter anrief, betrachtete Ornazian die vielen Fotos in billigen Rahmen an der Wand, darunter mehrere von Ward und seinen Kameraden vor oder neben ihren Hütten im zentralen Hochland von Vietnam. Sie sahen wie Kinder aus, und viele waren nichts anderes gewesen. Ward selbst hatte gelogen und sich mit siebzehn freiwillig gemeldet. Auf einem Foto posierte er mit einem M60-Maschinengewehr in den Händen neben einer Fotocollage barbusiger Frauen. Die Bilder waren aus Zeitschriften ausgeschnitten und auf ein großes Stück Pappe geklebt worden. Andere Fotos zeigten Ward in der Uniform des Metropolitan Police Department oder in Zivil, wie er von einem Vorgesetzten in weißem Hemd eine Auszeichnung entgegennahm. Ward, der Jesse Jackson die Hand schüttelte. Ward mit den American-Football-Spielern Darrell Green und Art Monk. Und ein fehl am Platze wirkendes Bild eines Schwergewichtsboxchampions neben einem fast identisch aussehenden jüngeren Mann, der sein Sohn sein musste. Der Boxer trug den Weltmeistergürtel über seiner Anzughose. Der Sohn, ebenfalls ehemaliger Boxer, aber im Ring erfolglos, hatte die Hand auf die Schulter seines Vaters gelegt.

Ward beendete das Telefonat und gesellte sich zu Ornazian.

»Wie kommt das dahin?« Ornazian deutete auf das Vater-Sohn-Foto.

»Als ich noch bei der Sitte war, hab ich mal an der Ecke Fourteenth und R einen Massagesalon hochgehen lassen. Hab dort dieses Foto gefunden, Hochglanz, mit Widmung vom Sohn des Champions für das Etablissement. Man will ja niemanden in den Schmutz ziehen …«

»Du hast es an deine Ruhmeswand gehängt. Muss dir was bedeuten.«

»Es bringt mich zum Lachen«, sagte Ward. »Aber eigentlich erinnert es mich an die wilden alten Zeiten. Ich bin neulich mal die Fourteenth Street langgefahren. Weißt du, was da jetzt ist, wo der Massagesalon war? Ein Blumenladen.«

»Und? Das ist doch gut, oder?«

»Klar, eine gute Sache. Aber früher war noch alles möglich, wir hatten Spaß. Da gab's in den Siebzigern einen Typen, ein echter Revolverheld. Sein Straßenname war Red Fury. Hatte eine Freundin namens Coco, eine Puffmutter, die an der Fourteenth ihr Bordell betrieb. Hast du mal von Red gehört?«

»War vor meiner Zeit.«

»Ich könnte dir da Geschichten erzählen.«

»Wir werden heute Nacht stundenlang zusammenhocken. Erzähl's mir später.«

Sie gingen hinaus in das größere Büro, wo Ward Ornazian mit den drei Angestellten bekannt machte. Viel zu tun schienen sie nicht zu haben. Einer der beiden Männer, Jake, muskulöse Schultern und Stiernacken, sah Ornazian kaum an. Der andere stellte sich als Esteban vor, war höflich und schüttelte Ornazian fest die Hand. Die Frau, Genesis, hatte den intelligentesten, wachsamsten Blick von allen. Sie trug ein Basecap und einen Ring mit einem sehr kleinen Diamanten.

»Einer von euch besetzt heute Nacht das Telefon«, sagte Ward. »Mir egal, wer. Macht das unter euch aus. Ich melde mich zwischendurch.«

Als sie aus dem Büro traten, war bereits die Nacht hereingebrochen. Hinter dem Gebäude hatte Ward drei schwarze Wagen stehen: zwei Lincoln Marks und einen alten, aber erstklassigen Crown Victoria. Ward hatte seinen Geschäftsbereich ausgedehnt. Neben Kautionsangelegenheiten und der Verfolgung von Kautionsflüchtigen stellte er auch Sicherheitspersonal und Fahrer/Bodyguards für Prominente, Würdenträger und Möchtegernpromis, die nach D.C. kamen.

Auf dem Weg zu den Wagen fragte Ornazian: »Was ist mit dem stillen Typen dadrin los?«

»Jake war auf Kampfeinsatz im Irak und hat sich noch einen Nachschlag in Afghanistan geholt. Er ist so auf Medikamenten, dass ich ihn auf der Straße nicht brauchen kann. Ich behalte ihn im Büro, wo er das Telefon besetzt und Klienten weiterleitet. Er ist der Stubentiger.«

»Und der andere Typ?«

»Esteban. Das ist ›Stephen‹ auf Spanisch.«

»Was du nicht sagst.«

»Ich mein ja bloß. Marine Corps. Befolgt Befehle aufs Wort und will immer gefallen.«

»Und die Frau?«

»Nationalgarde, aber lass dich davon nicht täuschen. Sie hat Security für Konvois gemacht. Ist direkt ins Feuer gegangen, wenn die Soldaten und Marines in der Klemme steckten. Ich hab mit ihrem Commander gesprochen, der meinte, das Mädel ist zäh. Aber sie wird nicht lange bei mir bleiben. Sie beendet gerade das College, was ihr der Staat als Veteranin bezahlt, dann will sie Jura studieren.«

»Ist doch gut für sie.«

»Hätte ich auch tun sollen, wenn ich den nötigen Grips gehabt hätte. Hab ich aber nicht. Nicht ansatzweise.« Er zeigte auf den Crown Vic. »Lass uns den Kleinwagen nehmen. Er ist vollgeladen.«

Als sie vom Parkplatz fuhren, nickte Ward in Richtung Büroschild. »Hab den Firmennamen geändert, hast du gesehen? Früher stand da ›Ward Bail Bonds‹, jetzt nur noch ›Ward Bonds‹. Clever, findest du nicht?«

»Wieso ist das clever?«

»Ward Bond. Der Schauspieler?«

»Sagt mir nichts. Ist der aus der Stummfilmzeit oder so?«

»Witzig. Das war so ein Riesenkerl, Charakterdarsteller. Hat in den meisten Filmen von John Wayne mitgespielt.«

»Ich kenn nur *Lil* Wayne«, sagte Ornazian.

»Jetzt bist du albern«, sagte Ward.

An der lärmenden Kreuzung New York Avenue und Bladensburg Road, nahe dem National Arboretum und dem größten Tierheim der Stadt, hatten sich schon vor Jahren diverse Hotels und Motels angesiedelt. Sie boten Menschen auf Stütze, Drogenabhängigen, geizigen Ehebrechern, Abgehängten, Trinkern mit Todeswunsch und ahnungslosen Touristen, die online eine billige Unterkunft mit guter Busanbindung zu den Monumenten, Museen und in die Innenstadt gebucht hatten, eine Herberge. Die Motels waren außerdem bekannt als Arbeitsort von Prostituierten und Zuhältern, aber diese Aktivitäten waren zurückgestutzt worden. Jetzt wurden die Zimmer größtenteils von obdachlosen Familien bewohnt, die die Stadtverwaltung hier untergebracht hatte. Private bewaffnete Sicherheitsleute streiften über die Parkplätze und hielten ein Auge auf das Kommen und Gehen der Bewohner.

Neben einem der Motels lag ein großes China-Restaurant. Die miese Lage und das billige Ambiente sorgten dafür, dass es sich nicht zu einem Ausflugsziel für anspruchsvolle Washingtoner entwickelte, aber für Gourmets, denen das Verkehrschaos und der Gestank auf der NYA nichts ausmachte, war es ein Geheimtipp.

Ornazian und Ward saßen an einem Vierertisch, aßen und planten. Die Küche war auf die Sichuan-Küche aus der Provinz Shaanxi spezialisiert. Das Essen war großartig.

»Reich mal die Lauchzwiebelpfannkuchen rüber, Mann«, sagte Ward.

Ornazian schob ihm den Teller hin. Auf dem Tisch standen außerdem Schüsseln mit von Minute zu Minute kleiner werdenden Portionen Rou Ga Mo, der chinesischen Variante des Hamburgers, Kreuzkümmellamm am Spieß, würzigen Vermicelli und Teigtaschen mit scharfer Sauce. Sie gönnten sich ein Festmahl.

Ward schluckte und schloss verzückt die Augen. »Du willst mich wohl verwöhnen, Bruder.«

»Möglich.«

Ward öffnete die Augen. »Hast du mich absichtlich hierhergebracht? So als Vorspiel?«

»Ich habe dich wegen des Essens in dieses Restaurant mitgenommen. Und du hättest es mittlerweile echt schwer, hier irgendwo einen Zuhälter zu finden.«

»Stimmt.« Ward sagte es fast mit Bedauern. »Die Spielregeln haben sich geändert. Das meiste läuft jetzt online ab.«

»Man geht ins Internet und sucht sich ein Mädchen aus, bestellt es sich nach Hause oder fährt direkt hin. Man muss nicht mehr die Straßen absuchen. Einfacher als eine Tischreservierung.«

»Die Cops haben damit viele Freier abgegriffen. Haben sie mit Onlinewerbung in die Hotels gelockt.«

»Ein paar sind verhaftet worden, ja. Aber Prostitution läuft immer.«

»Ich weiß noch, wie es in D.C. früher überall diese asiatischen Massagesalons gab.«

»Die Polizei hat sich die Vermieter vorgenommen. Fast alle Massagesalons sind inzwischen geschlossen. Die Asienläden sind jetzt nach Northern Virginia gezogen.« Ornazian spießte eine Teigtasche auf und hob sie auf seinen Teller. »Jetzt haben die Latinos die Puffs im Griff. Bleibt nur noch der Straßenstrich. Logan Circle ist immer noch ein heißes Pflaster, wird aber weniger. Die Mädchen arbeiten am Abend in den Clubs und gehen später in die Hotels. Wenn es dämmert, sieht man ein paar an den Ecken stehen. Aber es ist nicht mehr wie früher.«

»In vielen Onlineanzeigen steht ›Kein Zuhälter‹.«

»Das ist meistens Bullshit«, sagte Ornazian. »Es sind immer noch jede Menge Zuhälter im Spiel. Das steht da nur, damit die Freier nicht abgeschreckt werden.«

»Erzähl mal von dem, den du dir vorknöpfen willst.«

»Dazu kommen wir noch. Erst mal genießen wir unser Essen. Bestell noch was, wenn du willst. Nimm die schwarzen Bohnen mit Aubergine, die sind himmlisch.«

»Würde ich ja, aber der Kellner versteht kein Wort Englisch. Kommunikation ist in dem Laden nicht leicht.«

»Hast du schon mal versucht, Chinesisch zu lernen?«

»Warum sollte ich?«

»Zeig einfach auf das Foto in der Karte. Dafür sind die da.«

»Ich sollte eigentlich nichts mehr essen. Aber okay.«

Ward hob die Hand und versuchte, den Kellner auf sich aufmerksam zu machen. Ornazian schrieb seiner Frau eine SMS und riet ihr, ins Bett zu gehen. Sie würden sich am Morgen sehen.

4

SIE FUHREN in den alten Wohnbezirk von Beltsville in Maryland und parkten zwischen der Route 1 und der Rhode Island Avenue unweit eines maroden Trailerparks, in dem sich nur wenig regte. Vor jedem Trailer standen drei oder vier Autos oder Trucks. Einige wurden gerade repariert, andere waren von Unkraut überwuchert und seit Jahren nicht mehr fahrtüchtig. Eine dem Staat gehörende Brache wurde als Durchgang zur Wohnsiedlung genutzt. Auch dort war lange nichts mehr gemacht worden. Umgestürzte Bäume blockierten den Weg.

»Da wohnt er«, sagte Ornazian und deutete auf ein Haus am Rand der Brache.

»Wo der Carport steht?«, fragte Ward. »Das ist so eine Ghettoscheiße. Überall sonst würden die Nachbarn dem Kerl das Ordnungsamt auf den Hals hetzen.«

Es handelte sich um ein ebenerdiges Haus mit einem Seitenanbau, der, wie in Baltimore üblich, mit Kunststein verkleidet war. Das eigentliche Gebäude war mit Asbestschindeln versehen, von denen einige abgefallen waren, und darunter zeigte sich Teerpappe. Der Carport bestand aus einem verrosteten Dach auf vier Pfosten über der Einfahrt. Ein Fahrzeug war nicht darunter.

»Zu meiner Zeit hatten die Zuhälter mehr Stolz«, sagte Ward. »Auch wenn die nie viel Geld hatten. Das meiste haben sie für Autos und Klamotten rausgehauen. Es war alles nur Show.«

»Es ist klüger, keine Show abzuziehen.«

»Wie bist du auf ihn gekommen?«

»Ich hab mit einem Mädchen geredet; nennt sich Monique. Hab ihr mal einen Gefallen getan. Ein Stammfreier hatte sie betrogen. Sie war ein paarmal wegen Prostitution hochgenommen worden und hat mich bei Gericht gesehen.«

»Du hast den Freier aufgetrieben.«

»War nicht schwer. Sie hat den Typen immer im selben Hotel getroffen, eins von den neuen Boutiquedingern, in der Nähe vom Weißen Haus. Er hat dort jedes Mal den Parkservice benutzt. Ich hab dem Servicemann ein bisschen was zugesteckt und dafür das Kennzeichen bekommen. Damit bin ich an seine Adresse gekommen. Verheiratet, Kinder, war klar. Finanzchef bei irgendeiner Technikfirma.«

»Du hast ihn erpresst«, sagte Ward.

»Er hätte meine Freundin nicht betrügen sollen.«

»Und Monique hat dir jetzt den Zuhälter geliefert.«

»Ich hab sie gefragt, was draußen so los ist. Du als Ex-Cop weißt, dass Prostituierte die besten Informanten sind. Sind die ganze Nacht unterwegs. Die sehen alles.«

»Stimmt.«

»Monique hat mir von diesem Zuhälter erzählt, den sie mal hatte. Nennt sich Theodore.«

»Kein sehr cooler Name für einen Player.«

»Doch, ist es«, sagte Ornazian, dessen Steckenpferd die Herkunft von Worten war. »Das kommt aus dem Griechischen. ›Theo‹ bedeutet ›Gott‹ und ›thoro‹ ›Geschenk‹. Gottesgeschenk. Kapiert?«

»Bist du irgendwie Linguist?«

Ornazian grinste. »Cunnilinguist.«

»Erzähl weiter, Mann.«

»Theodore hat konstant drei Frauen auf dem Strich. Wenn sie wegwollen oder nichts verdienen, lässt er sie gehen. Sein Motto ist, es kommen immer welche nach. Er ist kein Brutalozuhälter, hält nichts von Gewalt. Er kifft gern, die Mädchen auch, aber er versucht nicht, sie auf härtere Drogen zu kriegen. Er holt sich Mädchen, die Probleme haben, Probleme zu Hause, mit den Eltern, so was. Hört ihnen zu. Sie werden seine Geliebten. Er kauft ihnen Geschenke. Bringt sie anständig unter. Und dann sagt er: ›All das kostet Geld. Du musst was *beitragen*, Mädel. Sei mal nett zu dem Mann da, und hilf mir ein bisschen. Und zu dem Mann da auch.‹ So läuft das. Er nimmt das Geld, das sie verdienen. Sie kriegen nichts davon ab, aber er kümmert sich um all ihre Bedürfnisse.«

»*Theodore*«, sagte Ward.

Er sprach den Namen voller Hass aus. Das war einer der vielen Gründe, warum Ornazian ihn heute Nacht dazugeholt hatte.

»Mach ein Nickerchen«, sagte Ornazian. »Er kommt frühestens in einer Stunde nach Hause.«

»Woher weißt du das?«

»Ich hab diese Woche schon drei Nächte hier verbracht. Der Mann ist ein Gewohnheitstier, wie jeder andere auch.«

»Ich mein, woher weißt du, was er hat?«

»Er hat drei Frauen am Laufen. Monique sagt, jede verdient am Wochenende etwa tausend pro Nacht. Schlag drauf, was er wahrscheinlich zu Hause aufbewahrt, dann ergibt das einen hübschen Zahltag. Der Typ macht im Jahr einige Hunderttausend in bar. Jede Wette, ein Haufen davon liegt in seiner Bude rum.«

»Schnappen wir ihn uns, bevor er reingeht?«

»Nein. Das Fenster gleich drüben rechts am Haus, das ist das Badezimmer. Wenn er nach Hause kommt, geht da jeden Abend das Licht an, und dann beschlägt das Fenster.«

»Aha. Der Mann duscht gern vor dem Schlafengehen.«

Ornazian machte es sich im Sitz bequem. »Schlaf ein bisschen, Thaddeus.«

»Ich muss pinkeln.«

»Hinter deinem Sitz liegt eine leere Milchpackung.«

»Ich kann nicht, wenn du zuguckst.«

»Ich schau weg.«

Ward warf Ornazian einen Seitenblick zu. »Könntest du ein bisschen daran ziehen?«

»Nur wenn du dann die Klappe hältst.«

Gegen drei Uhr morgens fuhr Theodore seinen Chrysler 300 unter den Billigcarport und stellte den Motor ab. Er verließ die schwarze, an die TV-Serie *Green Hornet* erinnernde Limousine und ging zu seinem Haus. Er war sehr dünn und hochgewachsen, sein Haar war zu Braids geflochten. Über einem rot karierten Flanellhemd trug er eine Daunenweste, an den Taschen seiner Jeans glitzerten Ziernähte, und er hatte Timberlands an.

»Sieht mir nicht nach nem Frauenschwarm aus«, sagte Ward.

»Das ist der Zuhälter von heute«, sagte Ornazian. »Willst du wissen, wo man Typen in extravaganten Klamotten mit Gehstöcken und dem ganzen Scheiß noch findet? An Halloween und bei Kostümpartys.«

Als Theodore auf die Stufe vor der Tür trat, ging automatisch das Licht an.

»Hat er hinten am Haus auch Bewegungsmelder?«

»Ja«, sagte Ornazian. »Egal. Dahinter beginnt der Wald. Außerdem werden wir im Handumdrehen drin sein.«

»Gibt's Hunde?«

»Keine Hunde.«

»Ich will keinem Hund wehtun müssen.«

»Ich bin x-mal ums Haus rumgeschlichen. Er hat keine Hunde. Vertrau mir.« Als Theodore das Haus betreten und die Tür hinter sich geschlossen hatte, sagte Ornazian: »Okay.«

Ward hatte das Innenlicht des Wagens ausgeschaltet. Sie stiegen im Dunkeln aus, Ward öffnete den Kofferraum und knipste die Mini-Maglite an, die er aus der Jacke geholt hatte. Er steckte sich die Lampe zwischen die Zähne und beleuchtete das Innere des Kofferraums.

Dort lagen ein ganzes Waffenarsenal, Munition, Fesseln und andere für ihre Zwecke nützliche Dinge. Ornazian und Ward zogen sich gepuderte Nitrilhandschuhe über die Hände, wie sie von Automechanikern benutzt werden. Ward wickelte ein 12-Kaliber Remington Pump-Action-Gewehr aus einer Decke, dann holte er eine Glock aus einem Kasten, zog das Magazin heraus, überprüfte die Munition und schob das Magazin wieder in die Waffe. Die Remington 870 und die Glock 17 wurden häufig von der Polizei verwendet. Ward sicherte die Pistole und steckte sie in seinen Hosenbund.

»Die Special ist für dich«, sagte er und deutete mit einem Nicken auf einen .38er Revolver, ein Nachfolgemodell der Waffe, die Ward in seiner Anfangszeit beim Metropolitan Police Department getragen hatte.

»Du weißt, dass ich keine will«, sagte Ornazian.

»Reine Show«, sagte Ward.

Ornazian klappte den Zylinder der .38er auf und sah, dass sie geladen war. Er schob die Waffe in die Seitentasche seiner Sportjacke, nahm dann einen Teleskopschlagstock aus einem großen Metallkasten und steckte ihn in die hintere Tasche seiner Jeans. Ward hielt ihm eine Packung mit Nylonstrümpfen hin, und sie zogen sich beide einen übers Gesicht. Zu guter Letzt steckte Ward noch Kabelbinder verschiedener Längen in seine Jacke, nahm das Gewehr und schloss den Kofferraum. Dann nickte er Ornazian zu.

Sie liefen am Haus entlang, in dem ein Licht nach dem anderen anging, warteten einige Minuten, bis es im Bad hell wurde und dann das Rauschen in den Leitungen und das leise Prasseln eines Duschstrahls zu hören waren. Ward folgte Ornazian ums Haus herum nach hinten, wo automatisch das Licht ansprang. Ornazian ließ sich davon nicht stören, schlug gelassen das Fenster in der Hintertür ein, griff hindurch, löste innen den Riegel und öffnete die Tür. Sie traten ein.

Durch eine muffige Küche gelangten sie in ein Wohnzimmer mit einem Großbildfernseher, einem Tisch mit Spielkonsolencontrollern und Pornoheften sowie einer großen Ledergarnitur. Das Haus stank nach alten Zigaretten und starkem Marihuana.

Vom Flur führten mehrere Zimmer ab, am Ende lag das Badezimmer, hinter dessen geschlossener Tür Theodore duschte. Ornazian durchsuchte die Zimmer, Ward hielt mit dem Gewehr im Arm im Flur Wache.

Ornazian fand Theodores Schlafzimmer und knipste die Nachttischlampe an. Die obere Schublade des Nachttisches war abschließbar. Auf einer Kommode hing ein Smartphone am Ladekabel. Außerdem stand da ein Holzstuhl, den Theodore wahrscheinlich benutzte, um Socken und Schuhe anzuziehen. In einem offenen Einbauschrank hingen zahlreiche Hemden ordentlich zugeknöpft an einer Holzstange. Auf dem Boden des Schranks standen Nike Sneakers sowie Timberland- und Nike-Stiefel paarweise auf ihren dazugehörigen Schuhkartons.

Kurz darauf wurde die Dusche abgestellt. Ward richtete das Gewehr auf die Badezimmertür, den Kolben in die Schulter gedrückt, den Finger am Abzug. Theodore kam tropfnass aus dem Bad, um die Hüfte ein Handtuch.

»Scheiße, was ist denn hier los«, sagte er beim Anblick des Mannes, der vor ihm im Flur stand und eine Waffe auf ihn gerichtet hatte.

Ward lud das Gewehr dramatisch durch. »Keinen blassen Schimmer, wie?«

»Du willst mich ausrauben«, sagte Theodore. Es war keine Frage. Er bemühte sich, cool zu bleiben, doch aus seinem Gesicht war die Farbe gewichen.

»Genau.« Ward deutete mit dem Kopf auf das Schlafzimmer. »Da rein.«

Theodore gehorchte, und Ward folgte ihm. Ornazian hatte die .38er gezogen.

»Lass das Handtuch fallen«, sagte Ward. Als Theodore sich nicht rührte, sagte er: »Runter damit.«

Theodore löste das Handtuch, ließ es zu Boden fallen und stand nackt vor den bewaffneten Männern. Er hatte eine Hühnerbrust und kaum Muskeln.

»Für einen Mann, der Frauen hält«, sagte Ward, »machst du nicht viel her.«

In Wahrheit war mit Theodore nichts verkehrt. Er war ein ganzer Kerl, mehr oder weniger. Aber Ward wusste, dass ein nackter Mann ein verletzlicher Mann war. Und er zog ihn einfach weiter aus.

»Setz dich auf den Stuhl da«, sagte er. Und zu Ornazian: »Behalt ihn im Visier.«

Theodore setzte sich auf den Holzstuhl, Ornazian hielt ihn in Schach. Ward legte das Gewehr weg und fesselte Theodores Hände mit Kabelbindern vor dem Körper und seine Füße an die Stuhlbeine.

Ward sah Ornazian an, der ihm stumm zu verstehen gab: *Mach weiter.* So hatten sie es im Wagen abgesprochen. Ward hatte in Vietnam Gefangene vernommen und unzählige Verdächtige auf Polizeirevieren im ganzen District verhört, vermutlich häufig mit fragwürdigen Methoden. Ward hatte Erfahrung. Ornazian ließ ihm gern den Vortritt.

»Der Nachttisch da lässt sich abschließen, wie ich sehe«, sagte Ward. »Wo ist der Schlüssel?«

»In der Schublade darunter«, sagte Theodore.

»Aber sicher«, sagte Ward. Er wusste, dass alle Menschen, ob kriminell oder nicht, ihr Geld und ihre Wertsachen im Schlafzimmer aufbewahren, in Reichweite.

Ward zog die untere Schublade auf und sah Kondome, Gleitgel, Kleingeld und einen in ein Stück Papiertuch eingewickelten Schlüssel, mit dem er die obere Schublade aufschloss. Dort lagen eine halbautomatische Beretta, ein Ersatzmagazin sowie mit Gummibändern zusammengehaltene Geldbündel. Ward steckte die Waffe und das Magazin ein und warf die Geldbündel auf das Bett.

»Wo ist der Rest vom Geld?«, fragte er.

»Das ist alles.« Theodore starrte geradeaus.

Ward ging zum Schrank, schob die Hemden beiseite und sah dahinter nach. Dann kniete er sich hin und überprüfte die Schuhkartons. Alle passten zu den jeweiligen Schuhen. Doch da war auch ein nagelneues Paar Jordans, das auf einem Karton der Marke Stacey Adams stand. Ward zog den Karton heraus und schaute hinein. Mehr Geld. Ganze Bündel.

»Ihr wollt mich wohl bankrott machen«, sagte Theodore.

»Ist das jetzt alles?«

»Ihr nehmt mich aus.«

»Du verdienst so viel Kohle, und das soll alles sein?«

»Ich hab Unkosten«, sagte Theodore.

»Das Klagelied der Zuhälter«, sagte Ward.

Er nahm das Geld vom Bett und legte es zu dem im Stacey-Adams-Karton. Dann ging er zur Kommode, zog das iPhone vom Kabel und ließ es Theodore in den Schoß fallen. Es rutschte vom Oberschenkel ab und fiel zu Boden.

»Wenn wir weg sind«, sagte Ward, »kannst du dir überlegen, wie du das Handy aufheben und eins von deinen Mädchen oder wen auch immer anrufen kannst. Irgendwo in diesem Saustall hier steht bestimmt ein Werkzeugkasten. Irgendwer kann dich dann losschneiden.«

»Euch mache ich fertig.«

»Schnauze. Ich sag dir jetzt, wie's läuft.« Ward gab Ornazian den Schuhkarton und hob das Gewehr auf. »Du wirst das Ganze vergessen. Ich rate dir, kleb ein Pflaster auf deinen Stolz und vergiss es. Wenn du versuchst rauszufinden, wer wir sind, wenn du deine Nachbarn fragst, ob ihnen heute Nacht draußen ein Wagen aufgefallen ist, irgend so was … wenn ich irgendwie Ärger bekomme, wenn ich eingebuchtet werde, selbst wenn ich eines natürlichen Todes sterben sollte – dann kommt eines Nachts jemand aus dem Dunkeln und bringt dich um. Hast du kapiert, Theodore?«

»Ich hab kapiert, dass ihr euch mit dem Falschen angelegt habt.«

»Ich dachte, ich hätte gesagt: Schnauze halten.«

»Fick dich, alter Mann.«

Ward drehte das Gewehr um und holte aus. Ornazian wandte den Blick ab.

Sie fuhren auf der Route 1 südwärts und hielten an einem IHOP-Restaurant in College Park, wo sie in Gesellschaft von Nachtgestalten und Studierenden der University of Maryland frühstückten, die ihren Suff- oder Dopehunger stillten. Als sie wieder im Wagen saßen, zählte Ornazian im Schutz des Armaturenbretts das Geld.

»Etwa achttausend für jeden«, sagte er und gab Ward den Schuhkarton. »Nach Abzug meiner Unkosten. Ich gebe Monique tausend Dollar ab.«

»Was gibst du ihr sonst noch?«

»Wie bitte?«

»Gibst du's ihr in den Arsch?«

Ornazian schüttelte den Kopf. »Ich bin verheiratet.«

»Mr. Treue Seele«, sagte Ward. »Ruf an, wenn du wieder was hast. Das war leicht verdientes Geld.«

»Das sind vier Ratenzahlungen aufs Haus«, sagte Ornazian. »Darum geht es mir.«

»Nicht nur. Du machst das gern. Vor allem, wenn wir dabei wen retten können. Wie die Frau und ihre Kinder, die von dieser Gang an der Kennedy Street gekidnappt wurden. Du warst richtig heiß darauf.«

»Du auch.«

»Wenigstens geb ich's zu«, sagte Ward.

»Es war ein Job.«

»Nee, Phil. Ich hab Typen wie dich in Vietnam erlebt. Die hatten alle diesen Heldentick. Konnten einfach den Ball nicht flach halten, selbst wenn sie es besser wussten. Immer mitten rein in die Action. Und einige sind dabei draufgegangen.«

»So bin ich nicht.«

»Nein?«

»Ich versuche nur, für meine Familie zu sorgen.«

»Das heute Nacht hat dir keinen Spaß gemacht?«

»Nicht so wie dir.«

»Meinst du Theodore? Glaubst du, ich hab das genossen?«

»Ein bisschen«, sagte Ornazian.

»Es ging um Respekt. Ich hatte ihm gesagt, er soll das Maul halten. Der Typ hat's einfach nicht geblickt.«

Ward ließ den Wagen an. Sie fuhren zurück ins Northeast, schweigend, ohne dass die Stille im Mindesten unangenehm gewesen wäre, wie sie es bei Männern manchmal ist. Ornazian dachte an seine Frau und Kinder. Ward war später mit seiner Tochter zum Essen verabredet. Er würde was nach Hause bestellen. Vielleicht würden sie sich im Fernsehen ein Spiel ansehen.

5

DIE TREFFEN des Buchclubs fanden in der Gefängniskapelle statt und standen dem allgemeinen Vollzug und der Seniorenabteilung offen. Die ersten zehn Gefangenen, die sich anmeldeten, durften teilnehmen. Die Treffen dauerten zwischen sechzig und neunzig Minuten und waren immer voll besetzt. Nicht alle Teilnehmer waren Leseratten, aber der Buchclub brachte etwas Abwechslung in die öde Knastroutine. Sobald ein Buch bekannt gegeben wurde, hatten die Insassen drei Wochen Zeit, um es zu lesen. Die Treffen wurden von Anna geleitet, der Gefängnisbibliothekarin.

Anna bereitete zu jedem Buch eine Lektürehilfe mit Fragen vor. Das sollte den Männern helfen, über das Gelesene nachzudenken, und zu Diskussionen anregen. Allerdings wies Anna immer darauf hin, dass die Beantwortung der Fragen freiwillig war. Der Club sollte Spaß machen, sie wollte den Teilnehmern keine Hausaufgaben aufbrummen.

Die Kapelle war nüchtern eingerichtet, aber das Licht ließ sich dimmen, außerdem bot sie Ruhe und Konzentration und lag abseits der Zellenblöcke und Aufenthaltsräume. Es gab eine Kanzel und Stühle, und auf Anfrage konnten audiovisuelle Medien bereitgestellt werden. Eine örtliche Non-Profit-Organisation, The Free Minds Book Club, leitete in der Kapelle eine Lese- und Schreibwerkstatt für inhaftierte Jugendliche, die unter Erwachsenenstrafrecht angeklagt worden waren und auf ihre Verlegung in andere Gefängnisse warteten. Die jugendlichen Insassen, die in einer eigenen Abteilung untergebracht waren, lasen Bücher, diskutierten mit eingeladenen Autoren und schrieben Essays und Gedichte, die in einem Hochglanzmagazin veröffentlicht wurden, das man in Cafés in der ganzen Stadt kaufen konnte. Die Gruppe gab außerdem einen abwechslungsreichen Newsletter heraus.

Annas Buchclub war weniger durchorganisiert; die Teilnehmer schrieben keine eigenen Texte, und es ging nur darum, den Spaß am Lesen zu fördern. Anna machte sich keine Illusionen über positive Auswirkungen auf das Leben der Inhaftierten. Aber sie nahm auch nicht an, gar nichts bewirken zu können. Den einen oder anderen hoffte sie zu erreichen. Vielleicht nur *einen*. Wie viele Lehrer und Pädagogen konnte sie nur versuchen, am Ende irgendwen durch das Nadelöhr zu ziehen.

Für die jetzige Gruppe, die aus dem allgemeinen Vollzug kam, hatte sie *Von Menschen und Mäusen* ausgesucht. Eine linear erzählte Geschichte, sauber geschrieben und durch ihre leicht verständliche Symbolik einfach zu vermitteln. Anna wusste, dass es viel Diskussionsstoff geben würde. Das Buch war zu kurz für drei Wochen Lesezeit, viele der Männer hatten es zweimal gelesen.

Bei der Auswahl musste Anna immer die unterschiedlichen Vorkenntnisse und intellektuellen Fähigkeiten der Gefangenen berücksichtigen. Viele hatten keinen Schulabschluss, die meisten kaum Leseerfahrung. Schwierige oder komplexe Texte führten leicht zu Frustration, was bedeuten konnte, dass ein Gefangener vielleicht nie wieder ein Buch in die Hand nahm. *Das Herz ist ein einsamer Jäger* hatte sich als besonders unbeliebt herausgestellt. Ein Häftling hatte durchaus glaubhaft versichert, McCullers' Roman hätte ihn fast in den Selbstmord getrieben.

Die Männer in den orangenen Overalls saßen im Kreis, Anna mitten unter ihnen. Zu der Gruppe gehörten auch Antonius Roberts, der gerade aus der Einzelhaft zurückgekehrt war, Donnell und Michael Hudson. Sie hielten ihre Taschenbücher in den Händen oder hatten sie unter ihre Stühle auf den Boden gelegt. Bewacht wurden sie von zwei bewaffneten Wärtern, die jederzeit über Funk

Verstärkung anfordern konnten. Aber die Teilnehmer des Buchclubs waren normalerweise froh, hier zu sein. Ihnen stand der Sinn nicht nach Ärger.

»Fangen wir an«, sagte Anna.

»Nehmen wir uns eine Minute Zeit«, sagte ein Insasse namens Larry, der wegen Totschlags angeklagt war und vor Kurzem zu Gott gefunden hatte.

Die meisten Köpfe senkten sich zu einem stillen Gebet. Anwesend waren Moslems, unterschiedliche Christen, Agnostiker und Atheisten. Einige schlossen die Augen, manche murmelten leise ein paar Worte, andere warteten die Stille respektvoll ab. Einer der Wärter schloss sich dem Gebet an, der andere blieb wachsam.

»Also dann«, sagte Larry. Die Sitzung konnte beginnen.

»Fangen wir mit einer der Fragen aus der Lektürehilfe an«, sagte Anna. Sie hatte die meisten dem Anhang der Penguin-Ausgabe des Romans entnommen und ein paar eigene hinzugefügt. »Warum beginnt und endet das Buch an einem Teich?«

»Das ist ein schöner Ort«, sagte Donnell. »Irgendwie vollkommen. Wie der Autor das beschreibt. Lennie geht gern hin, weil es da friedlich ist. Er kann da gut träumen und so.«

»Es ist wie der Garten Eden«, sagte Larry. »In der Schöpfungsgeschichte.«

»Es ist aber nicht so perfekt wie im Garten Eden«, sagte Antonius. »Es passiert auch Böses. Im Schlussteil schnappt sich dieser Vogel die kleine Schlange aus dem Wasser. Wisst ihr noch?«

»So ist eben die Natur«, sagte ein Mann mit schweren Augenlidern und sanfter Stimme. »Die Starken überleben. Wie auf der Straße.«

»Der erste Satz des Buches«, sagte Anna, »verortet die Handlung einige Meilen südlich von Soledad. Ich glaube, das hat der Autor absichtlich so gemacht. Soledad ist das spanische Wort für Einsamkeit oder Isolation. Hat jemand eine Idee, welchen Bezug es da zum Inhalt geben könnte?«

»Was, Isolation?«, sagte Antonius. »Da kenn ich mich aus. Bin gerade erst wieder raus.«

Ein paar Männer grinsten.

»Okay, Antonius«, sagte Anna. »Erzählen Sie, wie das war. Wenn Sie mögen.«

»Kein Problem.« Antonius zuckte mit verschränkten Armen die Achseln. »Mir ging's da gut. Es war friedlich. Aber, na ja, es gibt Typen, die kommen da nicht klar. Ist ja auch als Strafe gedacht.«

»Im Buch«, sagte Anna, »wird Einsamkeit als etwas Negatives beschrieben. Viele der Figuren, zum Beispiel Candy, Crooks und Curleys Frau, sprechen von einem tiefen Gefühl von Einsamkeit.«

»Curleys Frau ist ein echtes Flittchen«, sagte Donnell.

»Sie bekommt von ihrem Mann keine Aufmerksamkeit«, sagte Anna. »Sie träumt davon, Filmstar zu werden. Tatsächlich haben fast alle in dem Buch Träume, George und Lennie träumen zum Beispiel von einer Farm. Und die Träume sind unerreichbar.«

»Sie ist trotzdem eine Schlampe«, sagte Donnell. »Als sie zu Lennie sagt, ›Streichel mein Haar‹, da hab ich gleich gewusst, dass er der Nutte den Hals brechen würde. Tut mir leid, Anna.«

»Nein, Sie sind da auf der richtigen Spur. *Wieso* haben Sie es gewusst?«

»Weil Lennie gleich am Anfang des Buchs die Maus auf diese Art tötet, er streichelt sie zu doll. Und den Welpen auch.«

»Ganz richtig. John Steinbeck gibt den Lesern von vornherein einen Hinweis auf das, was passieren wird. Das ist ein literarisches Stilmittel, man nennt das Vorausdeutung.«

Die Gruppe wurde still. Sie war zu lehrerhaft aufgetreten. Die Männer wollten nicht wie Schüler oder von oben herab behandelt werden. Sie wollten über die Figuren und ihre Geschichte diskutieren.

»So isses auch mit Curleys Hund.« Antonius durchbrach das Schweigen.

»Vorausdeutung«, sagte Michael und sah Anna mit einem Lächeln in den Augen an.

»Genau«, sagte Antonius. »Sie nehmen den Hund mit und erschießen ihn. Aber eigentlich tun sie dem Hund damit einen Gefallen, weil sein Leben sonst die Hölle gewesen wäre. Wie auch George am Ende des Buchs Lennie erschießen muss.«

»Lennie war zurückgeblieben«, sagte der Mann mit den schweren Lidern. »George konnte ihn nicht länger durchschleppen.«

»Nee«, sagte Antonius. »George hat das für Lennie getan, weil Lennie sein Kumpel war. Weil Curley Lennie sonst aufgehängt und gelyncht hätte. Und selbst wenn Lennie für den Mord an der Schlampe in den Knast gegangen wäre, hätte er San Quentin, oder wo immer die da in Kalifornien hingesteckt werden, nicht überlebt, damals.«

»Lennie konnte Knast nicht«, sagte Larry.

»Ganz genau«, sagte Antonius.

»Sie denken also«, sagte Anna, »dass George Lennie aus Freundschaft tötet?«

»Ja.«

»Darum geht's in dem Buch«, sagte Michael. »Um Freundschaft und Brüderlichkeit. Kameradschaft. Der Autor will sagen, dass Menschen zusammen besser dran sind als allein.«

»Sagt das jemand im Buch direkt?«, fragte Anna.

»Klar.« Michael schlug eine Seite auf, in die er ein Eselsohr gemacht hatte. »Ich hab's mir markiert. Das ist in dem Kapitel, wo Crooks mit Lennie redet, in Crooks' Bude. Soll ich vorlesen?«

»Nur zu.«

Michael kniff beim Lesen die Augen zusammen. »›Ein Mann braucht jemanden neben sich … Ein Mann geht kaputt, wenn er niemanden hat. Ist egal, wen, Hauptsache, er hat jemanden. Spielt keine Rolle, was für Kerl das ist, wenn nur einer da ist.‹ Er rief laut: ›Ich kann dir sagen, ein Kerl wird sonst einsam und er wird krank.‹«

»Aber für einen Freund«, sagte Antonius, »hat Lennie George echt *irre* gemacht.«

»›Erzähl mir von den Kaninchen, George‹«, sagte Donnell in dem Ton, den er sich für Lennie vorstellte.

»›Wohin sindse gegangen, George, wohin sindse gegangen?‹«, sagte der mit den schweren Lidern, und als niemand lachte, fügte er verlegen hinzu: »Kennt ihr die alte Zeichentrickserie nicht?«

»Sie kriegen ihre Farm«, sagte Antonius, der das Spiel weitertrieb. »›Und sie leben in Saus und Braus.‹«

Jetzt lachten viele der Gefangenen.

»Gut.« Anna nahm ein Blatt Papier, das sie unten im Arbeitsraum ausgedruckt hatte. »Ich lese Ihnen mal was vor, das John Steinbeck selbst geschrieben hat. Das ist aus seiner Dankesrede für den Pulitzer-Preis oder aus seinen Tagebüchern, ich bin mir nicht mehr sicher. Ehrlich gesagt, hab ich's bei Wikipedia gefunden. Aber es scheint mir zum Buch zu passen und ganz generell zu Steinbecks Sicht der Welt.«

»Nur zu.« Michael beugte sich vor.

»Okay«, sagte Anna und begann. »›In jedem mit Aufrichtigkeit geschriebenen Text gibt es ein Grundthema. Man muss versuchen, die Menschen zu verstehen; wenn man einander versteht, ist man freundlich zueinander. Wenn man einen Menschen gut kennt, führt das nie zu Hass, sondern fast immer zu Liebe. Es gibt das Schreiben für soziale Veränderungen, für mehr Gerechtigkeit, zum Ruhm des Heldentums, aber das Grundthema ist immer dasselbe. Der Versuch, einander zu verstehen.‹«

»Was is, wenn jemand anrückt und dich abziehen will?«, fragte Donnell. »Was soll man dann tun? Das Arschloch *verstehen*?«

»Die andere Wange hinhalten«, sagte Larry. »So steht es in der Bibel.«

»Auge um Auge steht da auch«, sagte Donnell.

»Der Mann will uns sagen, versucht, das Richtige zu tun«, sagte Michael. »Streckt anderen die Hand hin. Versucht es.«

Wie so oft verlagerte sich das Gespräch hin zu Geld und Ruhm.

»War Steinbeck reich?«, fragte Antonius.

»Bestimmt«, sagte Anna. »Seine Bücher waren Riesenbestseller. Es wurden Filme und Theaterstücke daraus gemacht.«

»Ich wette, er hat auch krassen Respekt bekommen«, sagte Donnell.

»Nicht von allen«, sagte Anna. »Viele Akademiker halten nicht viel von seinen Werken. Sie finden sie zu simpel und vorhersehbar.«

»Will heißen, normale Menschen können was damit anfangen.«

»Na ja, ja. Er ist das, was man als Populärautor bezeichnet. Seine Bücher wurden genau von den Menschen gelesen und geschätzt, über die er geschrieben hat.«

»Das Buch geht tief«, sagte der mit der sanften Stimme.

»Echt, das war das beste Lesebuch, was Sie uns je gegeben haben«, sagte Donnell.

»Danke, Miss Anna.«

»Sehr gerne.«

Als sie die Kapelle verließen, zupfte Antonius Michael Hudson am Overall.

»Yo, Hudson.«

»Was willst du?«

»Hab eine Nachricht von unserem Bro Phil Ornazian.«

»Ja?«

»Er sagt, ich soll dir sagen, dass alles cool wird.«

»Ist das alles?«

»Kurz und auf den Punkt«, sagte Antonius. »Sieht aus, als würdest du bald rauskommen und den Aufstieg machen.«

Michael erwiderte nichts. Er ging seines Weges.

Am Abend lag Michael in seiner Zelle auf dem oberen Bett, das er wegen des besseren Lichts gewählt hatte, und las das erste der beiden Bücher, die Anna ihm ausgesucht hatte, den Sammelband mit den Westernromanen, Band 3 einer Serie mit dem Titel *Elmore Leonard's Western Roundup*. Er las schnell, gleich würde das Licht ausgehen. Er hatte den Roman bereits einmal durch, aber beim letzten Satz war es ihm kalt über den Rücken gelaufen. Aufgewühlt hatte er zurückgeblättert zur ersten Seite und gleich wieder von vorne angefangen.

Der Titel des Romans lautete *Valdez*. Michael las die ersten beiden Absätze erneut:

Man stelle sich vor, wie das Land auf der Ostseite der Weide anstieg, dicht bewachsen von Büschen, weiter oben mit Kiefern. Hier standen sie. Nicht alle zusammen, sondern verteilt in kleinen Gruppen, zwischen den Büschen etwa ein Dutzend Männer, die Frontlinie, die Schützen, die nicht einfach nur herumstehen konnten. Wenn ihnen danach war, schossen sie auf den Schuppen, und wenn Mr. Tanner den Befehl gab, würden sie alle gleichzeitig feuern.

Andere waren weiter oben zwischen den Kiefern und auf der Straße, die über die Hügelkuppe verlief, etwa dreihundert Meter von dem Schuppen entfernt auf der anderen Seite der Weide. Die, die zusahen, schlossen Wetten ab, ob der Mann im Schuppen sich ergeben oder vorher erschossen werden würde.

Michael gefiel, wie schnell der Autor die Szenerie vor einem ausbreitete, gleich mit den ersten Sätzen. Ohne dass er einem zu viel erzählte, wusste man sofort, was da lief. Man bekam ein Gefühl dafür und stellte sich auf eine Seite. Da ist ein Mann in einem Schuppen, der einer Übermacht an Männern und Waffen gegenübersteht, und es stehen viele Männer oben auf dem Hügel, die auf den einsamen Mann schießen, und da ist ein Mann namens Tanner, der Befehle gibt. Und weil die meisten sich immer auf die Seite des Underdogs stellen, hofft man sofort, dass jemand dem Mann im Schuppen helfen und diesen Tanner aufhalten wird.

Der Mann, von dem man Hilfe erhofft, ist ein mexikanischer Constable und ehemaliger Soldat namens Bob Valdez. Er kommt und macht irgendwas Unerwartetes, wird eigentlich reingelegt, und Tanner handelt ganz nach seinem Charakter wie ein echter Mistkerl. Valdez ist auf sich gestellt, und Tanner ist mächtig und hat viele Männer, die hinter ihm stehen. Und Tanner macht Valdez nieder, weil er es kann. Und je mehr er ihn niedermacht, desto härter wird Valdez und desto mehr hält er dagegen. Am Ende des Buches begreift Tanner, dass er Valdez hätte geben sollen, was er verlangte und was nicht viel war. Es hätte ihn nicht viel gekostet.

Man stelle sich vor, wie das Land auf der Ostseite der Weide anstieg …

Man stelle sich vor. Der Autor, Mr. Leonard, *fordert* einen *auf*, das zu sehen. Das Bild im Kopf zu sehen. Das war ein kühner Anfang für eine Geschichte, aber es funktionierte. Michael konnte sich den Hügel und die Kiefern und die Männer, die auf den Mann runterschossen, der da im Schuppen in der Falle saß, genau vorstellen. Und Michael konnte erraten, was dort nicht stand, weil das, was da stand, so lebendig beschrieben wurde. Vielleicht war die Luft kühl, denn sie waren hoch oben in den Hügeln. Vielleicht trieben weiße Wolken über einen strahlend blauen Himmel und warfen Schatten auf die Kiefern, wenn sie vor der Sonne standen.

Michael schloss die Augen. Wenn er ein Buch las, war er nicht länger in seiner Zelle. Es gab keine verschlossene Tür, keine ranzig riechende Kommode neben dem Stockbett, keinen im Schlaf furzenden Zellengenossen, kein Geschrei von anderen Männern in der Abteilung. Keine Wärter, die ihm sagten, was er zu tun und zu lassen hatte. Dann hatte er seine Mutter nicht enttäuscht, und es standen ihm keine fünf Jahre Knast wegen Waffenbesitzes bevor.

Wenn er ein Buch las, war die Tür seiner Zelle offen. Er konnte einfach hinausgehen. Er konnte unter dem strahlend blauen Himmel über die Hügel streifen. Die frische Luft um sich einatmen. Die Schatten über die Bäume huschen sehen. Wenn er las, war er nicht eingesperrt. Er war frei.

ZWEITER TEIL

6

PHIL ORNAZIAN kannte Matthew Mirapaul seit den frühen Neunzigern, als sie beide in Bands gespielt hatten. Sie hatten gerade die Wilson High School in Upper Northwest westlich des Rock Creek Park absolviert. Mirapaul trommelte in einer Hard-Core-Band, die sich der Tradition von John Stabbs Government Issue mit einem Hauch Metal à la Scream verschrieben hatte. Ornazian spielte Bass in einer Combo namens People's Drug, die melodiöse, hymnische Songs mit starken Rhythmen unterlegte und wie Jawbox zu klingen versuchte.

Beide Bands brachten Alben raus, aber nicht bei Dischord Records. Beide eröffneten für Bands wie Lungfish, Circus Lupus, The Nation of Ulysses und Slant 6. Ornazian und Mirapaul traten in Clubs auf, die mit dem *Black Cat* vergleichbar waren, allerdings nie als Hauptband. Auf die Bühne des *9:30 Club* schafften sie es nie. Aber sie gehörten der sagenumwobenen D.C.-Szene an und hatten Spaß.

Mirapaul strebte nach Höherem. Sein Ehrgeiz war es, bei einem großen Plattenlabel oder einem ihrer Ableger zu veröffentlichen, aber es kam nie annähernd dazu. Er hatte sich sogar einen Bühnennamen zugelegt: Tony Leung, nach dem Schauspieler in den Hongkong-

Filmen von John Woo. Mirapaul hatte nichts Asiatisches an sich, hielt aber die Namensänderung für eine echte Rockstarnummer und glaubte außerdem, sein richtiger Name ließe sich zu leicht verballhornen.

Mirapaul war ein Straight Edger, Ornazian nicht. In seiner Bandzeit trank Ornazian heftig und nahm eine Menge Speed, doch als er Sydney kennenlernte, die weder Alkohol noch Drogen konsumierte, hörte er damit schlagartig auf.

Wie üblich in Washingtons Punkrock-Adelskreisen alterten Mirapaul und Ornazian aus ihren Bands heraus, bemühten sich aber, ihren Idealen treu zu bleiben, indem sie in der Stadt blieben und dort arbeiteten. Mirapaul studierte Jura, blieb unabhängig, eröffnete eine Kanzlei und vertrat als Strafverteidiger Mandanten, die sich keinen teuren Rechtsbeistand leisten konnten. Ornazian besorgte sich eine Privatermittlerlizenz und stellte fest, dass ihm die Arbeit gefiel. Jeder Tag war anders, und er musste nicht in einem Zimmer hocken und den Bürokrieg mitmachen. Viele seiner Aufträge kamen von Verteidigern. Von Staatsanwälten nahm er nur selten welche an, auch wenn er sich mit manchen gut verstand. Oft besorgte er Beweise, mit denen Strafverteidiger wie Mirapaul vor Gericht gehen konnten.

Mit der Zeit wurden Ornazians ethische Grenzlinien immer undeutlicher und verschoben sich.

Mirapaul lehnte sich hinter seinem Schreibtisch im Stuhl zurück. Er war durchschnittlich groß und dünn. Sein kurz geschnittenes Haar war komplett ergraut. Seine Züge waren scharf, das gebräunte Gesicht wie das eines Cowboys von Falten zerfurcht. Er trug einen einfachen dunkelgrauen Anzug und ein weißes Hemd mit offenem Kragen. An einem Bügel hing eine gebundene Krawatte.

»Du hast dich für mich hübsch gemacht, Phil.«

»Wenn's ums Geschäft geht«, erwiderte Ornazian, der ihm gegenübersaß.

Ornazian trug einen blauen Kapuzenpulli von American Giant über einem schwarzen T-Shirt, dazu Levi's 501, die über schwarzen

Wolverine-Stiefeln umgeschlagen waren. Außer den Schuhen kam alles frisch aus der Wäsche. Mirapaul hatte recht. Ornazian hatte sich für ihn hübsch gemacht. Er brauchte Arbeit.

»Was hast du für mich, Matt?«, fragte Ornazian. »Hoffentlich was Großes. Könnte gut einen dieser Einjahresaufträge gebrauchen, die du mir früher immer gegeben hast.«

»Die Tommy Winters' dieser Welt sind heutzutage selten.«

Tommy Winters hatte in den frühen Nullerjahren eine Auftragsmordagentur im Southeast geleitet. Er und seine Leute waren für achtundzwanzig Morde verantwortlich: Rachemorde, Gangmorde und Morde an Zeugen, die bei wichtigen Prozessen aussagen sollten und ein für alle Mal zum Schweigen gebracht wurden. Ornazian hatte in Congress Heights und Washington Highlands dreizehn Monate damit zugebracht, das Netz aus Loyalitäten, Verrat und organisatorischen Machenschaften zu entwirren. Es war sein anspruchsvollster Fall gewesen, aber auch sein lukrativster.

Der Tommy-Winters-Job hatte Ornazian gutes Geld gebracht, ihm aber auch die ständige Aufmerksamkeit des Polizeidezernats für Schwere Kriminalität und des FBI beschert, die seit Jahren versucht hatten, Winters festzunageln. Ornazian wurde verfolgt, wegen erfundener Verstöße gegen Verkehrsregeln angehalten und vor Gericht unter Druck gesetzt. Sein Telefon wurde abgehört. Als Privatermittler in den raueren Teilen der Stadt hatte er Erfahrung mit Einschüchterungsversuchen und Gewaltandrohung, aber tatsächlich fürchtete er die Justiz und das FBI weitaus mehr als die Straße.

Mirapaul und Ornazian hatten hart an dem Fall gearbeitet, nicht aus Sympathie für Winters, sondern weil sie sich dazu entschieden hatten, den Fall anzunehmen. Trotz ihrer Sorgfalt wurde Winters verurteilt. Aller Wahrscheinlichkeit nach hatte er viele der Morde, deren er angeklagt war, eigenhändig ausgeführt oder in Auftrag gegeben. Jetzt saß er lebenslänglich ohne Aussicht auf Entlassung in einem Hochsicherheitsgefängnis in Colorado.

»Mord läuft also nicht so«, sagte Ornazian. »Irgendwie ist das ganz gut, oder?«

»Absolut«, sagte Mirapaul. »Die Stadt ist in einem ziemlich guten Zustand. Da ich hier mit meiner Familie lebe, erfreut mich das außerordentlich.«

Ornazian deutete mit einer weitschweifenden Geste auf die Umgebung. »Du kannst dir die Miete für das Büro hier leisten, es kann dir also nicht schlecht gehen.«

Mirapauls Büro lag über einem Spirituosengeschäft an der C Street, in der Nähe des Judiciary Square und der Gerichte, und bot einen ziemlich heruntergekommenen, wenig beeindruckenden Anblick. Die Wände waren nicht mit Uniabschlüssen und Auszeichnungen geschmückt, sondern mit gerahmten Fotos von Musikern und Fans aus der D.C.-Punkrock-Ära, aufgenommen von Künstlern wie Cynthia Connelly, Jim Saah, Lucian Perkins und Rebecca Hammel.

»Ich bin nicht reich«, sagte Mirapaul, »wenn du das meinst.«

»Ich auch nicht«, sagte Ornazian. »Aber ich hätte nichts dagegen, es mal auszuprobieren.«

»Vielleicht hab ich was für dich. Weiß aber nicht, ob du den Fall übernehmen willst.«

»Um was geht's?«

»Du würdest nicht für mich arbeiten. Ich weiß, wie dich das schmerzt.«

»Ich werde drüber hinwegkommen.«

Mirapaul beugte sich vor und faltete die Hände auf dem Tisch.

»Mein Buchhalter Bill Gruen hat mich angerufen. Er hat einen Klienten namens Leonard Weitzman, Wirtschaftsanwalt, wohnt oben in Potomac. Weitzman hat Gruen gegenüber erwähnt, dass er die Hilfe eines Detektivs brauchen könnte.«

»Weswegen?«

»Wegen seiner Tochter, Schülerin an der Churchill. Als ihre Eltern übers Wochenende verreist waren, hat sie zu Hause eine Party geschmissen. Die Party ist aus dem Ruder gelaufen.«

Ornazian klappte das Moleskine-Notizbuch auf, das er mitgebracht hatte, und nahm einen Kugelschreiber von Mirapauls Schreibtisch. »Wie heißt die Tochter?«

»Lisa. Anscheinend hat sie die Party auf Facebook bekannt gegeben, und, Überraschung, es sind haufenweise Leute aufgekreuzt, die nicht eingeladen waren. Darunter ein Trupp Jungs von einer Highschool östlich des Flusses.«

»Du brauchst nicht verklausuliert zu reden, Matt. Wir sind unter uns.«

»Es ist nicht so, wie du denkst. Da sind nicht bloß ein paar Kids aus dem Northeast in einen Vorort eingefallen. Es waren auch Jungs von Privatschulen aus Potomac und Bethesda da und ein paar, die eindeutig aus dem Teenageralter raus waren. Lisa kannte die meisten nicht. Und ihre Freunde angeblich auch nicht.«

»Soll ich raten, was dann passiert ist?«

»Das Haus wurde auseinandergenommen. Im Ernst, wer immer das war, ist total ausgerastet. Die haben Stühle zertrümmert und einen handgefertigten Holztisch zerkratzt, der laut Weitzman Zehntausende Dollar wert ist. Und aus dem Elternschlafzimmer wurde ein Haufen Wertsachen geklaut.«

»Waren Drogen und Alkohol im Spiel?«

»Ooh, keine Ahnung.«

»Was haben sie eingeworfen?«

»Das Übliche, mit Schuss. Weitzman sagt, er hat im ganzen Haus Flaschen mit Resten einer lila Flüssigkeit gefunden.«

»Lean. Sizurp. Purple Drank. Wie auch immer das Zeug im Moment heißt. Diese Vorstadtkids wollen ihre hirngeschädigten Lieblingsrapper nachmachen.«

»Es kommt noch schlimmer«, sagte Mirapaul. »Weißt du, was Versed ist?«

»K.o.-Tropfen.«

»Ein Betäubungsmittel, das Gedächtnislücken verursacht, um genau zu sein. Jemand hat Lisa einen K.o.-Cocktail verabreicht.«

»Die Tochter ist vergewaltigt worden?«

»Sie sagt, sie kann sich an nichts erinnern. Sie ist in ihrem Zimmer aufgewacht, mit dem Schlüpfer falsch herum. Brennen im Vaginal- und Analbereich. Spermaspuren ...«

»Ich hab's kapiert. Die Polizei hat sie untersucht, nehme ich an.«

»Weitzman hat es der Polizei nicht gemeldet.«

»Scheiße, was?«

»Er hält es für besser, die Sache privat zu regeln«, sagte Mirapaul. »Du weißt schon, der gute Ruf, die Schande.« Er ließ die Worte im Raum hängen.

»Was will er von mir?«, fragte Ornazian.

»Unter den gestohlenen Gegenständen war ein Tiffany-Armband aus Diamanten und Platin. Ein Geschenk von Weitzman an seine Frau.«

»Ist er nicht versichert?«

»Würde man vermuten. Gib mir dein Notizbuch.«

Ornazian schob es ihm hin, Mirapaul schrieb etwas auf eine leere Seite und gab es zurück.

»Ruf Weitzman an«, sagte Mirapaul. »Natürlich nur, wenn du willst. Er ist kein Freund von mir. Nicht mal ein Bekannter. Ich hab die Info wie versprochen an dich weitergegeben. Ab jetzt ist mir egal, was du damit machst, ich bin raus aus der Sache.«

»Du magst den Typen nicht?«

»Ich kenne ihn nicht. Aber ich habe eine Tochter, Phil.«

Ornazian erhob sich. »Was hört man von Antonius Roberts?«

»Er sitzt in Big Sandy, dem Bundesgefängnis im Osten von Kentucky. Hat zwölf Jahre abgegriffen. Mit Antonius habe ich keinen Kontakt, aber mit seiner Großmutter. Von Washington sind es fünfzehn Stunden Fahrt zu dem Gefängnis, und sie hat nicht mal ein Auto. Gesund ist sie auch nicht, man kann also drauf wetten, dass sie ihn nie wiedersehen wird. So läuft das jetzt mit den Jungs aus D.C., seit es in der Stadt keine Bundesgefängnisse mehr gibt. Sie werden übers ganze Land verteilt. Aus den Augen, aus dem Sinn.«

»Was ist mit Michael Hudson?«, fragte Ornazian. Er achtete darauf, die Frage beiläufig klingen zu lassen.

»Er wurde entlassen. Hat eine Weile gedauert. Als der Zeuge die Aussage gegen Michael verweigerte, hat der Richter ihn wegen Missachtung des Gerichts verdonnert und eingesperrt. Sie hofften, ihn zur

Aussage zwingen zu können, aber der Typ ist nicht eingeknickt. Und immerhin war er derjenige, der ausgeraubt wurde. *Er* hatte Hudson die Polizei auf den Hals geschickt. Und plötzlich ist er bereit, hinter Gitter zu gehen, um nicht das Maul aufmachen zu müssen. Das ist schon komisch, Phil.« Mirapaul sah Ornazian direkt in die Augen. »Findest du nicht?«

»Die Welt ist verrückt«, sagte Ornazian.

Mirapaul zog eine Augenbraue in die Höhe. »Wie auch immer. Nachdem der Zeuge ein paar Monate im Knast verbracht hatte, hat der Richter die Geduld verloren und die Klage abgewiesen. Aber nicht rechtskräftig, was bedeutet, dass sie Hudson zukünftig noch mal den Prozess machen könnten. Trotzdem ist er raus. Die Anklage steht im Führungszeugnis, aber er ist nicht rechtskräftig verurteilt. Und er muss keine fünf Jahre absitzen.«

»Das ist gut. Ich mag den Typen.«

»Weißt du, Mike hat die Anklage wegen Waffenbesitz abbekommen, aber er hat in jener Nacht keine Knarre angerührt. Ich freu mich für ihn. Ich hab ihn mit einer Non-Profit-Gruppe in Kontakt gebracht, die entlassene Häftlinge berät. Die helfen ihm bei der Wiedereingliederung, bei der Jobsuche, all diese Sachen. Ich hoffe, er baut keinen Scheiß mehr.«

»Ich auch.«

»Ich glaube, Hudson schuldet dir ordentlich was.«

»Wofür?«

»Für die ganze Arbeit, die du in ihn reingesteckt hast.«

»Ich hab nichts gemacht«, sagte Ornazian. »Der Zeuge hat ihn entlastet. Reine Glückssache.«

»Sei nicht so bescheiden.«

»Danke für die Empfehlung, Matt. Ich sag dir Bescheid, wie's läuft.«

Ornazian verließ das Büro. Mirapaul sah ihm nach.

7

AM TAG seiner Entlassung zog Michael zurück in das Haus seiner Mutter an der Sherman Avenue zwischen Kenyon und Lamont in Columbia Heights. Es war ein für die Stadt typisches Reihenhaus: im Erdgeschoss Wohn- und Esszimmer, hintenraus die Küche, oben drei kleine Schlafzimmer und das Bad. Doretha Hudson war darin aufgewachsen und hatte es nach dem Tod ihrer Eltern geerbt.

Von den drei Hudson-Kindern lebte nur Michael noch in der Stadt. Sein älterer Bruder Thomas, mit dem er früher das Zimmer geteilt hatte, hatte bei der Armee Karriere gemacht und war jetzt in Texas stationiert. Seine kleine Schwester Olivia stand kurz vor ihrem Abschluss an der Virginia State University in Petersburg. Daher war Michael überrascht und erfreut, als sowohl seine Mutter als auch Thomas und Olivia ihn an der Tür empfingen. Thomas war nach D.C. geflogen, Olivia mit dem Auto gekommen.

Sie umarmten sich fest; am längsten drückte er seine Mutter, und als Michael sich aus ihren Armen löste, liefen ihr Tränen über die Wangen. Im Esszimmer schwebte ein herzförmiger Ballon mit den Worten »Willkommen zu Hause«, den seine Mutter gekauft hatte und der an einem Stuhl befestigt war. Doretha stellte ein Abendessen aus Hackbraten, Brathähnchen, Kartoffelbrei und Gemüse auf den Tisch, zum Nachtisch gab es Süßkartoffelkuchen. Brandy, die Familienhündin, schlief beim Essen auf Michaels Füßen. Zunächst drehte sich das Gespräch nicht um Michaels Tat oder seine Haftzeit. Er war dankbar dafür. Seine Mutter war zum Glück ihr übliches fröhliches Selbst.

»Ein paar von deinen alten Kumpels haben vorbeigeschaut, während du weg warst«, sagte Doretha. »Sie haben nach dir gefragt, Michael.«

»Mario ganz sicher nicht«, sagte Thomas. »Der Idiot sitzt hinter Gittern.«

»Ich rede von Chris und David«, sagte Doretha.

»Wie geht's Junior?«, fragte Michael. Der Name seines alten Freundes lautete Chris Preston Jr., aber außer Doretha nannte ihn kaum jemand Chris.

»Er ist Koch bei Amtrak. Fährt den ganzen Tag nach New York und zurück. Die Kochschule hat sich gelohnt.«

»Kochen?«, fragte Thomas. »Du meinst, er drückt den Knopf an der Mikrowelle.«

»Es ist ein Anfang«, erwiderte Doretha.

»Davids Freundin muss inzwischen ihr Baby bekommen haben«, sagte Michael.

»Sie haben einen kleinen Jungen. Er lebt bei der Mutter. Sie sagt, sie heiraten bald.«

»Bastelt er immer noch an seiner Musik herum?« In Thomas' Tonfall schwang Sarkasmus mit. Er machte sich über einen Hähnchenschenkel her.

»Er hat auch einen richtigen Job«, sagte Doretha. »Im Walmart an der Georgia Avenue.«

»Hmph«, machte Thomas.

»Muss ihn mal besuchen und mir das Kind ansehen«, sagte Michael.

Olivia erzählte von dem Kulturschock und den Herausforderungen, die Stadt gegen das Studentenleben »da unten in Virginia« eingetauscht zu haben. Sie sprach über ihre Karrierepläne nach ihrem Abschluss. Olivia hatte immer gewusst, was sie wollte, und war ihren Weg konsequent gegangen. Michael sprach nicht an, wie sehr sie seit Beginn des Studiums zugenommen hatte, nahm es aber sehr wohl wahr. Ganz offensichtlich gab es »da unten in Virginia« Fast-Food-Imbisse, für die Olivia schon immer ein Faible gehabt hatte. Schließlich kam sie auf seinen Gefängnisaufenthalt zu sprechen.

»Ist die Zeit da drinnen langsam vergangen?«, fragte sie.

»Hat mir nichts ausgemacht.«

»Wie hast du die Tage rumgebracht?«

»Mit Büchern«, sagte Michael. »Ich habe angefangen zu lesen, und daraus ist eine Gewohnheit geworden. Ich lese die ganze Zeit.«

»Aber hast du keine Angst gehabt?«

»Nein«, sagte Michael. »Ich hab mich von den anderen ferngehalten und mich nicht in deren Ärger eingemischt. Ganz so, wie man es tun soll.«

»Ich hatte Angst, die beiden Male, als ich dich besucht habe. Wenn die Türen hinter einem zugehen. Das Geräusch dabei, meine ich. Und die Wärterin, die mich durchsucht hat, bevor ich reindurfte. Die war echt grob. Sie hat ihre Hände in meinen BH gesteckt und so. Sie hatte ihre Hände überall.«

»Was erwartest du denn?«, fragte Thomas. »Die Frauen versuchen ja, alles Mögliche zu ihren Männern und Freunden reinzuschmuggeln.«

»Woher willst du das wissen?«, fragte Olivia. »Hast du Michael überhaupt mal im Gefängnis besucht?«

»Nein«, sagte Thomas. »Und das weißt du ganz genau. Michael ist ein Mann. Und ich wusste, er nimmt es wie ein Mann. Gab keinen Grund, ihm die Hand zu halten. Wir haben in dieser Gesellschaft Regeln, an die sich alle halten müssen. Er hat ein Verbrechen begangen und ist dafür bestraft worden, so wie es sein soll.« Thomas sah seinen kleinen Bruder an. »Hab ich recht?«

»Das muss jetzt schwer für dich gewesen sein«, sagte Michael. »So viele Worte … das war ja fast eine Rede.«

»Fick dich, Mann.«

»*Thomas*«, sagte Doretha.

»Tut mir leid«, sagte Thomas. »Kann mir jemand mal das Gemüse rüberreichen? Das ist echt lecker.«

»Ich hab's mit Speck gebraten«, sagte Doretha.

Die Geschwister wussten, wie ihre Mutter Gemüse zubereitete. Sie hatte es ihr ganzes Leben lang so gemacht.

Thomas blieb den Rest der Mahlzeit über schweigsam. Er war schon als Kind eher still und stoisch gewesen, und die Jahre beim Militär hatten daran nichts geändert. Seine wenigen Kommentare verrieten, dass er auch konservativer geworden war. Für Michael, der im Grunde unpolitisch war, war das kein Problem. Außerdem war es eine Frage des Respekts, Thomas sagen zu lassen, was immer er wollte. Ihr Vater war in ihrem Leben immer wieder auf- und abgetaucht, aufgrund von Alkoholproblemen meistens ab, und so hatte Thomas, der mehrere Jahre älter war als Michael, die Vaterrolle übernommen. Mit seiner unnachgiebigen, engstirnigen Art war er Michael immer erwachsen erschienen, auch als sie eigentlich noch Kinder gewesen waren.

Nach dem Essen gingen sie ins Wohnzimmer und sahen sich ein Footballspiel zwischen Dallas und Green Bay auf dem Kabelkanal an, der alte Spiele zeigte. Es war bei Eis und Schnee ausgetragen worden, und die Packers hatten Dallas fertiggemacht. Die Hudsons waren Redskins-Fans und in ihrer Abneigung gegen die Dallas Cowboys vereint. Für Michael war es ein schöner Abschluss eines ohnehin guten Tages.

Als die Brüder später in ihrem alten Kinderzimmer waren, folgte die unausweichliche Standpauke. Thomas legte seine große Hand auf Michaels Schulter und sah ihm direkt in die Augen.

»Du machst jetzt keinen Mist mehr, oder?«, fragte er. Er war größer als Michael, hatte sehr dunkle Haut und trug das Haar kurz geschoren. Wenn ihn etwas aufregte, traten an seiner linken Schläfe die Adern hervor. »Du bist durch mit dem ganzen Scheiß?«

»Bin ich.«

»Du hast Mom ganz schön Sorgen bereitet.«

»Das weiß ich. Und das bereue ich am meisten. Kommt nie wieder vor.«

»Okay. Komm mal her.«

Thomas machte einen Schritt auf Michael zu und legte seine starken Arme um ihn. Michael fühlte seine Wirbelsäule nachgeben und hörte sie krachen.

»Verdammt, Thomas, du brichst mir gleich den Rücken.«

»Wenn du noch mal solche Scheiße baust«, sagte Thomas, »komme ich zurück und schlag dich windelweich.«

Michael wusste, dass das ernst gemeint war. Thomas hatte immer ein Problem damit gehabt, seine Wut zu kontrollieren, selbst jetzt noch, mit über dreißig. Aber Michael wusste auch, dass in Thomas' Worten Liebe lag. Er würde keinen Mist mehr machen. Um seiner selbst willen, aber vor allem wegen seiner Mutter.

Am nächsten Morgen fuhr Olivia nach Virginia, und Thomas flog wieder nach Texas. Zurück blieben Michael, seine Mutter und Brandy, die alte Hündin.

Die Hudsons hatten Brandy aus einem Tierheim an der Oglethorpe Street Ecke Blair Road im Northeast geholt. Michael, der damals noch auf die Cardozo High School gegangen war, hatte Brandy ausgesucht: ein mittelgroßer Mischling aus allen möglichen Rassen, der durch den Käfig hinkte, um Michaels Hand zu lecken. Der rechte Hinterlauf war gebrochen gewesen und eingegipst. Der Vorbesitzer, ein Polizist, hatte das Bein mit einem Besenstiel kaputtgeschlagen. Bei anderer Gelegenheit hatte er seiner Frau die Nase gebrochen. Vor Gericht konnte er die Anklage wegen häuslicher Gewalt abwenden, wurde aber später wegen Tierquälerei verurteilt, in D.C. eine schwere Straftat. Die Hudsons erfuhren sechs Monate nach der Adoption des Hundes von Brandys Vorgeschichte, als sie in der *Washington Post* lasen, dass der Vorbesitzer vom Polizeidienst ausgeschlossen worden war. Bis dahin hatte sich Michael immer gewundert, warum der Hund in panischer Angst aus dem Zimmer rannte, wenn seine Mutter zu einem Besen griff.

Brandy war jetzt dreizehn und Michael Ende zwanzig. Während seiner Abwesenheit schien sie alt geworden zu sein. Die rechte Seite war steif, als wäre die im Welpenalter erlittene Verletzung zurückgekehrt. Nur mit Mühe kam sie abends die Treppe hoch, um Doretha ins Schlafzimmer zu folgen. Das braune Fell war grauer geworden, sie hatte Gewicht verloren, die Schnauze war weiß, außerdem hörte sie nichts mehr. Aber sie hatte immer noch ihre Rehaugen.

Zwei Tage nach seiner Heimkehr füllte Michael am Laptop seiner Mutter ein Formular aus, druckte es aus und verließ damit das Haus. Doretha war bereits im Department of Transportation, wo sie seit ihrem Abschluss an der Strayer, dem Wirtschaftscollege, vor dreißig Jahren als Verwaltungsassistentin arbeitete. Michael ging zu Fuß zur Petworth Library an der Ecke Kansas Avenue und Georgia und gab dem bärtigen Mann am Empfangstisch das Formular und seinen Führerschein. Der Mann stellte Michael einen vorläufigen Bibliotheksausweis aus, der richtige würde ihm per Post zugeschickt werden. Es war Michaels allererster Bibliotheksausweis.

Michael schaute sich um, betrachtete das verschlungene Parkettmuster in der Eingangshalle und die Hängelampen, die wie große Glasschüsseln aussahen. Es handelte sich um ein schönes, freistehendes Ziegelsteingebäude mit einer friedlichen, ruhigen Atmosphäre, alt zwar, aber frisch renoviert, wie diese restaurierten Oldtimer.

Michael betrat den großen Saal mit den Romanen. Menschen jeden Alters saßen an einem langen Tisch vor Bildschirmen und Tastaturen, recherchierten oder lasen einfach im Internet. Der Boden hatte hier ein Schachbrettmuster. Am anderen Ende des Raums befand sich ein ungenutzter Kamin; dort saßen Leute in bequemen Sesseln und lasen. Einige Fenster gaben den Blick frei auf den gepflegten Sportplatz der Roosevelt High, die Heimat der Footballmannschaft Rough Riders. Eine gute Stunde lang wanderte Michael an den Holzregalen entlang, schaute sich alles an und zog ein paar Bücher heraus. Er war glücklich und hätte den ganzen Tag hier verbringen können.

Am Empfang lieh er sich die Bücher, die er ausgesucht hatte, bei dem bärtigen Mann aus, der ihn beim Hereinkommen begrüßt hatte. Er fragte, ob ein Roman namens *Als kalt der Regen fiel* von Don Carpenter da sei. Der Mann sah im Computer nach und sagte, dass sie das Buch nicht da hätten, es aber aus einer anderen Bibliothek bestellen könnten.

»Das wäre schön«, sagte Michael. »Danke.«

Der Mann scannte die Barcodes an den Büchern *Im Labyrinth der Stadt* und *Was sie trugen*, beides Empfehlungen von Anna.

»Edward P. Jones«, sagte der Bärtige und tippte mit dem Finger auf den Einband von *Im Labyrinth der Stadt.* »Er war auf der Cardozo. Wussten Sie das?«

»Nein«, sagte Michael. »Ich war auch auf der Cardozo.«

»Da sehen Sie mal«, sagte der Bärtige. »Wieder ein Sieg für das städtische Schulwesen.« Michael nahm die Bücher und dankte dem Mann noch einmal für seine Hilfe.

Auf dem Rückweg in die Sherman Avenue dachte Michael an seine Zeit an der Cardozo zurück, an die vergeudeten Chancen, an die Lehrer und Erzieher, die versucht hatten, ihm zu helfen. Er war damals zu dämlich gewesen, um auf sie oder seine Mutter zu hören.

Ein Lehrer namens O'Leary, der auch der Baseballtrainer der Schule war, hatte ihn ermuntert, sich für einen Englisch-Grundkurs auf dem College anzumelden. Zu dem Kurs gehörte ein Autorenprogramm: Die Schüler lasen ein bestimmtes Buch, dann kam der Autor des Buches in die Klasse und diskutierte mit ihnen darüber. Das wäre cool gewesen, aber damals hatte Michael kein Interesse am Lesen gehabt und war nicht selbstsicher genug gewesen, es einfach mal auszuprobieren. Mit Zahlen hatte er nie Schwierigkeiten gehabt, die Matheprüfungen hatte er bestanden, ohne dafür zu lernen. Aber Bücher hatten ihm Angst eingejagt. Sie waren wie eine Fremdsprache, die er noch lernen musste.

Erst durch die Begegnung mit Anna im Gefängnis war ihm aufgegangen, wie sehr Bücher das Leben verändern können. Sie hatte Autoren in die Kapelle eingeladen, auch richtige Berühmtheiten, wie damals O'Leary in der Highschool. Der Dichter Ethelbert Miller, ein waschechter Washingtoner, hatte Michael besonders beeindruckt. Aber auch Lisa Page, Autorin und Dozentin für Kreatives Schreiben drüben an der George Washington University. Und die Nachrichtenfrau von *Channel 4*, Wendy Rieger, die die Gefangenen als ebenbürtig behandelt und jedem in die Augen gesehen hatte. Michael war klar, was Miss Anna getan hatte: Sie hatte die inhaftierten Männer in Verbindung mit der Außenwelt gebracht und ihnen gezeigt, dass auch Schriftsteller und Promis Menschen aus Fleisch und Blut sind.

Hatte diese Menschen vom Sockel geholt und ihnen vor Augen geführt: Sie mögen besondere Fähigkeiten haben, aber sie sind nicht unbedingt besser als ihr. Sie haben sich ein Ziel gesetzt und darauf hingearbeitet. Auch ihr könnt auf ein Ziel hinarbeiten.

Michael setzte sich vor dem Haus seiner Mutter auf die Veranda und begann *Das Mädchen, das Tauben züchtete* zu lesen, die erste Geschichte in dem Buch von Mr. Jones. Das Reihenhaus war aus rotem Backstein, hatte ein rot-weißes Metallvordach über der Veranda und kleinere über den drei Fenstern im ersten Stock. Brandy lag zu seinen Füßen in der Frühlingssonne.

Michael sah auf die Straße hinaus. Ein Rasenstreifen trennte die Fahrbahnen der Sherman Avenue, was irgendwie außergewöhnlich wirkte. Auf der anderen, westlichen Straßenseite lagen renovierte Reihenhäuser mit Erkern. Auf der Ostseite, wo seine Mutter wohnte, war während Michaels Zeit in Haft neben der alten Baptistenkirche ein großer Wohnblock hochgezogen worden. Für seinen Geschmack veränderte sich die Gegend viel zu schnell, aber all das bedeutete auch, dass das Haus seiner Mutter enorm im Wert stieg. Nach ihrer Pensionierung würde sie es verkaufen und den Rest ihrer Tage sorgenfrei leben können.

In diesem Moment kam ein Briefträger in Uniform die Treppe hoch, ein schlanker Mann mittleren Alters namens Gerard, der schon lange auf dieser Route arbeitete. Als er Michael sah, leuchtete sein Gesicht erfreut auf.

»Wie geht's denn, junger Mann?«

»Sir.«

»Hab dich lange nicht mehr gesehen.«

»Ich war weg. Aber jetzt bin ich wieder da und bleibe.«

Gerard nickte. Er wusste Bescheid. »Na, wir müssen mal quatschen, über die Redskins reden. Aber nicht heute. Ich muss weiter.« Er gab Michael ein paar Briefe und eine Zeitschrift.

»Gut sehen Sie aus, Mr. Gerard.«

»Na klar, ich laufe jeden Tag zehn Meilen.« Gerard stellte sich seitlich hin und zeigte Michael seinen flachen Bauch. »Ich bekomme

Geld dafür, dass ich in Form bleibe.« Das sagte Gerard oft, und Michael lächelte.

»Alles Gute, Mr. Postman.«

»Ja, dir auch.«

Michael sah Gerard nach, der mit zügigen Schritten um die Ecke verschwand. Das erinnerte ihn daran, dass er sich schnellstens auf Arbeitssuche begeben musste. Er wollte seiner Mutter nicht auf der Tasche liegen. Im Knast hatte er mit einer Frau von Open City Advocates gesprochen, einer Organisation, die jugendlichen Straftätern draußen auf die Beine half. Zwar war er schon lange kein Jugendlicher mehr, aber die Frau kannte jemanden, der jemanden kannte, einen Restaurantbesitzer in Columbia Heights, der vielleicht einen Küchenjob für ihn hatte. Im Moment besaß Michael noch nicht einmal ein Handy – ganz oben auf seiner Liste stand also, sich eins zu besorgen, damit man ihn kontaktieren konnte. Dabei war er auf die Hilfe seiner Mutter angewiesen. Wahrscheinlich würde sie ihn mit auf ihren Telefonvertrag nehmen müssen. Das würde sie tun. Er hatte sie viele Male enttäuscht, aber sie hatte nie das Vertrauen in ihn verloren oder ihn verstoßen.

Es gab so viel zu tun. Er fühlte sich bereit.

Anna und ihr Mann Rick wohnten in einem Reihenhaus im 3600er-Block der Warder Street in Park View, zwischen Quebec und Princeton Place, einen Block westlich vom Soldiers' Home mit seinen Waldstücken, dem Teich und dem Golfplatz gelegen. Ihr Haus war aus braunem Ziegelstein gebaut und wies ein paar interessante architektonische Eigenheiten auf: eine Veranda, auf die nur ein einziger Stuhl passte, und Gitter vor den Fenstern im Erdgeschoss. Hinter dem Haus verlief eine breite, saubere, mit rotem Ziegelstein gepflasterte Gasse.

Die Byrnes gehörten zu den Gentrifizierern. Sie hatten das Haus vor vier Jahren gekauft, und inzwischen hatten sich die Alteingesessenen an ihren Anblick gewöhnt. Nach außen hin wurden sie akzeptiert. Aber in die Herzen der Menschen konnte man natürlich nicht schauen.

Anna mochte die Gegend und die meisten Leute, denen sie hier begegneten. Sie und Rick konnten zu Fuß zu den Bars und Restaurants an der Georgia Avenue hinüberschlendern, zu dem Safeway an der Randolph – eine Neuerung im Viertel, die viel verändert hatte – und zu der renovierten Bibliothek in Petworth. Gleich um die Ecke lag ein wiederbelebtes Sportzentrum mit einem kleinen Swimmingpool, Spielplätzen und einem schönen Spielfeld samt Tribüne. Einen Block weiter südlich befand sich die Bruce-Monroe Elementary School mit ihrer mit Zinnen versehenen, burgähnlichen Fassade – in Ricks Augen ein Pluspunkt, denn er wünschte sich Kinder und fand, die Schule sei ein Zeichen, dass sie hierbleiben und eine Familie gründen sollten. Anna ließ ihn bei dem Thema meistens reden. Sie war nicht sicher, ob sie schon Kinder haben wollte. Oder ob überhaupt.

Ihre Eltern, die ein paarmal im Jahr zu Besuch kamen, betrachteten Annas und Ricks Wohnsitz mit Sorge. Sie fragten, ob es hier auch »sicher« sei, und Anna beruhigte sie. Sie war kein naives Landei. Wenn sie nachts unterwegs war, hielt sie die Augen offen und ließ sich nicht von liberalen Schuldgefühlen davon abhalten, die Straßenseite zu wechseln, um Gruppen junger Männer aus dem Weg zu gehen. Es war in der Großstadt einfach wichtig, sich klarzumachen, wo man sich befand. Viele junge Paare hielten sich einen Hund, der das Haus und sie im Dunkeln auf der Straße beschützen sollte, doch Anna fand es unfair, ein Tier ständig so lange allein zu Hause zu lassen, da sie und Rick den ganzen Tag arbeiteten. Es kam manchmal zu bewaffneten Überfällen, ab und an zu einem Mord, und gelegentlich hörte sie Schüsse in der Nacht. Aber die Zahl der Gewalttaten nahm stetig ab. Tatsächlich wurde die ganze Stadt immer sicherer.

Trotzdem machte Anna sich Sorgen, nicht wegen der Gegend, sondern wegen ihrer Ehe. Rick war nicht das Problem. Er war klug, witzig, ein Gentleman, ein gut aussehender, dunkler irischer Typ. Sie waren gute Freunde und bisher gute Partner, im Bett klappte es. Rick fand die richtigen Punkte, auch wenn er ein bisschen zu technisch vorging und seine Methode immer die gleiche war. Sie kam nicht häufig, aber dafür hatte sie ja ihren Vibrator. Sie liebte Rick. Wenn er ins Zimmer trat, hatte sie das Gefühl, *jetzt ist alles okay.*

Was sie beunruhigte, waren die Konventionen der Ehe. Die Erwartungen, der ganze Ablauf. Hochzeitsfeier, Eigenheim, Kinder, Schule, Flüggewerden, Rente, Tod. Wenn sie an diese klare Abfolge dachte, hätte sie vor Langeweile umfallen können. Aber dann lachte sie darüber, dass sie die Dinge infrage stellte. Sie war mit einem guten Mann verheiratet. Sie wollte nicht allein sein.

Wie immer kam Rick nach ihr von der Arbeit nach Hause. Er trug einen dunkelblauen Brooks-Brothers-Anzug und eine blau-rote Krawatte, seine Kanzleiuniform, wie er es nannte. Er war ein attraktiver erwachsener Mann; wenig erinnerte an den lässigen, zotteligen Jungen mit Bart, den sie damals am Emerson College kennengelernt hatte. Wenn sie früher auf Konzerten waren und Anna in den Clubs dicht neben ihm stand, hatte es zwischen ihnen geknistert. Jetzt hörte er nur noch selten Musik. In seiner Freizeit ging er joggen oder spielte Golf.

»Hey«, sagte er und umarmte sie. Sie küssten sich. »Wie war dein Tag?«

»Gut. Ich drehe eine Runde, okay?«

»Klar. Ich gehe laufen, und wir treffen uns hier in einer Stunde oder so?«

»Okay.«

»Und dann gehen wir essen.«

»Prima.«

Er küsste sie erneut. »Du siehst gut aus. Echt gut.«

Sie trug Shorts über einer Radlerhose, ein T-Shirt mit der Flagge von D.C. von Bureau, einem Skaterladen an der U Street, und Fahrradschuhe. »Mit den Komplimenten bist du heute Abend aber früh dran.«

»Ich will ja auch was.«

»Hmm.«

Sie stieg auf ihr Cannondale-Rennrad und schoss die steile Georgia Avenue hinunter, am Banneker Pool vorbei, wo sie im Sommer immer ihre Bahnen zog. Sie sauste am Rand des Piedmont Plateau entlang – auf der Rückfahrt würde dieses Stück verdammt anstrengend werden, ein gutes, hartes Ende für ihre Tour. Sie wollte nach Downtown zur Mall fahren, und wenn sie dann noch Lust hatte, die Schlaufe bei Hains Point nehmen und wieder nach Hause strampeln. Dann würde sie duschen und mit Rick vielleicht in ein Restaurant an der Eleventh Street gehen, nach dem Essen zu Hause irgendwas auf Netflix schauen, und zu guter Letzt würden sie miteinander schlafen, das war es, was er »wollte«, wie er gesagt hatte. Ein schöner Abend. Und Routine.

Sie trat kräftig in die Pedale und dachte wie so oft auf ihren Touren über die Arbeit nach. Am nächsten Tag stand die Psychiatrische Abteilung auf dem Plan, deren Insassen andere Bedürfnisse als die der übrigen Abteilungen hatten und Anna vor andere Herausforderungen stellten. Sie hatte die Karren am Nachmittag vorbereitet und würde morgen früh noch ein paar Bücher dazustellen. Und dann dachte sie an den allgemeinen Vollzug, der übermorgen an der Reihe war, und was die Männer dort brauchten. Dieser gewitzte und clevere Donnell und dieser überzeugte Christ, der sie auf eine Art ansah, die sie nicht deuten konnte, und Michael Hudson … ach ja, Michael, den sie wirklich gemocht hatte, war ja nicht mehr da. Eines Tages war er einfach verschwunden gewesen. Sie wusste nicht, ob er in ein Bundesgefängnis verlegt oder entlassen worden war.

Das kannte sie mittlerweile. In dieser Haftanstalt waren Gefangene bis zu ihrem Prozess und ihrer Verurteilung untergebracht, außerdem die mit kurzen Haftstrafen. Niemand blieb lange dort. Anna gewöhnte sich an die Männer, manchmal freute sie sich sogar darauf, den einen oder anderen zu sehen. Und dann waren sie plötzlich weg.

Sie dachte über Michael nach. Und hoffte, dass er gut gelandet war.

8

DIE WEITZMANS wohnten in Potomac, Maryland, nahe der Falls Road in einer Nachbarschaft, in der im Kolonialstil gebaute Häuser aus den Siebzigern das Straßenbild prägten. Nach heutigen Maßstäben waren die Grundstücke und Bauten bescheiden, kein Vergleich mit den Ländereien und Villen in Howard County oder McLean auf der anderen Flussseite. Aber die großen Importwagen in den Auffahrten und die angesehenen Schulen der Gegend kündeten von leisem Wohlstand.

Phil Ornazian saß in einem kleinen Seitenraum neben der Küche, vor sich auf dem Tisch sein Notizbuch, einen Kugelschreiber und ein Glas Wasser. Er sprach mit Leonard Weitzman, der ihm gegenüber Platz genommen hatte. Weitzmans Frau Diane saß in der Küche auf einem Hocker an einer Art Frühstücksbar und trank ein Glas Chardonnay. Sie konnte das Gespräch mithören, hatte es aber vorgezogen, Abstand zu den Männern zu halten.

»Wo waren Sie beide an dem Wochenende?«, fragte Ornazian.

»Im *Hyatt* unten in Cambridge, an der Küste«, sagte Weitzman. »Nur Diane und ich. Wir fahren gern mal raus, wenn wir können.«

»Spielen Sie Golf?« Das Hotel bot einen 18-Loch-Golfplatz mit Blick auf den Choptank River.

»Ich fahre nicht deswegen hin«, sagte Weitzman. »Meine Frau mag die Atmosphäre dort.«

»Das Spa-Angebot ist großartig«, warf Diane ein.

»Aber Sie spielen«, sagte Ornazian zu Weitzman.

»Sicher«, erwiderte Weitzman und fügte lässig hinzu: »Ich bin Mitglied im Congressional.«

Die Aufnahmegebühr im Congressional Country Club betrug um die zweihundertfünfzigtausend Dollar. Damit wussten Ornazian und die Welt, dass Weitzman stinkreich war. Außerdem war er, obwohl Jude, lieber dem Congressional beigetreten, nicht Woodmont, dem traditionell jüdischen Club an der Rockville Pike, wo die Aufnahmegebühr bei schlappen achtzigtausend Dollar lag. Ornazian konnte nicht einschätzen, was das zu bedeuten hatte, aber da er sich immer außerhalb der Sphären von Geld und Macht aufgehalten hatte, fand er es interessant.

»Im Rückblick«, sagte Weitzman, »hätten wir Lisa an dem Wochenende nicht allein lassen sollen. Wir haben das schon ein paarmal getan, aber da wohnte ihr großer Bruder noch hier.«

»Richard studiert jetzt an der Penn State«, sagte Diane.

»Sie hat uns nie Anlass zur Sorge gegeben«, sagte Weitzman und hob resigniert die Hände. »So was hat sie noch nie gemacht.«

Soweit Sie das wissen, dachte Ornazian. Er hatte sich über Leonard Weitzman informiert: ein hochbezahlter Anwalt mit Aktienanteilen an einer großen Technologiefirma. Was seine Tochter anging, mochte er auf einem Auge blind sein, vielleicht hatte er auch das Gefühl, sich für den Wochenendausflug rechtfertigen zu müssen, aber er war ein erfolgreicher Mann Mitte fünfzig, hatte zwei Teenager großgezogen und war ganz sicher nicht naiv.

Er war von mittlerer Statur und hatte die üblichen Gewichtsprobleme der meisten Männer in seinem Alter. Wahrscheinlich ging er regelmäßig ins Fitnesscenter, schien den Kampf aber zu verlieren. Durch die dünner werdenden Haare schimmerte der Schädel hindurch. Jetzt, um neunzehn Uhr, trug er immer noch seine Berufskleidung, und die war teuer. Eine Armani-Krawatte, Gucci-Horsebit-Loafer, der Anzug aus bestem Stoff. Ornazian vermutete, dass er eher bei Saks als bei Nordstrom kaufte und dass ein Herrenausstatter mit britischem Akzent vor jedem seiner Besuche eine Auswahl zurechtlegte. Reine Spekulation, aber so oder so ähnlich war es bestimmt.

Weitzmans Frau Diane war klein und kräftig, aber gut zurechtgemacht. Ihre Kleidung war modern, das Haar stilvoll frisiert. Sie machte aus sich, was mit Geld rauszuholen war, doch an diesem Abend waren ihr Alkohol und Stress deutlich anzusehen.

»Wo wurde die Party denn bekannt gegeben?«, fragte Ornazian.

»Lisa hat sie auf Facebook angekündigt«, sagte Weitzman. »Vielleicht hat es sich da verbreitet, vielleicht hat es sich auch einfach rumgesprochen, Sie wissen schon, einer hört was und sagt seinen Freunden Bescheid. Zu meiner Zeit ging das durch Mundpropaganda.«

»Ist Lisa immer noch in den sozialen Medien unterwegs?«

»Sie benutzt ihren Laptop. Sie ist klug genug, so was nie wieder zu tun.«

»Und sie hat ihr Handy noch.«

»Ich werde ihr das Handy nicht wegnehmen. Dann könnten wir sie nicht erreichen.«

Ornazian griff zum Kugelschreiber. »Ich brauche die Namen von Lisas engsten Freunden. Leute, die auf der Party waren und von denen Sie sicher sind, dass sie nichts zerstören oder stehlen würden.«

Weitzman wechselte einen Blick mit seiner Frau und sah dann wieder Ornazian an. »Das wird schwierig«, sagte er.

»Wieso?«

»Ich habe das, was in der Nacht geschehen ist, dem Anwalt, für den Sie arbeiten, detailliert geschildert. Ich gehe davon aus, dass Mr. Mirapaul Ihnen alles erzählt hat.«

»Er hat mir gesagt, was er wusste.«

»Dann wissen Sie, dass Lisa in jener Nacht missbraucht wurde. Und sicher auch, wie delikat die ganze Sache ist. Haben Sie Kinder, Mr. Ornazian?«

»Habe ich. Die Komplexität der Situation ist mir bewusst. Aber ich frage mich auch, warum Sie nicht die Polizei gerufen haben.«

»Lisa hat darauf bestanden, dass wir uns da zurückhalten. Sie wollte nicht, dass das Ganze noch größer wird, als es schon ist. Und sie muss mit den Kids in ihrer Highschool noch zweieinhalb Jahre verbringen.«

»Die Polizei weiß also auch von dem Diebstahl nichts.«

»Nein.«

»Machen Sie sich keine Sorgen um Lisas Gesundheit?«

»Wir waren mit ihr beim Frauenarzt. Ein paar Prellungen, aber keine bleibenden Schäden.«

»Zumindest keine physischen.«

»Genau.« Weitzmans Stimme klang leicht gereizt. »Können wir weitermachen?«

Ornazian nickte. Er triezte Weitzman grundlos und ermahnte sich im Stillen, damit aufzuhören. Vermutlich kehrte Weitzman die Vergewaltigung seiner Tochter nicht nur ihretwillen unter den Teppich, sondern auch aus Angst um seinen Ruf. Doch das spielte keine Rolle. Ornazian brauchte den Job.

»Haben Sie eine Liste der gestohlenen Gegenstände?«, fragte er.

Weitzman schob einen Briefumschlag über den Tisch. Ornazian öffnete ihn. Darin befand sich eine ausgedruckte Liste mit den aus dem Haus entwendeten Sachen sowie ihr geschätzter Wert. Ornazian fragte sich natürlich, ob die Zahlen zu hoch angesetzt worden waren.

»Sind die Sachen versichert?« Er hielt den Blick auf die Liste gerichtet.

»Warum fragen Sie?«

»Die Versicherungsgesellschaften schicken bei hohen Summen Ermittler los. Ich möchte wissen, ob noch jemand meinen Job machen will.«

»Das ist nicht relevant«, sagte Weitzman. Der Anwalt in ihm kam durch.

Ornazian widersprach wieder nicht und sah prüfend auf die Liste. Der größte Posten war das Tiffany-Armband, dessen Wert mit fünfzigtausend Dollar angegeben war.

»Haben Sie Fotos von den Sachen?«, fragte Ornazian.

»Die sind auch dadrin.«

Ornazian schob die Liste zurück in den Umschlag und legte diesen neben sein Notizbuch. »Sie haben also keine Ahnung, wer das war. Und keins der Kids, die auf der Party waren, hat irgendwas gesagt?«

»Wir haben sie nicht gefragt«, sagte Weitzman. »Dann hätten wir die Eltern miteinbeziehen müssen, und das wollte ich, offen gesagt, vermeiden. Und da ist noch was.«

»Ja?«

»Wer immer das war, wer immer meiner Tochter das angetan hat … war überaus brutal. Sie haben die Granitarbeitsfläche in der Küche zertrümmert. Sie haben auf meinen Esstisch eingehackt, und zwar mit einem ziemlich großen Messer, wie es aussieht. Ich will nicht, dass meine Familie noch mal in Gefahr gerät.«

»Verstanden.«

»Ich habe Mr. Mirapaul von dem lila Getränk erzählt, von den Flaschen, die im ganzen Haus verteilt waren …«

»Promethazin und Codein. Wird normalerweise mit Sprite oder Mountain Dew gemischt. Im Prinzip aufgemotzter Hustensaft. Mit allen möglichen fiesen Nebenwirkungen. Lisa mag was davon getrunken haben, aber das hat sie nicht ausgeknockt.«

»Ich weiß. Die Ärzte haben Benzodiazepine in ihrem Blut gefunden.«

Diane seufzte laut, schüttelte den Kopf und ging zum Kühlschrank, um Chardonnay nachzuschenken. Sie kündigte an, nach oben zu gehen, und die Männer warteten, bis sie weg war.

»Mr. Mirapaul hat gesagt, Sie könnten mir helfen«, sagte Weitzman, als seine Frau außer Hörweite war.

»Wenn ich einen Fall annehme, gehe ich konsequent vor.«

»Wie hoch ist Ihr Preis?«

»Ich verlange einen nicht rückzahlbaren Vorschuss von eintausend Dollar. In bar. Bei einem Job wie diesem nehme ich fünfzig Prozent des Wertes der wiederbeschafften Gegenstände. Wenn ich nichts finde, bekomme ich nichts.«

»Warum in bar?«

»Ich muss vielleicht auf ein paar Eierschalen treten. So lässt sich nichts zu Ihnen zurückverfolgen.«

»Ihr Wiederbeschaffungsanteil ist ganz schön hoch.«

»Stimmt.«

»Das Tiffany-Armband war ein Geschenk für Diane zur Silberhochzeit. Es bedeutet uns beiden sehr viel.«

»Ich gebe mir alle Mühe, es zurückzubringen. Haben wir einen Deal?«

»Ja.«

Ornazian nahm sein Notizbuch und den Umschlag und erhob sich. »Macht es Ihnen was aus, wenn ich mich mal umsehe?«

»Da ist nicht viel zu sehen. Wir haben gründlich aufgeräumt. Die kaputten Stühle sind bei der Reparatur. Aber ich zeige Ihnen was.«

Ornazian folgte ihm in die offene Küche. Weitzman zeigte auf die Kücheninsel mit der geborstenen Granitplatte. »Ich habe keine Ahnung, wie man das schafft.« Er machte eine Geste mit dem Kopf. »Kommen Sie mit.«

Sie gingen ins Esszimmer, dessen Wände dunkelrot gestrichen waren. Herzstück des Raums war der Esstisch, um den herum mehrere Stühle fehlten. Weitzman nahm die Tischdecke ab – das Mahagoni darunter war durchzogen von tiefen Furchen, die ein schweres Küchenmesser hinterlassen hatte. Außer wild gezogenen Rillen und dem üblichen phantasielosen »Fuck you« war die Zahl 14 in den Tisch geritzt worden. Ornazian wusste, was das bedeutete, sagte aber nichts und machte mit dem Handy ein paar Fotos.

»Kann ich jetzt mit Lisa sprechen?«, fragte er.

»Sie ist bereit, mit Ihnen zu reden. Aber ich möchte nicht, dass Sie mit ihr über den Missbrauch sprechen.«

»Einverstanden«, sagte Ornazian.

Weitzman zog sein Handy hervor und rief seine Tochter an.

9

LISA WEITZMAN, ein dünnes Mädchen mit schulterlangen, professionell blond gefärbten Haaren, saß in einem großen, weichen Sessel auf der Terrasse, die mit bequemen Gartenmöbeln und der unerlässlichen Feuerschale ausstaffiert war. Ornazian hockte neben ihr auf einer Bank und machte sich Notizen.

Lisa trug Jeans und einen Canada-Goose-Mantel über einer weiten Bluse. Bei über fünfzehn Grad war der Mantel nicht wirklich notwendig, in Washingtons moderatem Klima ohnehin eher selten, aber es handelte sich um das gerade angesagte Label bei jenen, die Wert auf Statussymbole legten, und da war Sinnhaftigkeit zweitrangig. Ornazian war an einem milden Spätwintertag einmal bei Bloomingdale's in Chevy Chase gewesen und hatte zahlreiche Kundinnen mit genau diesen Jacken gesehen.

Lisa rauchte eine American Spirit – vor den Augen ihres Vaters, der in der Küche herumlungerte und so tat, als würde er sie nicht beobachten. Dass seine Tochter rauchte, zählte im Moment vermutlich nicht zu seinen größten Sorgen.

»Erzähl mal, wer an dem Abend alles da war«, sagte Ornazian. »Wen du gekannt hast, wen nicht.«

»Am Anfang nur ein Haufen Churchill-Leute«, sagte Lisa. Churchill war der Name ihrer Schule. »Nicht unbedingt meine besten Freunde, aber ich kannte sie alle.«

»Waren auch enge Freunde dabei?«

»Ein paar.«

»Meinst du, ich kann mit denen mal reden?«

»Keine Ahnung.«

»Sind es Mädchen?«

»Ja.«

»Okay. Was ist mit denen, die dir unbekannt waren? Kannst du die beschreiben, oder weißt du Namen?«

»Nein, weiß ich *nicht*. Ich halte nichts zurück. Ich kenne die Namen einfach nicht.«

»Beschreib sie.«

Lisa zog an der Zigarette und ließ beiläufig Asche auf ihre Jeans fallen. »Zwei Typen waren aus D.C. rübergekommen. Sie haben meinen Freunden erzählt, sie wären auf der Woodson, wo auch immer die ist.«

»Diese Highschool ist im Northeast. Haben sie Ärger gemacht?«

»Die schienen okay zu sein. Keine Ahnung. Die hatten auf Facebook von der Party erfahren, und ich glaube, sie sind bloß gekommen, um mal mit ein paar weißen Mädchen zu reden. Die Jungs aus meiner Schule waren von denen eingeschüchterter als die Mädels.«

»Aber du bist nicht sicher, dass sie tatsächlich okay waren.«

»Der Abend besteht für mich aus zwei Teilen«, sagte Lisa. »Aus dem Teil, an den ich mich erinnere, und dem, der total schwarz ist. Das war echt so, keine Ahnung …«

»Du wurdest unter Drogen gesetzt.«

»Das hat der Arzt gesagt. Ich hab den ganzen Mist, der passiert ist, nicht mitgekriegt. Ich hab nicht gesehen, wie das Haus verwüstet wurde oder dass jemand was geklaut hat. Das ist alles am Ende des Abends passiert, da war ich schon bewusstlos.«

»Gehen wir noch mal zurück zu dem, woran du dich erinnerst. Was kannst du mir noch über die Kids sagen, die du nicht kanntest?«

»Hm, da waren noch ein paar Jungs von Privatschulen, von der Landon und der Bullis. Einige hatte ich in der Montgomery Mall und auf anderen Partys gesehen. Die meisten wohnen nicht hier in der Gegend. Die sind aus Bethesda oder vielleicht aus den besseren Vierteln von D.C.«

»Und deren Namen kennst du auch nicht.«

»Nein.«

Ornazian vermochte nicht zu sagen, ob Lisa log. Mit Druck würde er bei ihr vermutlich nicht weiterkommen. Immerhin gab sie ihm einige nützliche Informationen, daher ging er nicht auf Konfrontation.

»Was noch?«

»Dann sind da noch ein paar ältere Typen aufgetaucht.«

»Wie viel älter?«

»Über zwanzig.«

»Kanntest du sie?«

»Hab sie nie vorher gesehen«, sagte Lisa. »Die haben dieses lila Getränk mitgebracht.«

»Wie sahen sie aus?«

»Keine Ahnung. Weiß, alle ziemlich groß. Und aufgepumpt. Sie hatten Tattoos, und einer hatte die Haare so, Sie wissen schon, wie die Jungs in Brooklyn und so die Haare tragen. So an den Seiten rasiert und oben lang.«

»Die älteren Typen haben also das Lean mitgebracht?«

»Ja, in einem Pappkarton, wie Bier. Die Flaschen hatten Aufkleber drauf, wie aus Apotheken. Die haben sie auf der Party verkauft.«

»Die Kids haben sich also mit diesem Drink abgeschossen. Was ging sonst noch rum?«

»Was, Drogen?«

»Ja.«

»Das Übliche. Wir haben gekifft, getrunken. Molly geschluckt ...«

»Von den Fingern abgeleckt?«

Sie schüttelte den Kopf. »Mollywasser. Wir mischen das mit Wasser und trinken es.«

»Hast du an dem Abend auch Molly getrunken?«

»Nein, ich steh da nicht drauf. Ich hab ein bisschen was geraucht und was vom Lean getrunken, mehr nicht. Ich erinnere mich noch an einen Schluck Drank, danach ist alles schwarz.«

»Drank?«

»So nennen wir das.«

»Ich zieh dich bloß auf.«

»Okay. Als ich wieder wach wurde, war es vier Uhr morgens. Fast alle waren weg.«

Ornazian hatte mitgeschrieben, jetzt legte er den Kugelschreiber beiseite. Lisa rauchte die letzten Züge und sah ihn nicht an. Äußerlich war ihr wenig anzumerken. Sie ließ nichts blicken. Aber er hatte ihre Aufmerksamkeit und fragte trotz seines Versprechens an Weitzman:

»Lisa, weißt du, wer dich missbraucht hat?«

»Nein.«

»Waren es die älteren Typen?«

»Ich *weiß* es nicht.«

»Deine Freundinnen müssen es doch wissen. Irgendwer von deinen Freunden muss wissen, wer das Haus verwüstet und die Wertsachen deiner Eltern gestohlen hat.«

»Die werden nicht mit Ihnen reden. Die wollen nichts damit zu tun haben. Ihre Eltern sollen nicht erfahren, was sie gemacht haben.«

»Will denn niemand dabei helfen, herauszufinden, wer dir das angetan hat?«

»Hören Sie, das mit dem Haus tut mir wirklich leid«, sagte Lisa. »Es tut mir leid, dass wir ausgeraubt wurden. Ich hab ein echt schlechtes Gewissen meinen Eltern gegenüber, das habe ich ihnen auch gesagt. Aber mir geht's gut. Wirklich. Mir geht's *gut.*«

»Okay. Tu mir einen Gefallen. Befreunde mich auf Facebook. Hilf mir ein bisschen. Damit ich den Schmuck deiner Mutter wiederfinden kann.«

Lisa zündete sich mit der alten Zigarette eine neue an und zertrat die Kippe mit dem Schuh. »Geben Sie mir Ihr Handy.«

Ornazian öffnete die Facebook-App auf seinem iPhone, rief sein Profil auf und gab Lisa das Telefon.

»Und schreib auch deine Kontaktdaten rein«, sagte er.

Sie zog ihr eigenes Handy heraus und nahm die Freundschaftsanfrage an. Wegen des Zigarettenqualms musste sie blinzeln. Dann trug sie ihre Kontaktdaten in Ornazians iPhone ein und gab es ihm zurück.

»Ich weiß es zu schätzen, dass du mit mir redest«, sagte Ornazian. »Das ist sicher nicht leicht.«

Liza hielt ihm die Packung American Spirits hin. Er winkte ab.

»Rauchen Sie nicht?«

»Ich hab schon lange aufgehört.«

»Die sind nicht so schädlich wie richtige Zigaretten.«

»Die sind *alle* schädlich.«

Er stand auf und schüttelte ihr fest die Hand. Sie wirkte über diese erwachsene Geste überrascht und auch erfreut.

»Danke«, sagte Ornazian. »Wenn dir noch was einfällt oder wenn einer deiner Freunde was sagen will … oder, na ja, wenn du einfach nur reden willst … ruf mich an.«

»Bitte lassen Sie meine Freunde in Ruhe«, sagte Lisa.

»Keine Sorge«, erwiderte er und ging zum Haus zurück.

An der Haustür überreichte Leonard Weitzman ihm einen Umschlag mit eintausend Dollar in bar. Ornazian steckte das Geld zu der Liste der gestohlenen Gegenstände und den Fotos.

»Welchen Eindruck macht Lisa auf Sie?«, fragte Weitzman.

»Sie wirkt ziemlich gefasst.«

»Ich glaube nicht, dass so was wieder passieren wird. Sie hat einen großen Fehler gemacht da mit Facebook. Und das weiß sie.«

Ornazian wusste, dass Facebook bevorzugt von gesetzten Ü-Dreißigern genutzt wurde. Teenager trieben sich im Allgemeinen auf sichereren und geheimeren Plattformen herum. Mit der Partyankündigung via Facebook hatte Lisa absichtlich Fremde und Überraschungsgäste anlocken wollen. Sie war abenteuerlustig, aber nicht hinterhältig. Mit dem, was dann passiert war, hatte sie sicher nicht gerechnet.

»Brauchen Sie sonst noch was?«, fragte Weitzman.

»Für den Anfang habe ich alles.«

»Ornazian … wo kommt das her, Naher Osten?«

»In etwa. Ich habe armenische Wurzeln. Meine Urgroßeltern sind vor dem Völkermord geflohen. Der laut den Türken nie stattgefunden hat.«

»Da haben wir was gemeinsam«, sagte Weitzman. »Meine Mutter hat den Holocaust überlebt. Sie war als Teenager im KZ. Mein Vater war bei der Armee und hat sie bei Kriegsende befreit. Ich bin das jüngste ihrer vier Kinder. Meine Mutter lebt noch. Sie hat jetzt acht Enkel und mehrere Urenkel. Eine gute Geschichte, wie?«

»Die amerikanische Geschichte.«

»Ich habe Ihre Kontaktdaten«, sagte Weitzman.

»Und ich Ihre«, erwiderte Ornazian. »Ich melde mich.«

»Bitte respektieren Sie unsere Wünsche«, sagte Weitzman. »Gehen Sie so unauffällig wie möglich vor. Lassen Sie die anderen Kinder und deren Eltern aus dem Spiel.«

»Klar«, sagte Ornazian. Aber er hatte bereits einen Plan, und seine Zusicherung war eine Lüge.

10

EINE WOCHE nach seiner Heimkehr beschloss Michael Hudson, sich nach einem Job umzusehen. Die Frau von Open City Advocates hatte ihm den Namen des Managers eines Restaurants in Columbia Heights gegeben. Sie hatte Michael im Vertrauen verraten, dass der Mann in jüngeren Jahren auch mal verurteilt worden war, irgendwas mit Drogenbesitz, und dann in Maryland im Knast gesessen hatte, sodass er vermutlich ein offenes Ohr für jemanden hatte, der draußen wieder auf die Beine kommen wollte.

Michael ließ Brandy in den kleinen, verwilderten Garten hinter dem Haus und wartete, bis der Hund sein Geschäft verrichtet hatte. Der Garten endete an einer Gasse und einem brachliegenden Grundstück, an dem sich mit einer weiteren Gasse ein T ergab. Dort standen vier Männer und kifften, quatschten, behelligten niemanden, machten eigentlich nicht viel. Einer von ihnen, ein Armeeveteran namens Woods, hockte auf einer Kiste. Michael nickte ihm zu, denn sie kannten sich aus Kindertagen, und Woods sagte: »Hudson«, und ein anderer: »Alles klar«.

Brandy ließ sich Zeit zum Schnüffeln und Häufchenmachen, und Michael drängte sie nicht. Am Ende musste er sie holen und die Treppe hoch zurück ins Haus tragen. Brandy bekam es immer mit der Angst zu tun, wenn sie das Gefühl hatte, die Stufen nicht zu schaffen, und rannte dann im Kreis herum. Drinnen trottete sie zu ihrem Bett, einem großen Kissen neben Dorethas Lieblingssessel, und legte sich schlafen.

Michael zog ein Hemd an, frisch gewaschene Jeans und ein Paar sauber geputzte schwarze Nike Air Force 1s. Er nahm *Als kalt der Regen fiel* in der Taschenbuchklassikerausgabe der *New York Review of Books* mit und verließ das Haus. Er hatte vor, erst mit dem Restaurantmanager zu reden und sich dann vielleicht zum Lesen in die Sonne zu setzen. Nach einem warmen Winter stand die Natur früh in Blüte, und es würde schön sein, draußen zu sitzen. Er war völlig gefesselt von dem Buch.

Er spazierte zur Eleventh Street Ecke Park Road hinüber, eine Wohngegend, in der sich eine ganze Reihe von Restaurants, Bars und Cafés angesiedelt hatten, und kam an der Tubman Elementary vorbei. Auf dem Sportfeld kickten Kinder einen Ball hin und her. Ganz in der Nähe tobten auf einer umzäunten Wiese ein paar Hunde, die Besitzer plauderten.

Das Restaurant lag an einer Ecke der Kreuzung und belegte alle drei Stockwerke eines mit einem für D.C. so typischen Erkerturm bestückten Hauses. Davor standen Picknicktische auf einer Veranda, an der noch die Weihnachtsbeleuchtung hing. Unter einem Vordach lagerten in einem Metallkäfig Holzscheite, Stufen führten zu einer Doppeltür hinunter – dort wurden, wie Michael vermutete, die Lebensmittel angeliefert. Auf dem Restaurantschild stand »The District Line«. Darunter, in kleineren Buchstaben, »Gut essen und trinken«.

Michael ging hinein.

Hinter der Bar stand eine junge Frau mit rot gefärbten Haaren und schnitt Zitronen. Die Theke verlief einmal quer durch den Raum und endete vor einem Flur, der zu einer Treppe führte. Ein Mann mit einer kurzen braunen Schürze um die Hüften verteilte Bestecke auf den nackten Holztischen. Es waren nicht viele Tische, und keiner war belegt.

»Hi«, sagte die Barfrau zu Michael. Sie hatte ein hübsches Lächeln.

»Hallo.«

»Mittagessen gibt es erst in einer halben Stunde.«

»Ich suche …« Michael schaute auf den Zettel, den er als Lesezeichen zwischen die Buchseiten geklemmt hatte. Das obere Ende ragte heraus. »Angelos. Wir sind verabredet.«

»Er ist unten in der Küche. Kommt gleich hoch.«

Kaum hatte sie es ausgesprochen, kam ein kräftiger Mann Anfang dreißig die Treppe herauf, in den Händen eine Kiste mit Magnumflaschen Weißwein, die er auf die Bar stellte. Mit seinem dicken schwarzen Bart und dem roten Bandana über den langen schwarzen Haaren sah er aus wie ein gut genährter Pirat.

»Hier ist jemand für dich, Angelos.«

»Michael Hudson.« Michael trat einen Schritt vor und streckte die Hand aus. Angelos griff zu.

»Angelos Valis.« Er sah auf seine Armbanduhr, eine Rotary mit grünem Armband, und sagte: »Gehen wir nach oben, da ist es ruhig.« Und zu der Barfrau: »Ruf mich, wenn du mich brauchst, Callie.«

Michael folgte ihm eine schmale Treppe neben der Eingangstür hoch in einen weiteren, ebenfalls recht kleinen Speisesaal, ein Eckzimmer mit Fenstern, die auf die Eleventh hinuntersahen. Sie setzten sich an einen Zweiertisch. Michael legte sein Buch neben sich. Wieder sah Angelos auf die Uhr.

»Danke, dass Sie sich Zeit nehmen«, sagte Michael.

»Die Frau von Open City hat dich empfohlen. Das sind gute Leute, spricht also für dich. Aber bevor wir weiterreden, will ich Klarheit über ein paar Dinge. Vor allem über deine Vorstrafen. Also nicht bloß über Verurteilungen. Auch über die Anklagen.«

»Du redest nicht um den heißen Brei rum.«

»Wir machen gleich auf. Also. Du wurdest gerade erst entlassen.«

»Ich wurde wegen bewaffneten Raubüberfalls angeklagt, aber die Anklage ist fallen gelassen worden. Der Mann, der überfallen wurde, hat sich entschieden, nicht auszusagen.«

»Du hattest eine Waffe?«

»Nein, aber mein Partner. Ich sollte ihm den Rücken frei halten und den Wagen fahren. Wenn eine Knarre im Spiel ist, steht da ›bewaffnet‹, egal, wer sie in der Hand hatte.«

»Du weißt vermutlich, dass ich selbst mal gesessen habe. Es macht mir also nichts aus, dass du im Knast warst. Aber ich stelle keine Gewaltverbrecher oder Sexualstraftäter ein. Niemals.«

»Ich hab nie was in der Art getan.«

»Meine Freundin meinte, du hättest noch andere Vorstrafen.«

Michael zögerte. Angelos hatte ihm die ganze Zeit in die Augen gesehen. Er war direkt, aber das war cool. Michael war nicht beleidigt. Der Typ war lässig.

»Also?«

»Als ich jünger war, hab ich auf Autos gestanden. Hab einmal eins geklaut und Bewährung bekommen. Beim nächsten bin ich im Jugendknast gelandet.«

»New Beginnings?«

»Den gab's damals noch nicht. Ich war draußen in Oak Hill.«

»Das ist hart.«

»Ja, war's.«

»Wie alt bist du?«

»Achtundzwanzig.«

»Das ist eine große Lücke zwischen den Jugendstrafen und dem Raubüberfall zehn Jahre später. Warum hast du wieder Mist gebaut?«

»Ich war dumm«, sagte Michael. »Aber jetzt bin ich's nicht mehr.«

Angelos sah ihm unverwandt in die Augen, und Michael wich dem Blick nicht aus.

»Hast du schon mal in einem Restaurant gearbeitet?«

»Nein«, sagte Michael. »Aber das lerne ich.«

»Was kannst du gut?«

»Rechnen. Ich hab hier in D.C. Verkäuferjobs gehabt. Die Umsatzsteuer beträgt fünfdreiviertel Prozent. Nenn mir eine Summe, und ich rechne die Steuer im Kopf aus. Ohne nachzusehen.«

»Das ist super, aber ich brauche niemanden für die Kasse oder die Tische. Kannst du Spanisch?«

»Nein«, sagte Michael.

»Tja, das ist ein Problem. Du würdest in der Küche arbeiten. Meine Küchencrew kommt aus Südamerika und spricht zum größten

Teil kein Englisch. Wer da arbeitet, muss mit ihnen kommunizieren können.«

»Heißt das, du stellst nur Latinos ein?«

»Mehr oder weniger. Das sind oft die einzigen, die diese Jobs machen wollen, und sie arbeiten sich den Arsch ab. Wenn mal einer nicht kommen kann, schickt er einen Freund oder Verwandten als Ersatz. Die lassen einen nie hängen.«

»Es ist also ein Job in der Küche frei?«

»Tellerwäscher«, sagte Angelos. »Aber noch nicht gleich. Einer der Typen, die gerade da arbeiten, hat ein Alkoholproblem. Ich kann ihn nicht länger behalten. Am nächsten Zahltag entlass ich ihn.«

»Hör zu, ich brauch einen Job«, sagte Michael. »Soll heißen, ich *will diesen* Job. Ich krieg das hin. Du kannst auf mich zählen, ehrlich. Irgendwie werde ich mit den Leuten schon reden können. Kann nicht so schwer sein, stimmt's?«

»Ich überleg's mir«, sagte Angelos.

»Du brauchst nicht zu überlegen«, sagte Michael. »Du weißt es doch schon. Ich will hier nicht ohne Antwort rausgehen. Kann ich den Job haben? Warum sagst du's nicht einfach? Ja oder nein?«

Angelos grinste. »Du bist ein richtiger Draufgänger.«

»Nun?«

Angelos dachte nach und nickte. »In der Tagschicht arbeitest du vor allem mit den Frauen. Die müssen am späten Nachmittag ihre Kinder abholen. Die *hombres* arbeiten abends. Außer Joe, so n kleiner Macho, der boxt gern. Er macht auch Tagschicht. Wir haben einen Holzofen. Es gehört zu deinen Aufgaben, das Holz dafür zu hacken.«

»Kann ich. Ich hab draußen die Scheite gesehen.«

»Was die Bezahlung angeht, fängst du ganz unten an. Der Mindestlohn beträgt im District elf fünfzig die Stunde. Im Juli geht er auf zwölf fünfzig hoch. Und nächstes Jahr auf dreizehn fünfzig.«

»Geht klar.«

»Schreib mir deine Handynummer auf.«

»Ich muss mir noch ein Handy besorgen. Ich geb dir die Festnetznummer von meiner Mutter.«

Michael zog sein provisorisches Lesezeichen heraus, machte ein Eselsohr in die Buchseite und schrieb mit Angelos' Stift die Nummer seiner Mutter auf. Den Zettel schob er über den Tisch.

»Gutes Buch.« Angelos machte eine Kopfbewegung Richtung *Als kalt der Regen fiel.* »Also *richtig* gut. Ich hab's gelesen, als ich in Clarksburg gesessen hab. Da hab ich die ganze Zeit gelesen. Ich weiß noch den Namen der Bibliothekarin. Wir nannten sie Miss Margaret.«

»Ich bin halb durch«, sagte Michael. »Bin neugierig, wie's ausgeht.«

»Anders, als man erwartet«, sagte Angelos.

»Danke«, sagte Michael. »Ich werd dich nicht enttäuschen.«

Sie schüttelten sich die Hand.

»Besorg dir ein Handy«, sagte Angelos.

Michael nickte. »Mach ich.«

Michael ging runter in die Bar und setzte sich an die Theke. Angelos hatte Callie aufgetragen, sich um ihn zu kümmern, und er bestellte eine Pizza Margherita und ein Glas Eiswasser und beobachtete alles, während allmählich die Mittagsgäste eintrudelten. Callie und ein Kellner erledigten den gesamten Service. Eine der Küchenfrauen brachte die fertigen Gerichte aus dem Keller in den Speiseraum, und ein kleiner Mann mit nach hinten gegeltem Haar, den Michael für den Tellerwäscher hielt, trug saubere Gläser hoch zur Bar und nahm das dreckige Geschirr mit in den Keller. Callie bestimmte die Musik, die heute zwischen Reggae und einer Art Country hin und her wechselte. Auf einem Flachbildschirm hinter der Theke lief bei abgestelltem Ton ein Fußballspiel. Die Atmosphäre war entspannt. Michael hatte den Eindruck, dass alle aufeinander eingespielt waren. Während er aß, kam Gerard, der Briefträger aus seiner Nachbarschaft, mit der Post herein. Sie wechselten ein paar freundliche Worte.

Die Pizza schmeckte gut. Michael legte Callie ein paar Dollar hin und sagte, sie würden sich bald wiedersehen.

Er ging zu Fuß rüber zur Georgia Ecke Upshur Street. Dort hatte während seines Gefängnisaufenthalts ein nagelneues Diner aufgemacht, und in den Nischen und an der Theke saßen unterschiedlichste Leute und aßen zu Mittag. Jede Menge neuer Läden hier, feine Restaurants und Bars, dazwischen ein alter Herrenfriseur und zwei Bestattungsinstitute, das schon ewig existierende Strange-Investigations-Büro und ein paar Kramläden.

Er ging weiter und betrat eine kleine Buchhandlung an der Upshur, die ihm aufgefallen, in der er aber noch nie gewesen war. Er sah sich um und ging dann zu der attraktiven jungen Frau mit dem glitzernden Nasenstecker und dem einladenden Lächeln an der Kasse.

»Vielleicht können Sie mir helfen«, sagte er. »Ich hatte mal ein Buch aus einer Serie mit dem Titel *Elmore Leonard's Western Round-up*. Band drei. Zwei Bücher in einem. Können Sie mir das bestellen?«

Die junge Frau suchte in ihrem Computer. »Die Reihe ist nicht mehr lieferbar. Aber die beiden Romane aus dem Band sind einzeln als Taschenbuch erhältlich. *Valdez* und *Man nannte ihn Hombre.* Richtig? Die kann ich Ihnen besorgen.«

»Was würden die kosten?«

Sie sah nach und nannte ihm den Preis. Michael hatte ein bisschen Kleingeld von seiner Mutter in der Tasche, und das hier war reiner Luxus, aber er wollte feiern.

»Bestellen Sie«, sagte er. »Ich kann die Bücher auch aus der Bibliothek um die Ecke holen, will sie aber behalten. Ich gründe jetzt meine eigene Bücherei.«

»Toll.«

»Ich hab heute einen neuen Job bekommen«, sagte er, als hätte sie danach gefragt.

»Glückwunsch.«

Er nannte ihr seinen Namen und die Telefonnummer seiner Mutter, damit sie ihn benachrichtigen konnte, wenn die Bücher da waren.

»Wie heißen Sie?«, fragte er.

»Anna.«

»Ich hab eine Freundin, die auch Anna heißt und Bücher mag.«

»Schön, dass ich nicht die Einzige bin.« Die junge Frau lächelte. »Ich ruf an, wenn die Bücher da sind, Michael.«

»Bis bald. Das hier wird mein Laden.«

Er suchte sich in der Nähe eine Bank und las eine Weile, dann machte er sich auf den Nachhauseweg. Ein paar Blocks von der Sherman Avenue entfernt sah er eine Frau aus einem alten Hyundai steigen, die er aus der Highschool kannte. Sie hieß Carla, das wusste er noch. Bei ihr war ein kleines Mädchen im Vorschulalter, das winzige Muschelschalen in den Braids trug. Carla hielt die Hand des Mädchens und lächelte, als Michael auf sie zukam.

»Hey.«

»Carla Thomas«, sagte Michael. »Wie die Sängerin.«

»Ganz genau.«

Michael sah das Mädchen an und sagte in sanftem Ton: »Wie geht's dir, Kleine? Du bist heute aber hübsch.«

»Danke«, sagte das Mädchen und drückte verlegen ihr Gesicht an das Bein ihrer Mutter.

Carla war groß, hatte hübsche braune Augen und kräftige Knochen, aber das gefiel ihm. Sie war mit wenig Geld gut zurechtgemacht, trug zwar keine Designerklamotten, aber die Frisur und das Make-up standen ihr, und sie roch gut. Carla achtete auf sich. Damals auf der Cardozo hatte Michael sie gemocht, hatte sie attraktiv und witzig gefunden, aber aus irgendeinem Grund waren sie nie zusammengekommen.

»Wo bist du gewesen?«, fragte Michael. »Ich hab dich seit Jahren nicht gesehen. Hab gehört, du bist nach Maryland gezogen?«

»Ich war kurz in Prince George's County, aber das war nicht meins. Kein passender Ort für Alisha.« Sie nickte ihrer Tochter zu. »Hier in der Stadt ist es sicherer. Ich bin erst mal wieder bei meiner Großmutter eingezogen. Alisha kommt nächstes Jahr auf die Tubman, dann sehen wir mal.«

»Hmm.«

»Und du, Big Man?«

»Ich arbeite«, sagte er. »Im *District Line*, dem Restaurant an der Eleventh.«

Ihr Blick verriet Erleichterung und Interesse, als sie hörte, dass er einen Job hatte.

»Das ist gut.«

»Ich heiße übrigens Michael«, sagte er.

»Das *weiß* ich.«

»Du hast mich nicht beim Namen genannt.«

»Du hast mir keine Gelegenheit dazu gegeben.«

»Wir sollten uns mal treffen«, sagte Michael kühn.

»Ich komm nur selten raus. Ich gehe zu Kursen, hab einen Job und meine Kleine …«

»Okay. Verstehe.«

»Ich hab nicht gesagt, dass es nicht geht. Nur dass es schwierig ist.«

Michael musterte sie. »Gut siehst du aus, Mädchen.«

»Du auch.«

»Ich geb mir Mühe.«

»Also dann?«

»Ich komm vorbei.«

Sie lächelten sich an, dann ging Michael seines Weges.

Als er später lesend auf der Veranda saß und Brandy zu seinen Füßen schlief, war Michael voller Erwartung. Der neue Job war ein guter Anfang. Diesmal würde sein Leben anders verlaufen, dafür würde er sorgen. Er musste sich klarmachen, dass die meisten Menschen vorankamen, indem sie jeden Tag zur Arbeit gingen und den Ball flach hielten. Schritt für Schritt. Er sollte nicht auf das schauen, was er sich nicht leisten konnte. Es war nicht richtig, sich Dinge einfach auf die Schnelle zu beschaffen. Er musste sein wie diese Rennpferde mit den Scheuklappen: Immer geradeaus schauen, sich nicht ablenken lassen. Sich auf das nächste Ziel konzentrieren.

Jetzt musste er erst mal mit seiner Mutter in den Elektroladen an der Fourteenth gehen und sich ein neues Handy zulegen. Es gab da gerade ein Angebot für ein kostenloses Smartphone, wenn man einen Vertrag abschloss. Seine Mutter war cool und würde ihn mit auf ihren Anbieter nehmen.

11

PHIL ORNAZIAN saß zu Hause auf dem Balkon im ersten Stock, arbeitete und schaute immer wieder hinaus auf die Gärten, die zu der Gasse hinter den Backsteinhäusern an der Taylor führten. Er hatte einen alten Ikea-Schreibtisch und einen Stuhl auf den Balkon getragen, der ihm als Büro diente, wenn er nicht gerade im Auto unterwegs war. Der Balkon war rundum verglast, die Scheiben ließen sich entfernen und im Frühjahr gegen Sonnenblenden austauschen. In Sommernächten schliefen er und Sydney gelegentlich hier draußen auf einem Futon, den er sich in seiner Junggesellenzeit zugelegt hatte. Manchmal holte er die Jungs in Schlafsäcken dazu. Der Balkon hatte für ihn beim Kauf des Hauses den Ausschlag gegeben.

Er saß schon den ganzen Morgen am Laptop, klickte sich durch Facebook-Profile und nutzte sein eigenes Suchprogramm, um die Gäste der Weitzman-Party aufzuspüren. Lisa hatte die Feier als privates Ereignis eingestellt. Das bedeutete, dass nicht die ganze Welt davon erfahren hatte, sondern ihre Freunde und Bekannten, und die hatten wiederum Bekannte und Fremde informieren können. Auf Lisas Seite hatte es vor der Party viel aufgeregtes Geschnatter und haufenweise Kommentare und Antworten gegeben, die unwissentlich allen möglichen Spinnern Tür und Tor geöffnet hatten, Ornazian aber auch jede Menge Hinweise auf die Täter verschafften. Er hatte ein bisschen herumtelefoniert und sich in der Datenbank der DC.gov-Webseite nach Grundsteuereinträgen umgesehen. Bei häufig vorkommenden Namen sah er sich die Websites von Schulen an und ging nach dem Ausschlussprinzip vor, und nach einigen Stunden hatte er sich diejenigen herausgepickt, die ihm am vielversprechendsten erschienen. Jetzt konnte er anfangen.

Er lehnte sich im Stuhl zurück. Das Dach der kleinen Garage am Ende seines Gartens, die er als Werkstatt nutzte, war mit Herbstlaub bedeckt. Er musste demnächst mal raufklettern und es entfernen. Und die Rosenbüsche schneiden und die Erde in Sydneys Gemüsegarten umgraben, damit sie pflanzen konnte. Und das Minenfeld aus Hundekot wegschippen, das sich im Garten angesammelt hatte. Doch zuallererst musste er die Haushaltskasse füllen. Das hatte höchste Priorität.

Einer der Hunde bellte laut, und Ornazian sagte: »Hey.« Blue und Whitey, der Einfachheit halber nach ihrer Fellfarbe benannt, saßen vor dem Sonnenschutz und starrten in den Garten hinab: zwei Pitbull-Mischlinge, aus dem Tierheim gegenüber dem großen Gemeinschaftsgarten an der Blair Road adoptiert. Dreißig Kilo schwere Hündinnen, immer noch relativ jung, muskelbepackt. Sie hatten ihm den ganzen Morgen Gesellschaft geleistet. Sie hockten gerne hier oben und hielten ein Auge auf die vielen Nachbarhunde unten in der Gasse. Ornazian wusste nicht, ob sie mit ihnen spielen oder sie in Stücke reißen wollten.

Sydney tauchte in der Tür auf. Sie trug eine schwarze Strumpfhose unter einem Jeanshemd. Ihr Haar war zu kurzen Zöpfen geflochten. Sie sah verwuschelt und wunderbar aus.

»Können die Jungs rauskommen, Liebling?«, fragte sie. »Sie wollen unbedingt.«

»Klar. Ich bin erst mal fertig.«

Sofort kamen seine Söhne Gregg und Vic auf den Balkon gestürmt. Sie hatten sich Schuhe von ihm über die Füße gestülpt und stapften ungeschickt darin herum. Beide hatten lockiges Haar, eine etwas hellere Hautfarbe als ihre Mutter und deren große braune Augen.

»Vorsicht«, sagte Ornazian, als Gregg, mit viereinhalb Jahren der Ältere, stolperte und sich am Arm seines Vaters festhielt. Vic, vierzehn Monate jünger, aber der Geschicktere der beiden, war sicherer auf den Beinen.

Die Hunde standen auf und umrundeten die Jungs, als würden sie eine Herde hüten wollen. Dann setzte sich Whitey neben Sydney und lehnte sich an ihr Bein, wie immer ganz die Beschützerin.

»Peng, peng.« Vic formte seine Hand zu einer Pistole und zielte auf seinen Vater.

»*Victor*«, sagte Sydney. »Du weißt, was wir dir über Waffen gesagt haben.«

»Genau, Vic«, sagte Ornazian wenig überzeugend. In seinem Nachttisch neben dem Bett lag eine gesicherte .38er, angemeldet und mit einem Waffenbesitzschein für den District versehen. Außerdem besaß er ein Remington-Gewehr, nicht angemeldet, das ungeladen hinter seinen Hemden im Schrank lehnte. Er hoffte, keine der beiden Waffen je benutzen zu müssen. Aber sollte jemand in sein Haus eindringen und hoch in den ersten Stock kommen, wo seine Familie schlief, dann würde er nicht zögern.

Das Auftauchen seiner Kinder und die Aufregung der Hunde bedeuteten, dass an Arbeit nicht mehr zu denken war. Sein Handy, das hinter dem Laptop lag, leuchtete auf: eine Textnachricht. Sydney las über seine Schulter hinweg ungeniert mit. Die Nachricht kam von einer Frau namens Monique und bestand nur aus zwei Symbolen: einem Dollar- und einem Fragezeichen.

»Eine von deinen Huren?«, fragte Sydney.

»Sie würde sich vermutlich lieber als Escort bezeichnen lassen.«

»Was ist eine Hure, Dad?«, fragte Gregg.

»Eine Frau, die hart arbeitet.«

»Wie Mum?«

Ornazian steckte das Handy ein und stand auf. »Ich muss los.«

»Willst du deinem Sohn nicht antworten?«, fragte Sydney.

Er küsste sie auf den Mund. »Ich bin den ganzen Tag unterwegs. Melde mich.«

Auf ihrer alten Seite beim kürzlich eingestellten Kleinanzeigendienst Backpage sah man Monique vor allem von hinten über ein Bett gebeugt ihr ausladendes Hinterteil in einem String präsentierend, oder als verpixeltes Profilbild, auf dem sie sich in die großen Brustwarzen kniff. Neben ihren Maßen waren die von ihr angebotenen Dienstleistungen aufgelistet, clever umschrieben, aber unmissverständlich. Die Anzeige verriet, dass sie Hausbesuche machte und Trinkgeld nahm. Ihr Gesicht war hübsch, wenn man kräftige Züge mochte, und sie verbarg es nicht aus Scham oder um zu täuschen, sondern um ihre Identität nicht preiszugeben. Prostitution war Moniques Nebenjob, sie hatte auch noch einen richtigen. Sie war eine der adretten Frauen, die an den Kosmetikständen der teureren Kaufhäuser an der Wisconsin Avenue in Friendship Heights arbeiteten. Es gab viele, denen es ähnlich ging und die zwei Leben lebten.

Ornazian und Monique saßen an der Bar des *Matisse*, eines französischen Restaurants an der Ecke Wisconsin und Fessenden. Es war ein ruhiges, elegantes Lokal für Einheimische. Monique nippte an einem Glas Weißwein. Ornazian blieb bei Wasser. Er hatte ihr gleich zu Beginn einen Umschlag mit eintausend Dollar in bar gegeben.

»Ich musste dich daran erinnern«, sagte Monique.

»Ich hab dich nicht hingehalten. Ich hatte zu tun.«

»Wie hat Theodore es aufgenommen?«

»Wie ein Mann. Aber er hat zu viel geredet.«

»Typisch. Seine Silberzunge ist gespalten, aber so kriegt er die Frauen rum.«

»Weißt du, dass Theodore ›Geschenk Gottes‹ bedeutet?«, fragte Ornazian. »Kommt aus dem Griechischen.«

»Hmph«, machte Monique.

Sie war ganz in Schwarz gekleidet, die Uniform ihres Tagesjobs, und perfekt geschminkt, wie es sich für eine Kosmetikberaterin gehörte. Sie hatte gerade Mittagspause, das Kaufhaus lag um die Ecke. Ornazian fragte, wie es liefe, nachdem die Regierung Backpage gezwungen hatte, die Escortanzeigen zu löschen.

»Ich bin jetzt auf ner anderen Seite«, sagte Monique. »Macht keinen Unterschied. Für das, was ich anbiete, wird's immer nen Markt geben, und die Männer finden mich schon.«

»Arbeitest du noch in den Clubs?«

»Nur in den VIP-Lounges«, sagte sie. »Alles cool.«

Angefangen hatte sie als Tänzerin in einer Oben-ohne-Bar an der New York Avenue in der Nähe des Hundeheims, die früher das pulsierende Zentrum für diese Art von Unterhaltung in D.C. gewesen war. Jetzt arbeitete sie nur noch auf Anfrage und ohne Zuhälter. In ihrer Welt hatte sie es weit gebracht.

»Ich hab vielleicht was für dich«, sagte Monique. »Könnte was einbringen.«

»Erzähl.«

»Eins der Mädels am Kosmetikstand. So ne richtig Hübsche, nennt sich Lourdes. Hat früher selbst angeschafft, ist da aber raus. Sie hat eine Freundin namens Marisol, die arbeitet in einem Puff in Columbia Heights, in der Nähe einer Bar, die einem Gustav gehört.«

»Und Gustav gehört auch der Puff, ja?«

»Genau.«

»Was für ein Problem hat Marisol?«

»Sie wurde versklavt. Wurde an einen Anwerber in Guatemala vermittelt und dann nach Amerika geschmuggelt, auf der Route, auf der auch Waffen und Drogen rüberkommen. Jetzt arbeitet sie in dem Puff ihre Schulden ab.«

»Und?«

»Ich hab Lourdes von dir erzählt. Natürlich ohne deinen Namen zu nennen. Und sie hat's ihrer Freundin Marisol erzählt. Marisol will mit dir reden. Dieser Gustav ist ein richtiger Unternehmer. Betreibt eine Malerfirma und einen kleinen Schmuckladen in Langley Park. Lourdes sagt, das ist einer von den Läden, in die irgendwie nie ein Kunde kommt.«

»Gustav wäscht da also das Bargeld aus seinen anderen Geschäften.«

»Ganz genau.«

»Kann ich mit Marisol Kontakt aufnehmen?«

»Sie meldet sich bei *dir*. Ich geb ihr deine Nummer, wenn das okay ist.«

»Ja.«

»Und wenn es klappt, springt auch was für mich raus, klar?«

»Ja, aber kein Tausender.«

»Du passt schon auf mich auf, Phil.« Monique sah auf die Uhr und trank das Weinglas aus. »Du bist immer ein Gentleman gewesen.«

Ornazian saß in Deanwood im Northeast in seinem Edge. Wohnblocks aus Backstein mischten sich hier mit Häusern auf großen Grundstücken, deren Instandhaltungszustand stark variierte. Die Bewohner von Deanwood sahen urban aus, doch die Stimmung war eher südlich und ländlich. In den Gärten standen Smoker und Barbecuegrills, Männer werkelten an ihren Autos herum. Hier hatten die Leute schon Hühner gehalten, bevor das in den Vororten zum Trend wurde, und einer hatte sogar eine Ziege. Ornazian stand an der Ecke Jay Street und Forty-Seventh auf einer Anhöhe. Die hügelige Gegend mit der Aussicht auf die Stadt war typisch für den Osten von D.C.

Er wartete darauf, dass Christopher Perry, einer der Gäste der Weitzman-Party, aus der Schule kam. Der Unterricht an der Woodson High war seit einer halben Stunde zu Ende, und Ornazian hoffte, Perry bei der Ankunft zu Hause – einer maroden Doppelhaushälfte auf dem Hügel – abfangen zu können. Er kannte einen der Mathelehrer an der Woodson aus alten Bandzeiten; kein ungewöhnlicher Werdegang für in die Jahre gekommene Funkmusiker aus dem Washingtoner Positive-Force-Umfeld. Nachdem Ornazian versprochen hatte, dem Jungen keinen Ärger zu machen, hatte der Lehrer ihm Perrys Wohnstraße genannt, nicht aber die Hausnummer. Ein Blick in die Grundsteuerdatenbank hatte ergeben, dass ein Haus an der Jay Street einer Debra Perry gehörte, Christophers Mutter oder Großmutter.

Ornazian wollte gerade aufgeben und losfahren, als Christopher Perry mit einer Schultasche über der Schulter die Straße entlangkam. Das Gesicht ähnelte dem auf seinem Facebook-Profil. Ornazian stieg aus und ging über die Straße auf ihn zu. Perry, ein großer Junge, sah ihn cool an und setzte seinen Weg fort. Ornazian war sichtlich auf fremdem Terrain. Deanwood und dem benachbarten Stadtteil Burrville stand die Gentrifizierung erst noch bevor.

»Christopher Perry?«, sagte Ornazian.

»Ja?« Perry hielt an und ließ seine Tasche fallen, um die Arme frei zu haben. Genau das hätte Ornazian auch getan.

Er zog seine Brieftasche hervor und hielt sie so, dass Perry seine Lizenz sehen konnte. »Phil Ornazian. Ich bin Ermittler.«

Viele nahmen die absichtlich vage Bezeichnung »Ermittler« anstandslos hin, doch Perry warf einen genauen Blick auf die Lizenz, bevor Ornazian die Brieftasche wieder zuklappte.

»Sie sind nicht von der Polizei«, sagte Perry.

»Privatermittler.«

»Also muss ich nicht mit Ihnen reden.«

»Lass mich nur eine Frage stellen«, sagte Ornazian. »Du warst vor Kurzem auf einer Party in Potomac, Maryland?«

»Und?«

»In dem Haus wurde an dem Abend wertvoller Schmuck gestohlen. Und es wurde ein Mädchen vergewaltigt.«

Das ließ Perry aufhorchen. Er wirkte ein bisschen überrascht.

»Sie hatten eine Frage?«, sagte er.

»Weißt du irgendwas darüber?«, fragte Ornazian. »Du warst mit einem Freund da, stimmt's?«

»Wir haben nichts damit zu tun.«

»Das behaupte ich auch nicht. Ich will bloß wissen, ob du was gesehen hast. Ich arbeite für den Mann, dem das Haus gehört.«

Perry zuckte die Achseln. »Wir sind bloß so aus Spaß hin. Um mit ein paar Mädels zu quatschen. Würde ich nicht wieder machen, echt jetzt.«

»Wieso nicht?«

»Die Typen da haben nur Scheiß gebaut. Reiche Kids, die auf Gucci Mane und so machen und Drank runterkippen.«

»Du trinkst das nicht?«

»Nee, ich lass die Finger davon. Das macht einen debil. Pimp C ist davon *gestorben.* Aber die Kids auf der Party haben übertrieben auf *fucked-up* gemacht, ohne es zu sein.«

»Was meinst du damit?«

»Die Typen, die mit dem Lean kamen und es vertickt haben: Die hatten was vor.«

»Wer waren die?«

»Drei ältere weiße Typen, tätowiert. Der Kumpel, mit dem ich da war –«

»Wie heißt er?«

»Nein. Nee, nee.«

»Okay. Erzähl weiter.«

»Mein Freund hat sich die Medizinflaschen angeguckt, die sie mitgebracht hatten«, sagte Perry. »Sie hatten mit einer Nadel ein bisschen von der Flüssigkeit abgesaugt. Und wahrscheinlich dafür Hustensaft oder so n Scheiß reingespritzt.«

»Sie haben das Zeug also verschnitten. Woher weißt du das?«

»Am Verschluss war ein Brandfleck, wo sie das Loch wieder versiegelt hatten. Wir wissen, was das bedeutet. Aber die Kids da draußen in der Edelhood, die checken einen Scheiß.«

»Waren es auch diese älteren Jungs, die dann das Haus verwüstet haben?«

»Ich sag doch, keine Ahnung. Ich und mein Freund sind früh weg.«

»Wieso?«

»Die Typen mit dem Lean haben uns angemacht. Uns als Nigga bezeichnet und solchen Mist. Und es war ihnen egal, ob wir's mitkriegen.«

Ornazian dachte nach. Angesichts dessen, was in Weitzmans Tisch geritzt worden war, passte das ins Bild.

»Also seid ihr verschwunden.«

»Die waren in der Überzahl. Außerdem wollte ich noch zu einer Party im Northeast. Mit meinen Leuten abhängen.«

Ornazian dachte an seine Söhne und das, was ihnen bevorstand, wenn sie älter wurden. Einen Moment lang überlegte er, sich bei Christopher Perry zu entschuldigen, aber das wäre eine echt lahme Nummer gewesen. Doch Perry hatte bereits seine Tasche aufgehoben und setzte seinen Weg fort.

12

DIE KÜCHE des *District Line* lag im Keller und war kaum größer als die in einer normalen Wohnung. Sie war wie ein L geformt, und am Knick des L stand ein Holzofen, an dem die Pizzas vorbereitet und gebacken wurden. Einen Grill gab es nicht. Neben dem mit Ziegelstein verblendeten Ofen befand sich ein Metallgestell mit Holzscheiten. An den Armen des L waren Arbeitsflächen eingerichtet, eine für kalte Speisen und Salate, die andere für das Belegen der Pizzas, und unter den Arbeitsflächen waren Kühlschränke. Bier und Weißwein wurden in einem begehbaren Kühlraum gelagert, außerdem gab es Regale für Dosen und Büchsen sowie einen Bereich für Fässer, von denen Leitungen durch die Decke hindurch nach oben in die Bar führten. Ein räumlich beschränkter, aber bestens durchorganisierter Arbeitsplatz.

Abseits des Ls lag der kleine Bereich, in dem Michael arbeitete. Hier war es noch enger, der Platz reichte gerade für eine Spülmaschine und zwei Metallbecken, darüber Wasserhähne und ein Spülschlauch. An der Wand hingen Kanister, aus denen automatisch Spülmittel und Klarspüler in die Maschine liefen. Besteck, Teller und Gläser kamen in die Spülmaschine. Die Becken wurden zum Einweichen und Schrubben von Töpfen und Pfannen genutzt.

Michael stand bei seiner Arbeit auf Gummimatten und hatte eine Schürze umgebunden. Links von ihm befand sich die eiserne Wendeltreppe, die in den Speiseraum führte. Die Food Runner mussten sich hier ebenso nach oben durchfädeln wie er, wenn er die Gläser zur Bar brachte. Die Stufen waren wie Gullydeckel gestanzt, um die Rutschgefahr zu minimieren. Wer hier arbeitete, musste wendig und in Form sein.

Morgens, bevor das Restaurant öffnete – und wann immer es sonst nötig war –, ging Michael nach draußen, hackte das getrocknete Eichenholz klein und stapelte es dann in der Küche neben dem Ofen. Die Küchenarbeiter mussten ständig Holz nachlegen, der Ofen erreichte gute achthundert Grad. Mit langen Brotschiebern beförderten sie Pizzas, Calzonen und geröstetes Gemüse in den Ofen. Ihre Unterarme waren oft voller Brandmale.

Michael hatte schon am ersten Vormittag alles im Griff gehabt. Zum Abwaschen musste man kein Genie sein, was erst mal eine enttäuschende Einsicht war. Der Job bot keine Perspektive, er würde in einem Jahr nicht mehr gelernt haben als am ersten Tag – ein seltsames Gefühl. Aber die Arbeit wurde bezahlt und gab ihm die Struktur im Leben, die er brauchte.

Die Frauen in der Küche, Maria und Blanca, waren streng gläubige Katholikinnen, arbeiteten hart und behandelten ihn trotz der Sprachbarriere freundlich. Und die baute er ziemlich schnell ab, sagte *mucho, caliente, rapido, para qué* und *gracias, señora* oder manchmal auch schmeichelhaft *señorita.* Sie nannten ihn Miguel und Baby, er nannte sie *mamacita* und Mommy. Obwohl keine dreißig, sahen sie älter aus und hatten Kinder, aber in ihren Augen und ihrem Lächeln war ein Leuchten.

Die Männer waren weniger freundlich, aber auch nicht abweisend. Vielleicht waren sie mit dem Mann, den Michael ersetzt hatte, befreundet gewesen. Es würde länger dauern, sie für sich zu gewinnen. Aber auch da machte Michael Fortschritte. Einer der Männer, Joe, begrüßte ihn mit Boxerpose und knuffte ihn im Vorbeigehen hin und wieder. Seine Art, den Olivenzweig zu reichen. Sie nannten Michael *el hombre alto.* Er überragte sie alle.

Aus einem neben der Arbeitsfläche für die kalten Speisen aufgestellten Bluetoothlautsprecher schallte Tag und Nacht spanische Musik. Michael kam sich vor wie auf einer Party oder beim Karneval.

Nach kurzer Zeit hatte er die Musik satt und griff zu seinen Ohrstöpseln, um seine eigenen Sachen zu hören, ein bisschen Go-go und Hip-Hop, aber vor allem den R&B, den seine Mutter immer gehört hatte, als er noch klein war. Er hätte sich Hörbücher besorgen können, doch das war nichts für ihn. Auch E-Books las er nicht. Für ihn war ein Buch wie ein Gemälde in einem Museum. Ein Kunstwerk. Nichts ließ sich mit dem Gefühl vergleichen, ein Buch in der Hand zu halten und die Worte auf den Seiten zu betrachten. Er »sah«, was er las. So träumte er auch.

Jeden Tag brachte er ein Buch mit zur Arbeit und las während der Mittagspause im leeren Speiseraum im dritten Stock oder bei schönem Wetter an einem der Tische auf der Veranda. Manchmal setzte sich Angelos Valis für ein paar Minuten zu ihm, nicht um ihn zu stören, sondern um sich zu erkundigen, wie es lief.

»Warum heißt der Laden *District Line*?«, fragte Michael. »Wir sind fünf, sechs Meilen von Maryland entfernt.«

»Der Vater des Eigentümers hat sich an eine Kolumne mit dem Titel ›District Line‹ erinnert, die früher jeden Tag in der *Washington Post* erschien. Geschrieben von einem Typen namens Bill Gold.«

»Als noch Dinosaurier über den Planeten streiften.«

»Es gibt noch ein anderes Restaurant in der Gegend mit demselben Namen, in einem Hotel. Die machen uns deswegen aber keine Schwierigkeiten.«

»Ihr solltet echt den Namen ändern.«

»Wie würdest du es denn nennen, wenn's nach dir ginge?«

»Michael Hudson's.«

»Klar.« Angelos lächelte. »Ich lass das Schild noch heute ändern.«

Am Ende dieser Gespräche dankte Michael Angelos immer für die Chance, die er ihm gegeben hatte. Und er meinte es ernst.

Seit seiner Unterhaltung mit Christopher Perry hatte Phil Ornazian mehrmals versucht, Kontakt zu weiteren Partygästen aufzunehmen, aber ohne großen Erfolg. Die meisten hatten seine Facebook-Nachrichten ignoriert, und die wenigen, die sich meldeten, lehnten ein

Gespräch mit ihm ab. Letztendlich stimmte ein Mädchen namens Britany, eine Freundin von Lisa, zu, sich mit ihm zu treffen, allerdings nicht bei ihr zu Hause.

Er verabredete sich mit ihr nach der Schule im Gastrobereich der Montgomery Mall und lud sie ins *Cava*, ein mediterranes Imbissrestaurant, ein. Während sie aß, stellte er seine Fragen. Sie behauptete, nicht zu wissen, wer die Weitzmans ausgeraubt und Lisa vergewaltigt hatte. Ihr Blick und ihre Körpersprache straften sie Lügen. Ornazian fand sie sowohl unehrlich als auch hohlköpfig und fragte sich, warum sie sich mit ihm getroffen hatte, von der Einladung zum Mittagessen einmal abgesehen. Doch als sie ihm bereitwillig den Namen eines Jungen nannte, der auch auf der Party gewesen war, inklusive seiner Adresse, war Ornazian klar, was sie im Schilde führte. Sie wollte jemandem Ärger bereiten, mit dem sie mal eine Beziehung gehabt hatte, deren Ende schlecht verlaufen war. Die Art und Weise, wie sie über den Jungen sprach, ließ Ornazian vermuten, dass sie sauer auf ihn war, aber immer noch auf ihn stand. Er hatte sie nicht gut behandelt.

Sein Name war Billy Hanrahan. Er besuchte eine Privatschule in Potomac, was Ornazian entgegenkam. Britany sagte, Billy habe einen der älteren Jungs erkannt, die auf der Party aufgetaucht waren. Das Treffen mit ihr, das so unerquicklich begonnen hatte, erwies sich am Ende also als Volltreffer.

Während Britany aufaß, bekam Ornazian eine Nachricht von Marisol, der Frau aus dem Puff in Columbia Heights. Sie wollte sich mit ihm treffen, hatte aber nur wenig Zeit, und zwar jetzt.

»Ich muss los«, sagte Ornazian.

»Lassen Sie mich nicht hängen«, sagte Britany.

Ornazian ließ sie sitzen und fuhr zurück in die Stadt.

Marisol hatte ihm ein Selfie geschickt, Ornazian wusste also, nach wem er Ausschau halten musste, und entdeckte sie allein im *Compass Coffee* an der Seventh Street in Shaw sitzend. Sie war eine attraktive Frau Anfang zwanzig und trug ein preiswertes, tief ausgeschnittenes

Kleid unter einem Frühlingsmantel. Ihre Augen waren mandelförmig und sehr dunkel, ihre Augenbrauen ebenfalls. Er vermutete, dass die natürliche Farbe ihres rötlich getönten Haars schwarz war. Sie hatte die Gesichtszüge einer Guatemaltekin.

Er stellte sich vor, holte zwei Kaffees und setzte sich zu ihr an den Holzlaminattisch. Sie war nervös wie eine Katze, sah sich immer wieder um und behielt die Straße vor dem Fenster im Blick. Er sprach sanft, um sie zu beruhigen.

»Ich werde mir ein paar Notizen machen.« Ornazian schlug sein liniertes Moleskine-Notizbuch auf. »Nur für mich. Das bekommt kein anderer zu sehen. In Ordnung?«

»Ja, Mr. Ornay-jun.«

»Nenn mich Phil.«

»Phil.«

»Wo arbeitest du?«

Sie sagte es ihm. Ein Reihenhaus in einer Wohnstraße in Columbia Heights, nahe der Georgia Avenue und der Howard University.

»Wie sieht es innen aus?«, fragte Ornazian.

»Es gibt im Erdgeschoss eine Bar und einen Bereich zum Sitzen, wo wir uns präsentieren. Und dann oben vier kleine Zimmer, in denen wir arbeiten.«

»Security?«

»Es sind immer ein paar Männer da. Und Gustavo und sein Mann, wenn sie kommen.«

»Sein Mann?«

»Cesar. Sein *segundo* und Bodyguard. Gustavo hat die Straße runter einen Laden. Eine Bar und ein Billardtisch, mehr steht da nicht. Heißt *Nine Ball.*«

»Er kommt das Geld holen?«

»Er kommt und tut, was immer er will. Manchmal kommt er, um andere zu bezahlen.«

»Was für andere?«

»Schutzgeld. An die MS-13.«

»Sind die die ganze Zeit im Puff?«

»Nur, wenn sie ihr Geld holen. Zweimal die Woche.«

»Geht viel Geld rein und raus?«

Marisol zuckte die Achseln. »Ich seh nichts davon. Aber ich glaube schon.«

»Was meinst du damit, du siehst nichts davon?«

»Ich bekomme keins. Ein paar der Mädels behalten die Hälfte von dem, was sie verdienen, nachdem sie die Kondome und Feuchttücher bezahlt haben. Ich arbeite meine Einreise in dieses Land ab. Mir bleibt nichts. Manchmal kriege ich Trinkgeld.«

»Wohin geht das Geld?«

»Gustavo und Cesar nehmen es am Ende jeder Nacht in einem Lederkoffer mit. Am Wochenende brauchen sie zwei.«

»Wohin bringen sie es?«

»Ich weiß nicht.« Marisol zog einen Zettel aus ihrer kleinen Handtasche. »Aber hier wohnt Gustavo.«

Ornazian nahm den Zettel. Eine Adresse in Hyattsville, Maryland. »Bist du mal da gewesen?«

»Auf seinen Partys.«

»Warum hast du die Adresse aufgeschrieben?«

»Weil ich gehofft habe, dass dieser Tag kommen würde.«

»Was willst du?«, fragte Ornazian.

»Geld«, sagte Marisol. »Für mich und meine kleine Tochter. Ich habe einen Bruder in Houston. Er arbeitet auf dem Bau. Ich werde zu ihm gehen.«

Ornazian dachte nach. »Es wäre gut, wenn ich mich in dem Puff mal umsehen könnte.«

Sie schüttelte den Kopf. »Du kannst da nicht rein. Keine Gringos.«

»Was, wenn ich einen Latino reinschicke?«

»Nur aus El Salvador. Wenn einer aus Mexiko oder Nicaragua kommt, wissen sie, dass die Polizei im Spiel ist.«

»Und wo kommen die Freier dann her?«

»Sie finden sie an den Bushaltestellen. Oder da, wo Männer auf Arbeit warten. Baumärkte. Sie bringen sie in Vans zum Haus. Selbst ein Mann, der keine Arbeit hat, treibt dreißig Dollar auf, wenn er sich nach einer Frau sehnt.«

»Du sprichst gut Englisch.«

»Ich habe früher in Guatemala City in der Nähe der amerikanischen Botschaft gewohnt. Ich hab geputzt. Es waren viele Amerikaner da.« Marisol sah sich erneut um und beugte sich vor. »Es darf niemand wissen, dass wir geredet haben.«

»Du kannst mir vertrauen.«

»Ich habe Angst.« Sie biss sich auf die Lippe. Schüchtern sagte sie: »Was werde ich kriegen?«

»Tausend Dollar. Lösch die Nachricht, das Foto, das du mir geschickt hast, und meine Nummer aus deinem Handy. Ab jetzt melde ich mich bei dir, wenn es notwendig ist.«

»Du hilfst mir also.«

Ornazian sagte: »Ich denke darüber nach.«

Aber im Kopf sagte er Ja.

13

ANNA UND Rick Byrne hatten beschlossen, essen zu gehen und danach vielleicht noch etwas zu trinken. Sie waren auf dem Weg in die Eleventh Street, wo die Auswahl an Lokalen groß war. Rick hatte Appetit auf eine Holzofenpizza im *District Line*, und Anna, die das Essen dort mochte, war einverstanden. Der Plan war: Essen im *District Line*, danach vielleicht auf ein Bier ins *Wonderland* oder *Meridian Pint*. So machten sie es oft.

Im Restaurant angekommen, setzten sie sich auf ihre Lieblingsplätze an der Theke. Die rothaarige Barfrau legte ihnen Besteck hin, sie bestellten Pizzas und zwei Gläser D.C. Brau Pale Ale. Anna trug ihr Haar offen und war fast ganz in Schwarz gekleidet, dazu hatte sie kurze, abgewetzte Bikerstiefel an. Rick trug sein übliches Outfit: Jogginghose, einen weißen Pulli mit Callaway-Logo, graue New-Balance-Turnschuhe. Von außen wirkten sie wie ein Paar, das unterschiedliche Wege eingeschlagen hatte, und dieser Eindruck war nicht falsch. Ricks Ziel war es, das Rentenalter Golf spielend in Florida zu verbringen, wo alle aussahen wie er, Happy-Hour-Cocktails tranken und Frühbucherrabatten hinterherjagten. Anna zog das Leben in der Stadt vor, wo es Vielfalt und Kultur gab. Aber weil das alles noch so weit weg schien, wurde nie darüber gesprochen.

Das Restaurant war gut besucht, die Bedienung aber nicht überfordert. Über die Stereoanlage lief ein Long Jam, der nach afrikanischer Musik klang, und Rick fragte: »Wer ist das, Paul Simon?« Die Barfrau erwiderte: »Fela Kuti.«

»Paul Simon.« Anna kicherte.

»*Was?*«, sagte Paul.

Er erzählte ihr von einem Wirtschaftsfall, mit dem er gerade zu tun hatte. Irgendwas mit Insidergeschäften. Vielleicht müsste er bald für eine eidesstattliche Aussage runter nach Atlanta fliegen. Anna hielt das Gespräch höflich aufrecht. Sie interessierte sich zwar für seinen Job, doch insgeheim dachte sie an ihren Buchclub. Das nächste Treffen fand diese Woche statt. Sie hatte den Männern einen literarischen Roman zu lesen gegeben und fragte sich, ob das ein Fehler gewesen war, weil das Buch zwar gut geschrieben, aber handlungsarm war. Außerdem grübelte sie über die Sachbücher nach, die sie am Nachmittag für die Fortbildungskurse herausgesucht hatte und morgen früh zustellen musste.

Sie starrte gedankenverloren ins Leere, als plötzlich am Ende der Bar Michael Hudson mit einem Tablett voller Gläser auftauchte. Er trug eine Strickmütze und eine Schürze über einem T-Shirt, sein Gesicht glänzte vor Schweiß. Er stellte die Gläser auf der Theke ab und sah sich im Speiseraum um. Als er Anna erkannte, lächelte er. Sie merkte, dass sie das Lächeln mit spontaner Zuneigung erwiderte. Michael war also draußen und hatte einen Job. Er war nicht in einem Bundesgefängnis gelandet.

Michael griff nach einem sauberen Thekentuch, wischte sich das Gesicht ab und ging auf Anna und ihren Begleiter zu.

»Michael«, sagte sie und schüttelte ihm kräftig die Hand.

»Miss Anna.«

»Nur Anna, bitte.«

»Okay. Anna.«

»Das ist mein Mann Rick.«

Rick, Gentleman und großer Befürworter von Etikette, erhob sich vom Barhocker und gab Michael die Hand. Zwei große Männer.

»Freut mich«, sagte Rick, dann sah er in Erwartung einer Erklärung Anna an.

»Michael war einer meiner Klienten.«

»Anna hat mich zum Lesen gebracht«, sagte Michael.

»Toll«, sagte Rick und setzte sich wieder.

»Sie arbeiten also hier«, sagte Anna lahm.

»Ja, unten in der Küche. Seitdem ich raus bin.«

»Ich wusste nicht, was aus Ihnen geworden ist.«

»Die Anklage wurde fallen gelassen«, sagte Michael. »Ich bin nicht auf Bewährung. Sondern richtig raus. Alles ist gut jetzt, wissen Sie?«

»Das sehe ich. Glückwunsch.«

»Und ich lese. Hab einen Büchereiausweis und so. Hab ein paar von den Büchern gekauft, die Sie mir empfohlen haben, damit ich meine eigene Sammlung anlegen kann. Ich wohne drüben an der Sherman bei meiner Mutter.«

»Wir wohnen auch nicht weit von hier. In Park View.«

Anna spürte Ricks Blick und beschloss, nicht mehr zu sagen. Für sie war es eine harmlose Unterhaltung, aber Rick fand es natürlich falsch, einem Straftäter solche Informationen zu geben. Doch obwohl sie Michael kaum kannte, vertraute sie ihm.

Alle nahmen das Schweigen wahr.

»Ich geh besser wieder an die Arbeit«, sagte Michael und schob die schief auf seinem Kopf sitzende Strickmütze zurecht. »Die Teller stapeln sich. Können Sie mir noch was empfehlen?«

»Im Buchclub lesen wir *Zum Wiedersehen der Sterne.* Das ist von einem jungen äthiopischen Autor, spielt in D.C. Das könnte Ihnen gefallen.«

»Zum Wiedersehen der Sterne.« Michael wiederholte den Titel wie früher, als Anna ihm im Knast Bücher empfohlen hatte. »Ich schau mich danach um. Danke, Anna.«

»Sehr gern.«

»Schön, Sie zu treffen«, sagte Michael zu Rick, und sie gaben sich wieder die Hand.

»Ebenfalls«, sagte Rick.

Michael ging zur Treppe, drehte sich um und sah Anna noch einmal an, dann lief er hinunter in die Küche. Bei seinem Blick spürte Anna, dass sich etwas in ihr regte, und das verwirrte sie. Ricks Stimme schreckte sie auf.

»Was war das denn?«

»Er ist ein guter Typ.«

»Er ist ein Krimineller. Und du hast ihm gesagt, wo wir wohnen.«

»Ich habe bloß die Gegend erwähnt, mehr nicht. Er kennt nicht mal unseren Nachnamen. Im Gefängnis heiße ich Anna Kaplan, weißt du noch? Außerdem würde Michael mich niemals belästigen.«

Rick schüttelte den Kopf. »Sei nicht so naiv, Anna.«

Vielleicht war sie naiv. Aber sie hielt Michael Hudson für einen von den Guten, und sie freute sich für ihn. Es schien für ihn zu laufen.

Später, als das Restaurant geschlossen hatte, ging Michael zu Callie, der Barfrau, die gerade die Unterlegematten ausspülte, und fragte, ob er einen Blick auf die Kreditkartenabrechnungen des Abends werfen könnte. Wahrscheinlich war das nicht erlaubt, aber Callie mochte Michael und ließ ihn machen.

Es war nach Mitternacht. Ornazian und Thaddeus Ward befanden sich in Columbia Heights in einer Seitenstraße der Georgia Avenue nahe einer Bar, die nur anhand einer Billarddarstellung auf einem Lichtkasten als das *Nine Ball* zu erkennen war. Das Fenster war fast vollständig geschwärzt und mit Werbeplakaten für Zwanzigdollareimer Corona und Bud-Light-Flaschen mit Zitrone für zwei fünfundsiebzig zugeklebt. Der Text auf den Plakaten war auf Spanisch. Schmächtige Männer gingen in dem Laden ein und aus, ein paar standen vor der Tür und rauchten. Über der Tür war eine Videokamera montiert.

Ornazian und Ward saßen in einem Lincoln Mark, einem von Wards schwarzen Wagen. Sie hatten dicht hinter einem SUV geparkt, der ihr vorderes Nummernschild verdeckte. Einen halben Block weiter lag ein einfaches, unauffälliges Reihenhaus, neben dessen Vordertreppe ein Junge mit einem Handy in der Hand auf einem Stuhl saß. Über der Haustür stach ein kurzer Mast mit einer zusammengerollten Flagge heraus. Im ersten Stock war eine Kamera an der Ziegelwand angebracht.

»Haufen Kameras in dieser Gegend«, sagte Ward.

»Haufen Kameras überall«, sagte Ornazian. »Versaut einem echt den Spaß.«

Ein weißer, fensterloser Van hielt vor dem Haus. Der Junge sprach in sein Handy, dann stiegen fünf Latinos aus dem Wagen und gingen hinein.

»Der Junge, der da Schmiere steht, hat gerade mit jemandem drinnen gesprochen«, sagte Ward. »Und ich wette, wenn die Flagge ausgerollt wird, ist das irgendein Zeichen. Vielleicht so was wie ›Wir haben die Bullen im Haus, haut ab‹. Die machen das professionell. Du hast gesagt, MS-13 sorgen für die Security?«

»So nennen sie das. Ist aber wohl eher das Gegenteil. Sie zahlen Schutzgeld, um sich MS-13 vom Hals zu halten.«

»Meinst du, unser guter Gustav hat dadrin seine eigenen Leute mit Knarren?«

»Würde ich vermuten. Aber wir nehmen ihn nicht im Puff aus.«

»Wär gut, einen Blick reinwerfen zu können.«

»Da kommt keiner rein, der nicht aus El Salvador ist.«

»Erinnerst du dich an Esteban? Der für mich arbeitet?«, fragte Ward. »Du bist ihm begegnet. Er kommt da aus der Gegend.«

»Esteban ist ›Stephen‹ auf Spanisch.«

»Ach was?«

»Bestimmt ist er ein guter Typ, hat Teamgeist und so. Aber wir brauchen Esteban nicht.«

»Weil du nicht mit ihm teilen willst.«

»Das auch.«

»Wir könnten dich dunkel anmalen und reinschicken. Aber dann müsstest du vielleicht mitmachen. Und ich weiß, dass du das nicht willst. Weil du – wie heißt das? *Monogam* bist.«

»Das kommt aus dem Griechischen. ›Monos‹ heißt ›allein‹. ›Gamos‹ bedeutet ›Ehe‹. Aber ›gamo‹ ist auch griechische Umgangssprache für ›ficken‹. Wenn man in die Tiefe gehen will.«

»Das nennst du tief?«

Ornazian öffnete die Galerie auf seinem iPhone, suchte ein Foto heraus und reichte Ward das Handy. »Hier. Deswegen bleibe ich treu.«

Ward betrachtete das Foto. Ornazians Frau Sydney lag in provokanter Pose nackt auf dem Bett.

»Verdammt. Motherfucker! Wie hat sich so ein hässlicher Vogel wie du eine solche Frau angeln können?«

»Mein Schwanz ist so dick wie eine Coladose.«

»Und wenn du schüttelst, spritzt es?«

»Witzig.«

Ward gab Ornazian das Handy zurück.

Kurz darauf kamen drei Männer aus dem *Nine Ball* und gingen in Richtung Puff. Anführer der Gruppe war ein breitbeiniger, übergewichtiger Typ mit Schnurrbart, schlecht sitzendem Sakko und breiter Krawatte. Ein anderer, klein, glatt rasiert, das Gesicht eines gebürtigen Zentralamerikaners, lief neben ihm. Der Dritte, mit Klischeegoatee und nach hinten gegeltem Haar, folgte ihnen.

»Der Fette da könnte Gustav sein«, sagte Ornazian.

»Dann wäre der Wladislaw-Doppelgänger da neben ihm wohl sein Schießeisen.«

»Wladislaw?«

»Charles Bronson in *Das dreckige Dutzend.* Wie alles, was ich erwähne, war das vor deiner Zeit.«

»Wenn das Gustavs *segundo* ist, heißt er Cesar.«

Die Männer betraten den Puff.

»Wir werden einen Fahrer brauchen«, sagte Ornazian.

»Ja, das sieht ein bisschen komplizierter aus als unsere sonstigen Stunts«, sagte Ward. »Hast du jemand Bestimmtes im Sinn?«

»Ja. Einen Typen, der mir noch einen Gefallen schuldet. Verlässlich, kann fahren.

»Woher kennst du ihn?«

»Er war wegen Waffenbesitz angeklagt und hätte fünf Jahre kassiert. Hat einen Marihuanadealer abgezogen.«

»Und?«

»Der Dealer hat 911 gewählt und meinen Typen und einen anderen bei den Bullen verpetzt.«

»Das ist gegen den Kodex.«

»Eigentlich ja. Als mein Typ und sein Partner in ihren Wagen steigen wollten, sind die Bullen angerückt und haben die Jagd aufgenommen. Mein Typ hat sie abgehängt, aber die Bullen haben das Kennzeichen aufgeschrieben. Er fuhr den Wagen von seiner Mutter.«

»Nicht gerade schlau.«

»Ich denke, das ist ihm inzwischen auch klar. Er wurde verhaftet, hat sich aber geweigert, seinen Partner zu verpfeifen. Hat den Waffenbesitz zugegeben, obwohl er die Knarre nicht mal angefasst hatte, wie er mir sagte.«

»Und warum schuldet er dir was?«

»Ich hab ihn rausgehauen.«

»Wie denn das?«

»Ich habe den Dealer ausfindig gemacht und ihm gesagt, dass er an die Gesundheit und das Wohlergehen seiner Familie denken soll.«

»Mit anderen Worten, du hast seiner Frau und seinen Kindern gedroht.«

»Wortklauberei. Ich hätte seiner Gattin und den Kindern nie was angetan. Das weißt du. Geht ja nur darum, dass er die richtige Entscheidung getroffen und sich entschieden hat, nicht auszusagen.«

»Und warum hast du das getan? Ich meine, aus welchem Grund hast du dich für diesen Fahrer so ins Zeug gelegt?«

»Damit ich auf ihn zurückgreifen kann. Du und ich, wir haben ja inzwischen so was wie eine kleine Firma. Und wie in jeder Firma spielt Wachstum eine Rolle. Die Jobs werden komplexer, wir brauchen Unterstützung. Ich wusste, dass der Typ mit einem Auto umgehen kann. Und ich hab gesehen, dass er standhält, wenn es heiß wird. Er war eine Entdeckung. Ich wusste, dass ich ihn irgendwann noch brauchen könnte.«

»Hmm«, sagte Ward.

»Was soll das heißen?«

»Zeugenbeeinflussung. Dafür könntest du Ärger kriegen. Wann hast du zum letzten Mal einen Job auf saubere Art gemacht?«

»Da draußen herrscht Krieg«, sagte Ornazian. »Ich muss meine Familie ernähren.«

»Ich bin im Krieg gewesen, Junge. Das hier ist keiner.«

»Fühlt sich für mich so an.«

»Je öfter du die Grenze überschreitest, desto schwerer wird die Rückkehr. Glaub mir, ich weiß, wovon ich rede.«

»Lass das meine Sorge sein.«

Gustav, Cesar und der dritte Mann kamen aus dem Puff und gingen zu einem schwarzen Range Rover Sport auf der anderen Straßenseite. Cesar trug einen ledernen Aktenkoffer. Er setzte sich ans Steuer, Gustav auf den Beifahrersitz. Der dritte Mann stieg in einen blauen Mustang GT. Der Range Rover startete und fuhr los. Der Mustang folgte.

Ward ließ den Lincoln an, wartete und fuhr dann dem Range Rover auf der Georgia in nördlicher Richtung hinterher.

»Halt Abstand«, sagte Ornazian. »Ist egal, wenn wir sie verlieren. Ich weiß, wo er wohnt, draußen in Hyattsville. Ich will nur wissen, ob er auf dem Weg nach Hause irgendwo anhält.«

Ward sah ihn von der Seite an. »Kann ich kurz dein Handy haben? Ich will mir nur noch mal was ansehen.«

Ornazian ignorierte ihn und machte es sich im Sitz bequem.

Gustav und seine Männer hielten nirgendwo an. Sie fuhren auf direktem Weg nach Hause. Ornazian und Ward beobachteten das Haus und schmiedeten einen Plan.

14

EINES TAGES, als er nach der Arbeit auf dem Heimweg war, entdeckte Michael Hudson am Straßenrand vor einem renovierten Reihenhaus an der Sherman Avenue ein unlackiertes Bücherregal mit drei Brettern. Es klebte ein Zettel daran, auf dem in schwarzen Buchstaben »Zum Mitnehmen« stand. Vermutlich war es von irgendwelchen neuen Nachbarn rausgestellt worden. Diese Leute schmissen oft Dinge weg, die noch völlig in Ordnung waren.

Michael begutachtete das Regal. Es stammte von Ikea oder einem ähnlichen Hersteller. Er klopfte auf eines der Regalbretter. Klang nach Holz, nicht nach Spanplatte. Er nahm das Regal mit.

Ein paar Blocks vom Haus seiner Mutter entfernt sah ihn Carla Thomas, die mit ihrer Tochter Alisha auf der Veranda ihrer Großmutter saß, und rief seinen Namen. Michael stellte das Regal ab und ging die Stufen zu ihnen hinauf.

»Hey, Michael.«

»Wie geht's dir, Carla? Hi, Kleine.«

»Hi«, sagte Alisha schüchtern.

»Ich dachte, du wolltest mal vorbeikommen«, sagte Carla.

»Du hast also an mich gedacht.«

»Hin und wieder.« Sie reckte das Kinn in Richtung Gehweg. »Was hast du mit dem Möbelstück da vor?«

»Für Bücher. Ich werd's herrichten und in mein Zimmer stellen.«

»Du liest Bücher?« Sie klang ziemlich misstrauisch.

»Ja. Und du?«

»Mir fehlt die Zeit.«

Michael zog sein Handy hervor. »Hier, ich hab jetzt ein Telefon, vielleicht können wir ja, na ja, Nummern tauschen.«

»Okay.«

Michael und Carla trugen ihre Nummern in das Handy des jeweils anderen ein, dann nahm Michael sein Telefon wieder an sich.

»Ich meld mich vielleicht mal«, sagte er.

»Vielleicht?«

»Ganz sicher.«

»Kann ich mein Handy wiederhaben?«

Als Michael Carla das Telefon zurückgab, nahm er ihren süßen Duft wahr, wo auch immer der herrührte, von einem Parfüm oder von Ölen oder so etwas. Sie roch nach Erdbeeren. Angenehm.

»Ich komme nächstes Jahr in die Schule«, sagte Alisha, die bisher nicht in das Gespräch einbezogen gewesen war.

»Ich wette, du bist richtig schlau«, sagte Michael. Er kniff die Augen zusammen. »Du hast da was im Gesicht, Alisha.«

Er beugte sich zu ihr und schnippte mit dem Finger gegen ihre Wange. Sie rieb über die Stelle. Es brannte ein bisschen, aber sie freute sich, beachtet worden zu sein.

»Vergiss es nicht«, sagte Carla.

Michael nickte und verabschiedete sich von den beiden. Er nahm sein Bücherregal und ging weiter.

Zu Hause stellte Michael das Regal in seinem Schlafzimmer an die Wand neben der Kommode. Das Holz war an ein paar Stellen aufgerissen, an den Kanten gesplittert, und die kleinen Verbindungsschrauben hielten alles nicht mehr stabil zusammen. Mit Holzleim und Schraubzwinge ließ sich das leicht richten. Michael nahm sich vor, das Regal auch abzuschleifen und zu beizen.

Er stellte seine beiden Elmore-Leonard-Western auf eines der Regalbretter, den Buchrücken nach vorne, wie in der Bibliothek, sodass er die Titel lesen konnte. Dann tat er das Gleiche mit den geliehenen Büchern, um zu schauen, wie das aussah. Er würde das Regal mit Büchern füllen, und wenn es voll war, würde er sich ein neues besorgen, vielleicht eins von diesen antiken Dingern mit Glastüren. Aber erst würde er sich genug Geld zusammenverdienen. Alles zu seiner Zeit.

Auf der anderen Zimmerseite standen das Bett seines Bruders und dessen Kommode, darauf die vielen Trophäen, mit denen Thomas ausgezeichnet worden war, vom Jugendfootball bis zur Highschool. Michaels Mutter staubte sie regelmäßig ab. Nicht, weil das Zimmer für sie eine Art Schrein gewesen wäre. Sie pochte einfach auf Sauberkeit. Unten lagen auf den Teppichen sogar Plastikmatten.

Angeblich haben die meisten Eltern einen Liebling unter ihren Kindern, aber Michael hatte das Gefühl, dass seine Mutter ihre drei in gleichem Maße liebte. Thomas war der Sportler, der immer alles richtig gemacht hatte, von der Highschool direkt zur Armee, lebens-, kranken- und rentenversichert. Olivia war die Clevere, die sich Mühe gegeben und aufs College vorbereitet hatte, ihren Lebenslauf mit außerschulischen Aktivitäten aufgebessert und sich eigenständig ein Stipendium erarbeitet hatte. Sie plante eine Karriere in Public Relations, und Michael hatte keinen Zweifel, dass sie es weit bringen würde.

Er selbst hatte dagegen immer Schwierigkeiten gehabt, aber von seiner Mom erfuhr niemand davon. Sie hatte immer zu ihm gehalten, sogar beim letzten Mal, als er für den Überfall ihr Auto genommen hatte. Manchmal meinte er, das nie wiedergutmachen zu können. Klar, sein Kumpel Mario hatte ihn überredet, aber Michael hätte Nein sagen können. Er hatte Mist gebaut, weil er sich damals wertlos vorgekommen war. Nachdem er seinen Job bei Foot Locker verloren hatte. Und bei Best Buy gefeuert worden war. Wieder mal ohne Job, keine Knete, kein Selbstvertrauen. Und Marios Plan, einen Dopedealer abzuziehen, hatte sich im falschen Moment richtig angehört. Eine vermeintlich gute Idee, die sich als Falle herausgestellt hatte. Es hatte aufregend und gefährlich geklungen, und dafür hatte Michael immer eine Schwäche gehabt. Doch sein altes Ich hatte er hinter sich gelassen. Er würde versuchen, in Zukunft alles richtig zu machen.

Von unten rief seine Mutter nach ihm.

Sie aßen Peruanisches Huhn zu Abend. Seine Mutter hatte es aus einem der vielen südamerikanischen Imbissläden in Columbia Heights mitgebracht. Doretha Hudson trank ihr tägliches Glas Wein, Michael Eiswasser. Alkohol hatte ihm nie geschmeckt, und er mochte auch das Gefühl danach nicht. Seine Mutter hatte vor dem Essen ein Tischgebet gesprochen, und Michael hatte respektvoll den Kopf gesenkt, obwohl er seine Zweifel hatte.

Brandy lag auf einem von Michaels nackten Füßen und schnarchte. Michael wackelte ab und zu spielerisch mit den Zehen, doch sie regte sich nicht.

»Dieser Hund steht mit einer Pfote im Grab«, sagte Michael.

»Sag nicht so was.« Seine Mutter sah aus, als wäre ihr ein Schauder über den Rücken gelaufen. Sie schwieg einen Moment, dann fragte sie: »Ist alles in Ordnung, Michael? Bei der Arbeit?«

»Alles gut.«

»Als du klein warst …«, sagte Doretha.

»Ja?« Michael ahnte, was jetzt kam, wehrte sich aber nicht. Sie hatte alles Recht, ihm diesen Vortrag zu halten.

»Du warst außergewöhnlich. Clever und witzig. Meine Freundinnen haben dich ›Zauberbaby‹ genannt, weil du alles so schnell begriffen hast. Du konntest Leute nachmachen … Ich weiß noch, wie du in der dritten Klasse auf die Bühne gestiegen bist und diesen *Jiggy Wit It*-Song vorgetragen hast. Du hast genau wie Will Smith auf der Platte geklungen. Und du warst kein bisschen aufgeregt.«

»Wenn man jung ist, kennt man keine Angst. Ich wusste nicht genug, um Angst zu haben.«

»Ich dachte, aus dir würde mal …«

»Was? Was Besonderes werden?«

»So habe ich das nicht gemeint.«

»Ich hab das nicht so geplant«, sagte Michael.

Das war die Wahrheit. Mit dreizehn, vierzehn war ihm der Kopf verdreht worden, ohne dass er sich dessen bewusst gewesen war. Seine Freunde hatten mehr Einfluss auf ihn gehabt als seine Mutter. Er hatte sich meist mit drei anderen Jungs rumgetrieben. Zwei davon,

Junior und David, waren aus dem ganzen Mist rausgewachsen und kamen ganz gut klar. Mehr oder weniger. Und dann war da noch Mario. Mario hatte sich nicht geändert.

Wenn seine Mutter wüsste, was er in jungen Jahren alles getrieben hatte. Mit elf hatte er Sex gehabt, mit einem Mädchen aus dem Viertel, das gerne mit unerfahrenen Jungs rummachte. Mit zwölf oder dreizehn dann hatte der Ärger angefangen. Der übliche Mist, der manche Jungs magisch anzieht. Das, was man haben wollte, aus Läden oder Autos klauen. Prügeleien. Dieser Adrenalinrausch, wenn man auf jemanden losstürmte. Manchmal war der andere der Angreifer, manchmal nicht. Den meisten Auseinandersetzungen konnte man nicht aus dem Weg gehen, sonst wurde man für eine »Schwuchtel« gehalten. Und so war er ein paarmal vom Unterricht suspendiert worden. Der Teufelskreis hatte begonnen.

Danach kamen die Spritztouren mit geklauten Wagen, und er lernte, wie man Autos kurzschloss. Er konnte fahren wie der Teufel, es lag ihm einfach im Blut. Und er fuhr gern schnell. Bis er zum zweiten Mal erwischt wurde – und in Oak Hill in einer zwei mal drei Meter großen Zelle landete, auf dem Betonboden nur eine Matratze. Jede Nacht waren Mäuse und Kakerlaken über ihn drübergehuscht. Wieder Prügeleien. Ein Schließer hatte ihn geschlagen, er schlug zurück. Danach wurde er unter Medikamente gesetzt, erstarb innerlich. Wieder draußen, war er abgehärtet und klaute gleich wieder ein Auto.

Im Rückblick sah er den Sinn in alldem nicht mehr. Nur Impulse und Chaos. So war es nicht bei allen Jungs, aber bei manchen. Und irgendwann verändert sich das Gehirn. Für viele kam dieser Moment zu spät, sie schafften den Absprung nicht.

Aber dieses letzte Ding, der Überfall mit Mario, ein Mann in seinem Alter – dafür gab es keine Rechtfertigung.

»Ich meine bloß, dass ich große Hoffnungen in dich gesetzt hatte«, sagte Doretha.

»Hatte?«

»Lass mich ausreden. Ich hab sie immer noch.«

»Danke, Mama.«

»Mach einfach so weiter.«

»Mache ich.«

»Kleine Schritte«, sagte Doretha.

»Ja, Ma'am.«

Die Uhren waren vorgestellt worden, draußen war es noch hell. Michael setzte sich auf die Veranda und las sein neuestes Büchereibuch, *Zum Wiedersehen der Sterne*, das ihm Anna an dem Abend empfohlen hatte, als sie mit ihrem Mann im *District Line* gewesen war. Er hatte eine Weile gebraucht, um in die Geschichte reinzukommen, und man musste aufmerksam lesen, aber er war froh, dass er sich die Mühe gemacht hatte. All diese afrikanischen Immigranten in der Stadt, die auf Parkplätzen arbeiteten, kleine Geschäfte und Cafés und so weiter betrieben – Michael hatte sich nie Gedanken über sie oder ihre Situation gemacht. Bis zu diesem Buch. Was würde Anna darüber im Buchclub sagen? Es war »ein Fenster zum Seelenleben« dieser Menschen.

Auf der Sherman Avenue hupte ein Auto. Michael sah auf. In einem mittelgroßen schwarzen SUV mit laufendem Motor saß Phil Ornazian, der Privatdetektiv, der an seinem Fall gearbeitet hatte.

Michael hatte nie darüber nachgedacht, warum die Anklage so unerwartet fallen gelassen worden war. Oder vielmehr: Er hatte das Nachdenken darüber vermieden.

Er legte das Buch weg, stand auf und ging die Stufen zur Straße hinunter.

»Wie geht's?«, fragte Ornazian.

»Ich arbeite in einem Restaurant an der Eleventh. Im *District Line*. Küchenjob. Aber fest.«

»Freut mich, dass es geklappt hat.«

»Ich hab mich nie dafür bedanken können, dass Sie mich da rausgeholt haben«, sagte Michael. »Wie auch immer Sie das gemacht haben.«

Sie saßen vorn im Edge. Ornazian hatte sein Radio eingeschaltet, aus dem leise Musik dudelte. Auf dem Display stand, dass der Song von einer Band namens Run the Jewels stammte, von der Michael noch nie gehört hatte. Er fragte sich, ob Ornazian seinetwegen Hip-Hop angestellt hatte oder ob er selbst auf diese Musik stand.

»Wie haben Sie das hingekriegt?«, fragte er. »Die hatten mich fest am Haken.«

»Ich wusste, dass ich den Typen überzeugen konnte – aus demselben Grund, aus dem ihr wusstet, dass ihr ihn abziehen könnt. Er ist ein Hosenscheißer, der bei den Großen mitspielen wollte. Weißes Privatschulkind aus Ward Three, Collegestudent, macht rüber nach Shaw und hält sich auf einmal für *streetwise*. Glaubt, er kann seinen BWL-Abschluss für den Drogenhandel nutzen. Ein normales Leben führen, Frau und zwei Kinder, Haus an der Seventh Street, und dabei sein Ding machen. Ist schließlich bloß Marihuana. Aber Gras verchecken zählt genauso viel wie Heroin oder Koks verkaufen. In der Unterweltökonomie ist das echte Währung, und damit sind die Harten mit im Spiel und wollen ihr Stück vom Kuchen. Und aus dem Grund haben du und dein Kumpel ihn überfallen. Stimmt's?«

»Ist für mich nicht so gut ausgegangen.«

»Du hast gedacht, der Typ hält sich an den Kodex. Aber wer mit nem Silberlöffel im Mund auf die Welt kommt, hält seine Privilegien für selbstverständlich. Er war stinksauer, dass ihr ihn ausgeraubt habt. Und wild entschlossen, euch hinter Gitter zu bringen.«

»Und was hat ihn davon abgehalten?«

»Ich hab ihn überzeugt, nicht auszusagen.«

»Wie?«

»Ist doch egal, oder? Was zählt, ist, dass dir fünf Jahre im Bundesknast erspart geblieben sind.«

»Und jetzt ist es Zeit, mich erkenntlich zu zeigen.«

Ornazian nickte. »Ich bin kurz davor, einen Mann auszurauben, der in Columbia Heights ein Bordell betreibt. Wir werden ihm in Hyattsville einen Hausbesuch abstatten. Ich und ein Partner von mir. Ex-Cop.«

»Ihr wollt also bei ihm einbrechen.«

»Wir nehmen einem Sklaventreiber das unrechtmäßig erworbene Geld ab.«

»So redest du dir das schön?«

»Er ist ein Scheißkerl.«

»Ich mache bei keinem Überfall mit.«

»Du wirst das Haus nicht betreten. Und keine Waffe anfassen. Aber es gibt bei dem Plan zu viele Unbekannte, wir können das Ding nicht allein durchziehen. Ich brauche einen Fahrer.«

»Besorg dir jemand andern.«

»Ich weiß, dass du fahren kannst. Du hast nach eurem Überfall die Bullen abgehängt. Und ich weiß, dass ich dir vertrauen kann. Du hast deinen Partner nie verpfiffen, sondern den Mund gehalten.«

»Besorg dir jemand andern.«

Ornazian seufzte. Michael wusste nicht, ob bedauernd oder effektheischend.

»Weißt du, Michael …«

»Was?«

»Der Richter hat die Klage fallen gelassen, aber ohne Rechtssicherheit. Das bedeutet, dass der Fall neu verhandelt werden könnte. Falls der Zeuge seine Meinung ändert und doch aussagen will.«

»Dafür würdest du sorgen?«

»Ungern.«

»Was ist mit dir? Was, wenn ich erzähle, was du getan hast? Zeugenbeeinflussung ist strafbar.«

»Dann wären wir wohl beide gefickt. Aber das wirst du nicht tun, Michael. Dir geht's gut hier draußen. Das willst du dir nicht versauen.«

Michael schwieg. Die Fenster waren geöffnet, die beiden Männer ließen das Gesagte sacken, lauschten dem Radio und den Geräuschen der Straße.

»Ich weiß nicht, wie viel dabei rausspringen wird«, sagte Ornazian. »Aber ich garantiere dir tausend Dollar für zwei, drei Stunden Arbeit. Vielleicht mehr.«

Michael erwiderte nichts.

»Ich besorg dir ein Auto«, sagte Ornazian. »Was Schnelles.«

Wieder kam keine Antwort. Ornazian fragte Michael nach seiner Handynummer, und Michael nannte sie ihm. Dann trug Ornazian seine Nummer in Michaels Handy ein. Michael öffnete die Tür und beschied Ornazian, dass das Gespräch zu Ende sei.

»Ich melde mich«, sagte Ornazian.

Michael stieg die Stufen zur Veranda seiner Mutter hoch.

Ornazian fuhr los in Richtung Norden, nach Petworth. Sydney hatte wegen des Abendessens angerufen. Es gab Fischeintopf.

15

BILLY HANRAHAN besuchte eine Privatschule in Potomac, die in Ornazians Jugend den Ruf einer Art Militärakademie gehabt hatte, auf die Eltern ihre Söhne schickten, um ihnen Struktur und Disziplin einzutrichtern. Inzwischen wurden dort auch Mädchen unterrichtet, und der Schule hing nicht mehr der Ruf eines Horts für missratene Jungs an. Billy wohnte im Einzugsbereich der Walt Whitman High School, einer der leistungsstärksten öffentlichen Schulen im Land, aber aus irgendeinem Grund gaben Billys Eltern lieber vierzigtausend Dollar im Jahr für eine Privatschule aus. Vielleicht brauchte Billy eine Umgebung, die auf Wettkampf, akademische Erfolge und Leistung ausgerichtet war. Vielleicht gefiel es den Eltern, ihren Freunden den Aufkleber des Schulwappens auf der Rückscheibe ihrer Luxuskarosse vorführen zu können. Eigentlich egal, aber Ornazian fand das Leben der Reichen immer wieder faszinierend.

Am Nachmittag nach seinem Gespräch mit Michael Hudson parkte Ornazian in einer Straße mit hübschen, aber unspektakulären Wohnhäusern in Bethesda zwischen der River Road und dem Bradley Boulevard und wartete darauf, dass Billy aus der Schule nach Hause kam. Da auf Billys Facebook-Seite der Name seines Vaters genannt wurde, hatte Ornazian mithilfe seines Personensuchprogramms die Adresse der Hanrahans schnell ermitteln können. Billy war im letzten Schuljahr, und wenn die alten Traditionen dieser Gegend noch geehrt wurden, besaß er ein eigenes Auto, wahrscheinlich ein für seine Verlässlichkeit bekanntes Modell, entweder von den

Eltern übernommen oder gebraucht gekauft. Und tatsächlich, zwanzig Minuten nach Schulschluss rollte ein zehn Jahre alter rubinroter Volvo XC90 mit Dachgepäckträger um die Ecke und hielt vor dem Haus der Hanrahans.

Ornazian und Billy stiegen im selben Augenblick aus ihren Autos. Billy war kräftig gebaut, mittelgroß, und seine schwarzen Locken berührten den Kragen. Er trug einen dunkelblauen Blazer, eine Dockers-Khakihose, ein weißes Hemd und die Schulkrawatte, locker geknotet. Wie Christopher Perry trug er die Schultasche über der Schulter. Als er Ornazian kommen sah, richtete er sich auf und streckte die Brust vor.

»Kann ich kurz mit dir sprechen?«

»Weswegen?«

Ornazian brachte seinen Ausweis zum Vorschein. »Ich bin Ermittler.«

»Ich war da«, sagte Billy.

»Gut«, sagte Ornazian. »Das ist schon mal ein Anfang.«

Sie standen neben dem Volvo. Billy blickte über die Schulter auf das große Erkerfenster seines Elternhauses. Ornazian fragte sich, ob die Eltern da waren. In der Einfahrt stand ein schwarzer BMW X5.

»Ich halte dich nicht lange auf«, sagte Ornazian. »Beantworte meine Fragen, dann kannst du reingehen.«

»Ich kann auch jetzt reingehen.«

Ornazian musterte ihn. Er sah gut aus und war sich dessen bewusst; eine Locke war so gestylt, dass sie ihm in die Stirn fiel. Beim Sprechen zog er eine Augenbraue hoch. Er wusste immer, wo die Kamera war.

»Ist das der BMW von deiner Mom?«

»Und?«

»Vielleicht gehen wir rein und reden alle gemeinsam.«

»Ich habe schon mit meiner Mom und meinem Dad gesprochen. Und ihnen erzählt, was auf der Party passiert ist. Sie wissen, dass ich nichts damit zu tun hatte.«

»Du hast dich also abgesichert.«

»Ich hab nichts Falsches getan.«

»Wissen deine Eltern, dass du nicht eingeschritten bist und dem Mädchen nicht geholfen hast, als sie vergewaltigt wurde?«

Billy sah zu Boden. »Ich war nicht mit im Zimmer.«

»Ich weiß aus guter Quelle, dass du einen der Täter kennst.«

»Wer hat Ihnen das gesagt?« Als Ornazian schwieg, fragte Billy: »Britany?«

»Ist doch egal, wer.«

»Die dumme Schlampe.«

»Na, na, Billy. Das ist nicht nett. Also, ich gehe davon aus, dass diejenigen, die Lisa vergewaltigt haben, auch das Haus verwüstet und den Schmuck geklaut haben. Und erzähl mir nicht, es wären die schwarzen Jungs aus D.C. gewesen, ich weiß, dass das nicht stimmt.«

»Ich sage *gar* nichts. Sie sind nicht von der Polizei, ich muss nicht mit Ihnen reden.«

»Das stimmt.«

»Mein Vater hat gesagt, wenn irgendwer versuchen würde, mich über die Party auszufragen, soll ich sagen, er kann sich an unseren Anwalt wenden.«

Er drehte sich um zum Gehen.

»Auf welches College willst du nächstes Jahr, Billy?« Der Junge blieb stehen. »Du bist im Abschlussjahr, stimmt's? Dann kommst du doch nächstes Jahr aufs College.«

»Und?«

»An deiner Schule gibt es einen Verhaltenskodex. Ich hab ihn von der Webseite runtergeladen. Deine Eltern machen sich vielleicht keine großen Gedanken wegen der Party, dein Direktor aber würde das wahrscheinlich tun. Alkohol und Drogen. Diebstahl. Die Vergewaltigung eines sechzehnjährigen Mädchens. Du warst da, hast nichts unternommen und bist nicht zur Polizei gegangen … das könnte sich auf deine Zukunft auswirken.«

»Was soll die Scheiße?«

»Sag mir, was du weißt, und ich erzähle deiner Schule nichts davon.«

»Das würden Sie tun?«

»Ungern. Aber ja.«

Billy senkte den Blick. »Okay. Ich hab einen der Typen erkannt.«

»Ich kann dich nicht hören.«

Billy sah auf, in seinen Augen blitzte Wut. »Jetzt besser?«

»Ja.«

»Ich hab in der Schule einen Freund, Brian Kelly. Er hat einen älteren Bruder namens Terrance. Wird Terry genannt. Er war einer von denen.«

»Hast du an dem Abend mit ihm gesprochen?«

»Nein.«

»Was weißt du über ihn?«

»Nur, was Brian erzählt hat. Terry ist so dreiundzwanzig. Als er noch bei uns auf die Schule ging, war er ein guter Baseballspieler. Echt gut. Er hatte einen krassen Schlag drauf und war ein großartiger Catcher. Second Baseman. Er war gut genug für die Collegeliga, aber er hat's versaut.«

»Wie?«

»Hat angefangen, mit Typen auf der Eastside von Montgomery County abzuhängen. Er hat schon immer versucht so zu tun, als wäre er schwarz. Wollte ein Gangsta sein.«

»Und schwarz bedeutet Gangsta?«

»Sie *wissen*, was ich meine. Er ist da reingerutscht, hat fast seinen Schulabschluss vermasselt. Dann ist er wegen Drogenhandels verhaftet worden, hat sein Stipendium verloren, seine Collegezusage, alles.«

»Marihuana?«

Billy nickte. »Um nicht sitzen zu müssen, hat er seine Freunde verpfiffen. Danach hatte er auf dem Handy ständig Nachrichten, was mit Verrätern gemacht wird. Hat es mit der Angst bekommen, weil er dachte, die Kids in Silver Spring, drüben Richtung Cherry Hill Road, würden ihn kaltmachen. Plötzlich war er nicht mehr so schwarz. Er hat den Schwanz eingezogen. Und sich komplett geändert.«

»Inwiefern?«

»Er hat die Seiten gewechselt. War plötzlich das genaue Gegenteil. Hat sich mit Typen zusammengetan, die Schwarze hassen, Moslems, Mexikaner ... solche eben.«

»White Power.«

»Das sagt jedenfalls sein Bruder. Terry ist im Kopf komplett umgekrempelt worden. Völlig abgedreht.«

»Waren das die Typen, mit denen er in der Nacht auf der Party war?«

»Vermutlich. Die hatten so Faschofrisuren. Und Tätowierungen.«

»Hipster tragen die Haare auch so. Und bist du in letzter Zeit mal am Strand gewesen? Jede Oma ist tätowiert.«

»Schon klar, aber es waren *solche* Typen. Er war mit ihnen da. Okay?«

»Wohnt Terry bei seinen Eltern?«

»Brian sagt, er kommt und geht.«

»Hat Terry ein Auto?«

»Er fährt einen Charger, den ihm sein Vater gekauft hat, als es in der Schule noch lief.«

»Wo wohnen die Kellys?«

»In Glen Echo Heights, in der Nähe vom MacArthur Boulevard. Wagner Lane.«

»Hast du eine Adresse?«

»Ich hab nie auf die Hausnummer geachtet.«

»Okay.«

»War's das?«

»Du kannst gehen.«

Doch Billy rührte sich nicht. Sein Gesicht war rot, die rechte Faust geballt. Ornazian überlegte kurz, ob Billy zuschlagen würde. Ganz offensichtlich hatte er das Bedürfnis dazu.

»Ich hab gesagt, du kannst gehen«, sagte Ornazian.

»Wer *sind* Sie?«

Ornazian ließ ihn stehen und ging zurück zu seinem Ford.

16

AM SPÄTEN Nachmittag belud Anna im Arbeitsraum den Karren für den nächsten Morgen, während Carmia, ihre Assistentin, die Bücher überprüfte und nach Kassibern durchsuchte. Am Morgen hatte Anna die Seniorenabteilung versorgt. Die dort einsitzenden Männer, die den Problemen in ihrem Leben nie entwachsen waren, wollten das, was sie aus ihrer Kindheit kannten. Beliebt waren Sidney Sheldon, die Shaft-Romane von Ernest Tidyman, Chester Himes' Bücher über Coffin Ed und Grave Digger Jones, die Pulpromane von Donald Goines und die kommerziellen Romane von Bestsellerautor Harold Robbins. In seinem Buch *Die Unersättlichen,* eine kaum verhüllte Adaption des Lebens von Howard Hughes, tauchte ein gewisser Nevada Smith auf, Grundlage für den gleichnamigen Kultwestern mit Steve McQueen. Ein Renner unter den Gefangenen. Die Hauptfigur des Romans war ein Mann namens Jonas Cord, von den Männern bewundernd als »Superstecher« bezeichnet. Viele von ihnen hatten als Kinder das Buch heimlich von den Nachttischen ihrer Väter oder Mütter genommen und die schmuddeligen Teile des Romans gelesen. Diese Abschnitte wurden mit geradezu wissenschaftlicher Liebe zum Detail diskutiert, die größte Verehrung allerdings blieb jener Sexszene vorbehalten, an der eine Brautjungfer, Sonny Corleone und sein »riesiger, blutgeschwollener Muskelpfahl« beteiligt waren, im Gefängnis allgemein unter dem Begriff »Seite 28« bekannt.

Wenn Anna in diese Abteilung kam, musste sie immer an einen ehemaligen Gefangenen namens Lester Irby denken, einen Schriftsteller, dessen Kurzgeschichte *God Don't Like Ugly* in einem Sammelband mit Geschichten aus D.C. veröffentlicht worden war, herausgegeben von einem richtigen New Yorker Verlag. Irby war mit siebzig im Gefängnis an einem Schlaganfall gestorben. In der Abteilung wurde es im Sommer kochend heiß, durch die schadhaften Ventilationskanäle kam anscheinend nicht genug kühle Luft in die Zellen. Die Hitze hatte aller Wahrscheinlichkeit nach zu seinem Tod beigetragen. Anna vermisste Mr. Irby immer noch. Ihr gegenüber hatte er sich immer als Gentleman erwiesen.

»Anna, bist du fertig?«, fragte Carmia. »Ich muss mein Kind abholen.«

»Ja. Gehen wir.«

Als Anna am Abend vorschlug, zum Essen ins *District Line* zu gehen, sagte Rick: »Was, willst du deinen Freund besuchen?«

Da Anna weder lächelte noch entrüstet reagierte, trieb er den Scherz nicht weiter voran. Sie mochte es nicht, wenn er sich über die Gefangenen oder ihren Job lustig machte. Seit Rick in seiner Kanzlei Karriere machte, stand er Menschen, die Straftaten begingen oder ein nicht ganz perfektes Leben führten, misstrauisch gegenüber. Er redete davon, dass jeder Mensch die Wahl hätte, als würde der Wettlauf des Lebens für alle am selben Punkt beginnen oder als würde jeder durch die Gnade der Geburt bei diesem Lauf auf der Innenbahn landen. Doch wenn Anna spürte, dass sie wütend wurde, hielt sie sich zurück, denn sie teilte ihr Leben mit Rick und kannte ihn. Trotz seiner manchmal zynischen Worte verhielt er sich im alltäglichen Umgang mit Menschen immer anständig. Den Nachbarn gegenüber war er zuvorkommend, und die Kellner in den Bars und Restaurants, in die sie gingen, behandelte er freundlich und ohne Herablassung. Mit zunehmendem Alter wurde er immer konservativer, wie so viele, aber im Grunde war er ein guter Kerl.

»Wir können auch woanders hingehen«, sagte Anna. »Aber du hast immer gesagt, dass du das Essen und die Atmosphäre dort magst.«

»Ja, gehen wir ins *DL.*«

Da es warm war, saßen sie draußen auf der mit Weihnachtslichtern beleuchteten Veranda unter dem klaren Nachthimmel. Ihr Tisch befand sich direkt am Gehweg, Anna hatte ihr Handy neben sich gelegt. Sie tranken ein paar Bier, teilten sich Bruschetta mit Schinken und Gorgonzola und warteten auf ihre Pizzas. Michael war nirgends zu sehen; Anna wusste nicht, ob er heute Abend überhaupt arbeitete. Falls doch, hoffte sie, dass er rauskommen würde.

Das Restaurant war gut besucht, auch auf der Straße waren viele Menschen unterwegs. Anna bemerkte den kleinen Mann in abgewetzter Motorradkluft nicht, der an der Restaurantveranda vorbeiging. Er war einer von vielen. Umso überraschter war sie, als er den Arm über das Geländer streckte und nach ihrem auf dem Tisch liegenden iPhone griff. Sie brauchte einen Moment, um zu begreifen, und sah dem Dieb nach, als er auf der Eleventh in Richtung Norden davonrannte.

Dann brüllte sie »Hey!«, auch Rick reagierte, sprang auf, legte eine Hand auf das Geländer, schwang sich mit einem athletischen Sprung darüber hinweg und nahm die Verfolgung auf, sobald seine Füße den Asphalt berührten. Der Dieb war an der Newton rechts abgebogen und schon nicht mehr zu sehen.

Kurz darauf holte Michael an der Theke das dreckige Geschirr ab und sah am Fenster ein paar Gäste stehen, die aufgeregt diskutierten und auf die Straße hinausschauten. Dann entdeckte er auf der Veranda Anna gestenreich mit Angelos Valis reden, der sich Notizen machte. Und er sah Annas Mann Rick aus Richtung Newton Street kommen. Er wirkte wütend.

Michael wartete, bis Angelos wieder hereinkam, sich einen Kellner griff und sagte: »Das Paar da draußen, die Frau, die gerade überfallen wurde – ihr Essen geht aufs Haus.«

»Alles klar, Chef«, sagte der Kellner.

»Was wurde gestohlen?«, fragte Michael.

»Ihr Handy«, sagte Angelos. »Irgendein Typ hat es einfach vom Tisch genommen und ist losgerannt.«

»Ich kenne die Frau«, sagte Michael.

»Ja, das sind Stammgäste«, sagte Angelos. »Ich muss die Polizei rufen. Dann sehe ich mir die Videoaufzeichnung an. Zum Glück haben wir draußen eine Kamera.«

»Kann ich mir das auch ansehen?«, fragte Michael.

»Komm hoch, wenn's hier unten ruhiger wird«, sagte Angelos.

Anna war ziemlich aufgewühlt und wollte einen Drink, aber nicht im *District Line*, daher kehrten sie auf dem Heimweg in einer Bar an der Georgia ein, die sie beide mochten. Sie saßen am Tresen und nippten an ihren Bieren. Annas Lippen bewegten sich, doch sie sagte nichts.

»Du führst Selbstgespräche«, sagte Rick.

»Ich bin sauer.«

»Das Handy war doch gesperrt, oder? Mit Passcode geschützt?«

»Natürlich.«

»War das Find-My-iPhone-Dings aktiviert?«

»Nein.« Anna schüttelte den Kopf. »Und sag jetzt nicht, dass du mir dazu geraten hattest. Das *weiß* ich.«

»Okay. Wenn wir zu Hause sind, setzen wir uns an den Laptop und ändern dein Apple-Passwort. Dann rufen wir den Anbieter an und sperren die Karte. Das ist natürlich alles ärgerlich, aber keine große Sache.«

»Stadtleben«, sagte sie.

»So ein Mist passiert überall«, sagte Rick. »Willst du etwa in die Vororte ziehen?«

Anna lächelte anerkennend. »Du bist abgezischt wie eine Rakete.«

»Der kleine Scheißer ist mir entwischt. Als er rechts in die Newton abgebogen ist, war er verschwunden.« Rick drückte ihre Hand. »Lass uns zahlen und nach Hause gehen.«

Angelos Valis hatte abseits des oberen Speiseraums ein kleines Büro, wo neben einem wuchtigen Metallschreibtisch die teuren Spirituosen und Akten aufbewahrt wurden. Auf dem Tisch stand ein 15-Zoll-

Bildschirm. In beiden Speiseräumen waren Kameras installiert, eine weitere war draußen auf die Veranda und die Straße gerichtet. Angelos und Michael sahen sich die Aufnahmen des Überfalls an. Außerdem war noch Joe mit im Büro, der kleine Möchtegernboxer und Pizzabäcker, den alles faszinierte, was nach Konflikt oder Dramatik roch.

»Das ist er«, sagte Angelos.

Michael sah einen stämmigen Typen, klein wie ein Teenager, aber vom Alter her ein Mann, in einer Lederjacke mit Reißverschlüssen auf Brusthöhe und an den Ärmeln Annas Handy vom Tisch reißen und die Flucht antreten. Anna stand auf, zeigte auf den Dieb, dann sprang ihr Mann über das Geländer und nahm die Verfolgung auf. Offensichtlich war Rick fit.

»Erkennt ihr den Typen?«

»Ich nicht«, sagte Michael und sah Joe an. In Joes Augen blitzte etwas auf, aber er sagte nichts.

»Na, ich hab's der Polizei gemeldet«, sagte Angelos. »Mehr kann ich nicht tun.«

Angelos' Handy klingelte. Er wurde runter in die Bar gerufen und verließ das Büro. Als er außer Hörweite war, wandte sich Michael an Joe.

»Kennst du den Typen, *amigo*?«

»Wen?«

»Lass den Blödsinn. Den Mann, der das Handy geklaut hat.«

»Ja, den kenn ich«, sagte Joe. »Er trägt immer diese Jacke. Wahrscheinlich auch gestohlen. Wohnt mit ein paar Bekannten von mir zusammen, die auch in Restaurantküchen arbeiten. Manchmal trinken wir bei ihnen zu Hause Bier. Er arbeitet nicht. Er ist ein Faulpelz.«

»Du weißt also, wo er wohnt?«

»*Sí*, großer Mann.« In Joes Augen lag ein Lächeln. »Was hast du vor?«

Auf dem Nachttisch klingelte das Handy, aber da Ornazian gerade mit seiner Frau schlief, ging er nicht ran. Er legte sich Sydneys breite, muskulöse Oberschenkel um die Hüfte. Sie spannte die inneren Muskeln an und zog sich um ihn herum zusammen.

»Ah«, machte er.

Sydney lachte tief. »Gefällt dir das?«

»Fuck, ja«, sagte er und küsste sie auf den Mund. Als er sie innen berührte, gab sie ein kleines, lustvolles Geräusch von sich.

Blue lag schlafend auf einem der beiden Hundekissen. Der andere Hund, Whitey, Sydneys Beschützer, saß neben dem Bett, beobachtete sie beim Vögeln und jaulte schon seit zehn Minuten.

»Blödes Vieh«, sagte Ornazian.

»Sie denkt, du tust mir weh.«

»Tue ich auch.«

Sie war fast so weit. Er wusste es, weil ihre Lippen kühler wurden und das Stöhnen zunahm. Er drehte sie um; so brachte sie es am liebsten zu Ende. Er hielt sich an ihren Schultern fest, sie griff sich zwischen die Beine und machte es sich selbst.

»*Apo piso*«, sagte Ornazian.

»Häh?«

»›Von hinten‹. Das ist Griechisch.«

»Ich weiß, dass das Griechisch ist. Die haben's erfunden. Hör jetzt nicht auf.«

Sie kam mit einem langen Zittern.

Sie ruhten sich aus, dann sagte sie: »Jetzt du«, denn er hatte sich bisher zurückgehalten. Sie lehnte ein paar Kissen an die Kopfstütze und sagte, er solle sich hinsetzen und zurücklehnen, dann schob sie seine Beine auseinander, begab sich dazwischen und machte sich mit Eifer ans Werk.

»Schau hoch zu mir, wenn du das tust«, sagte Ornazian.

»Wer hat dich denn zum König gemacht?«, fragte sie.

»Nur *du*.«

Gegen halb drei Uhr nachts, als die Bars offiziell geschlossen waren, wartete Michael am Princeton Place in Park View. In der Nähe, am südlichen Ende der Straße, standen einige billig vermietete Reihenhäuser; überstrichener Backstein, keine Veranden oder Wintergärten. Der Mann in der Lederjacke, der Guillermo hieß und von allen Gil genannt wurde, wohnte in einem dieser Häuser. Im Moment war er nicht zu Hause. Das wusste Michael, weil Joe eine Freundin gebeten hatte, dort anzurufen. Der Mann am Telefon hatte gesagt, Gil sei unterwegs, »Bier trinken«.

Manche Bars in der Stadt blieben auch nach der Sperrstunde offen, doch Michael war geduldig und voller Energie. Er hatte selbst gerade erst Feierabend gemacht. Er war nicht müde.

Gegen drei Uhr kam aus der Richtung Georgia Avenue ein Mann in schwarzer Lederjacke mit zahlreichen Reißverschlüssen – eindeutig Gil – mit schlingerndem Gang den Gehweg entlang. Michael überquerte die Straße und ging ihm entgegen. Dass zu dieser Zeit auf einer dunklen Straße ein großer Typ auf ihn zukam, hätte den Mann eigentlich nervös machen müssen, aber sein Machismo erlaubte es ihm nicht, den Weg frei zu machen. Michael packte ihn am Jackenkragen, hob ihn von den Füßen und knallte ihn auf die Motorhaube eines Nissan.

Er hielt Gil mit einer Hand fest, presste ihn mit seinem ganzen Gewicht nach unten und drückte ihm mit dem rechten Arm die Kehle zu.

»Du hast heute Abend ein Handy gestohlen«, sagte er.

Gil sah in Michaels entschlossene Augen. »Handy geht nicht.«

»Ich hab nicht nach ner Beurteilung gefragt.«

»Eh?«

»Gib's her.«

Das Rauschen in seinem Kopf war Michael vertraut.

Ornazian und Sydney lagen nackt auf dem Bett, sein Arm unter ihr, ihr Kopf auf seiner breiten Brust. Im Zimmer war es jetzt ruhig, denn Whitey hatte es Blue nachgetan und war eingeschlafen. Ornazian strich mit der freien Hand über Sydneys Hintern.

»Du bist richtig heißer Scheiß, Mädel.«

»Ist das ein Kompliment?«

»Ist so. Ich hab Thaddeus das Foto von dir gezeigt, und er meinte nur: *Verdammt.*«

»Du bist schlimm.«

»Bin einfach nur stolz.«

»Ich hab immer noch fünfzehn Pfund zu viel drauf nach den Schwangerschaften. Ein bisschen weniger wär nicht schlecht.«

»Bitte nicht. So bist du perfekt.«

»Du magst mich eben.«

»Stimmt, das tu ich.«

»Ich will aussehen wie Diana Ross 1967.«

»Ich würde an hundert Diana Ross' vorbeilaufen, nur um deine Hand zu berühren.«

»Du bist süß.«

»Ich mein's ernst.« Das tat er wirklich.

Sydney sah zu ihm auf. »Woran arbeitest du mit Thaddeus?«

»Dies und das«, sagte Ornazian. »Wir werden eine Menge Geld einnehmen.«

»Das ist mir egal.«

»Es ist für unsere Familie. Außerdem habe ich eine Lebensversicherung. Eine halbe Mille. Deckt sogar Selbstmord ab, falls dein Genörgel mich dahin treibt.«

»Das ist nicht komisch«, sagte Sydney. »Ich mache mir Sorgen.«

»Brauchst du nicht«, sagte er. »Alles ist gut.«

Sydney verließ das Zimmer, um aufs Klo zu gehen. Ornazian nahm sein Handy vom Nachttisch.

Michael Hudson hatte angerufen.

17

AM NÄCHSTEN Tag bog Ornazian in eine Seitengasse der Kansas Avenue ein und fuhr bis zur nächsten T-Kreuzung. Dort befand sich eine Autowerkstatt aus rotem Backstein, groß genug für vier Fahrzeuge. Auf einem Schild stand »Freundlicher Autoreparaturservice«.

Ein Mann mit schwarzem Lockenschopf trat aus der Werkstatt und wischte sich die Hände an einem Lappen ab. Sein Name war Berhanu, sein Geld verdiente er hauptsächlich mit nicht registrierten Mietwagen. Er nahm ausschließlich Bargeld, was sowohl ihm als auch seinen Kunden zugutekam, denn so gab es keinerlei belastende Unterlagen.

Unter dem ohrenbetäubenden Gebell der Straßenhunde in der Gasse stieg Ornazian aus dem Ford, trat durch das breite, offene Maschendrahttor und schüttelte Berhanu die Hand.

»*Selam*, Berhanu«, sagte er. »Wie geht's deiner Familie?«

»Gott sei Dank, Phil. Es geht allen gut. Und deiner?«

»Alles gut.«

Ornazian und Berhanu waren beide orthodoxe Christen und befolgten bei der Begrüßung bestimmte Rituale. Enge Freunde waren sie nicht, aber die gemeinsame Religion verband sie.

»Was hast du für mich?«

»Komm rein.«

Sie betraten die von Hängelampen erhellte Werkstatt, an deren Rückseite eine lange Werkbank stand. Berhanus Gehilfe, ein Alki namens Donnie, saß auf einer umgedrehten Milchkiste und trank

Budweiser aus einer Dose. Nüchtern war er ein guter Mechaniker. Obwohl er Ornazian erkannte, sagte er kein Wort zu ihm, sondern erhob sich und verließ die Werkstatt.

Drei Autos standen hier. Zwei Importe – ein hochtouriger Lexus LS460 und ein E-Klasse-Mercedes –, die Berhanu für große Ereignisse vorbehielt, das dritte ein Chevy Impala SS aus den Neunzigern, schwarz auf grau, mit Fünf-Speichen-Aluminiumfelgen. Die Stoßdämpfer, der Kühlergrill und die Trittbleche waren nicht verchromt, sondern schwarz. Der Impala SS war der Vorbote der modernen Muscle-Car-Limousinen gewesen. Ornazian ging sofort darauf zu. Er hatte dieses Modell schon als junger Mann haben wollen, es sich aber nie leisten können. Er öffnete die Fahrertür und schaute hinein. Die Vordersitze waren so breit wie La-Z-Boy-Sessel, die Rückbank groß wie ein Sofa.

»Baujahr '94?«, fragte er.

»Woran hast du das erkannt?«

»Der Knüppel ist an der Lenksäule. Chevy hat ihn erst später nach unten verlegt.«

»Sehr gut.«

»Du hast den Spoiler entfernt.«

»Fällt zu sehr auf«, sagte Berhanu.

»Die Auspuffröhren auch.«

»Wenn du unsichtbar und trotzdem schnell sein willst, nimm den Lexus. Dreihundertachtzig Pferde.«

»Den Reiskocher kannst du behalten. Ich brauch Platz. Mein Fahrer ist fast zwei Meter lang.«

»Der da ist wie ein Wohnzimmer. Nicht mal Wilt Chamberlains Afro würde oben anstoßen.«

»Guter Zustand?«

»Donnie hat ihn prima hingekriegt. Federung und Bremsen sind top. Neue De-Carbon-Stoßdämpfer. Springt nicht gleich los, kommt aber sehr schnell auf achtzig.« Berhanu zuckte die Achseln. »Im Prinzip eine viertürige Corvette.«

»Im Schritt wird's gerade eng.«

»Du und dein Schwanz.«

»Ist eine Lebenseinstellung.«

»Also, abgemacht?«

Ornazian nickte. »Schilder?«

»Mach ich dran.«

Berhanu besorgte sich die Nummernschilder auf den Langzeitparkplätzen der drei umliegenden Flughäfen. Er gehörte außerdem einem weit gespannten Netzwerk von lokalen Automechanikern an, die ihm manchmal aushalfen. Viele gingen in dieselbe Kirche an der Illinois Avenue im Northwest.

Ornazian und Berhanu verhandelten über den Preis.

»Ciao«, sagte Ornazian und wandte sich zum Gehen.

»Ciao, Phil.«

Als Ornazian zu seinem Wagen zurückkehrte, stand dort Donnie mit seinem Smartphone in der Hand. Er steckte es in die Tasche seines Overalls und ging. Ornazian sagte nichts zu ihm. Er traute Trinkern nicht.

Ornazians Tagesplan sah vor, nach Glen Echo Heights rauszufahren und das Haus der Kellys zu beschatten. Mit etwas Glück würde er Terry Kelly bei einem seiner gelegentlichen Besuche abfangen. Nach dem Abendessen mit der Familie würde er sich dann erneut auf Observation begeben und Gustav und seinen Männern nach Hyattsville folgen. Bisher war der Dicke vom Puff immer direkt nach Hause gefahren, von Cesar im Range Rover chauffiert. Der Dünne folgte im Mustang.

Aber zuerst würde er Michael Hudson anrufen, ihm die Adresse der gesuchten Frau geben und ihm sagen, dass er den richtigen Wagen gefunden hatte.

Nach seiner Tagesschicht im Restaurant ging Michael nach Hause, las auf der Veranda sein neuestes Buch weiter und ging mit Brandy Gassi. Dann duschte er und zog ein gutes Hemd und Jeans an. Er bürstete seine Timberlands, bis sie wie neu aussahen, nahm seine Mütze und verließ das Haus. Draußen waren die Schatten länger geworden.

Er spazierte zum Warder Place in Park View und stieg die Stufen eines Reihenhauses aus braunem Backstein hoch, dessen Erdgeschossfenster vergittert waren. Die winzige Veranda bot gerade genug Platz für einen Stuhl. Er klopfte. Die Tür ging auf, und Anna Byrne stand darin.

»Michael.« Ganz offensichtlich war sie überrascht, aber ihre Augen und Körpersprache sagten ihm, dass alles okay war.

»Ich bin's«, sagte Michael. »Ich hab Ihr Handy.«

Er zog das iPhone aus der Hosentasche und reichte es ihr über die Türschwelle.

»Gott«, sagte sie. »Wie haben Sie das bekommen?«

»Hab mich mal ein bisschen umgehört. War nicht so schwer.«

»Danke. Vielen, vielen Dank.«

»Ich hab's bei meiner Mutter aufgeladen. Sie sollten es also sofort benutzen können.«

Anna schaltete das Handy an und gab den Code ein. Zahlreiche Nachrichten kamen an. Sie hatte den Anbieter noch nicht über den Diebstahl informiert. Rick hätte sie dafür naiv genannt. Sie sah sich lieber als Optimistin.

»Vielen Dank«, wiederholte sie, und dann standen sie da, er auf der Veranda, sie in ihrem Haus.

Michael war klar, dass sie ihn nicht hereinbitten würde, warum sollte sie auch? Sie kannte ihn nur als Straftäter, nicht als freien Menschen.

»Ist Ihr Mann zu Hause?«, fragte er.

»Noch nicht«, sagte sie. »Hey, wollen wir einen Spaziergang machen? Ich lade Sie auf ein Bier oder so ein. Das ist das Mindeste, was ich tun kann.«

»Ich trinke nicht«, sagte Michael. »Aber ich leiste Ihnen Gesellschaft.«

»Geben Sie mir fünf Minuten«, sagte sie.

»Ich warte hier«, erwiderte Michael. Er wollte es ihr ersparen, ihn bitten zu müssen, draußen zu warten.

Sie gingen zur Georgia Avenue runter. Anna trug die Haare offen und hatte sich umgezogen: Jeans und ein Sweatshirt über einer schwarzen, geknöpften Bluse. Alles andere als aufreizend, aber ordentlich. Michael fand, dass sie hübsch aussah.

Sie schlug ein Lokal namens *The Midlands* vor, ein Biergarten mit einer Innenbar und einem Billardtisch. Da es warm genug war, setzten sie sich draußen an einen der Biertische. An Holzpfählen hingen Lichterketten, die Atmosphäre ähnelte der einer Gartenlaube. Alteingesessene Anwohner mischten sich hier mit neu Dazugezogenen. Auf einem Grill brutzelte lecker riechendes Fleisch. Ein paar Gäste hatten ihre Hunde mitgebracht, die mit Wasser und Leckerlis versorgt wurden. Viele der jungen Männer trugen Bärte.

Anna nippte an einem Bier, Michael trank ein Ginger Ale. Sie fragte ihn, wie er herausgefunden hatte, wo sie wohnte. Es war kein Vorwurf. Sie war neugierig.

»Ein Typ, den ich kenne, hat beruflich damit zu tun, Leute ausfindig zu machen. Er hat mir geholfen.« Er meinte Phil Ornazian. »Ich wollte nicht, na ja, Ihre Privatsphäre verletzen.«

»Haben Sie nicht.«

»Ich will ehrlich sein, ich hab mir Ihre Kreditkartenabrechnung geholt, an dem ersten Abend, als ich Sie im *DL* gesehen hab. Da stand, Ihr Mann heißt Byrne. Das hat mich gewundert, weil, na ja, im Gefängnis heißen Sie Kaplan.«

»Viele Frauen nehmen nicht den Namen des Ehemanns an.«

»Echt?«

»Sie nehmen mich auf den Arm, stimmt's?«

»Stimmt.«

»Tja, wenn wir irgendwem über den Weg laufen, den wir beide kennen, werden Sie mein Geheimnis hoffentlich bewahren.«

»Keine Sorge, ich verpfeif Sie nicht.«

»Hab ich mir irgendwie gedacht.«

Michael entspannte sich. Er war dankbar, dass sie nicht weiter nachgefragt hatte, wie er an ihr Handy gekommen war. »Kaplan, was ist das für ein Name?«

»Ich bin Jüdin. Mein vollständiger Name lautet Annalisa. Das bedeutet ›Anmut‹ oder ›Gott ergeben‹. Meine Eltern sind waschechte Amerikaner, haben sich aber in einem Kibbuz kennengelernt, als sie nach dem College durch Europa getrampt sind. Sie standen auf israelische Namen.«

»Meine Mutter hat mich Michael genannt. Das war 1989, und sie stand auf Michael Jordan.«

Anna lächelte und trank einen Schluck Bier. Einer der Hunde des Wirts, ein großes, freundlichen Tier, kam angesprungen und schnüffelte an Michaels ausgestreckter Hand. Michael gefiel das Lokal. Er fühlte sich wohl hier, obwohl er niemanden kannte und die meisten Gäste anders waren als die Menschen, mit denen er aufgewachsen war. Er spähte rechts durch den Zaun des Biergartens und sah auf der anderen Seite ein Ladenschild, auf dem »Bücherwand« stand.

»Hey, ist das da ein Buchladen?«

»Ja«, sagte Anna. »Die kaufen und verkaufen gebrauchte Bücher.«

»Der muss aufgemacht haben, als ich im Knast war. Unglaublich, was sich alles verändert hat. Hier ging's mal ziemlich rau zu, also vor Ihrer Zeit. So mit den Park-Morton-Sozialbauten da drüben. Im Capitol City Ball Room, gleich da vorne, hab ich früher jede Menge Go-go-Shows gesehen.« Michael nickte in Richtung eines großen, quadratischen Gebäudes an der Georgia.

»Das wurde früher Black Hole genannt, stimmt's?«, fragte Anna.

»Das wissen Sie?«

»Ich hab's von den Nachbarn gehört. Was halten Sie von den ganzen Veränderungen hier? Ist es schlimm?«

»Nicht alles. Wie nennt man das, wenn man zurückblickt und alles erscheint schöner, als es wirklich war?«

»Nostalgie.«

»Genau. Manchmal komme ich mir in meiner eigenen Nachbarschaft wie ein Fremder vor, aber solange nicht allzu viele Leute aus ihren Häusern vertrieben werden, sind die Veränderungen wahrscheinlich gar nicht so schlecht. Die ganzen neuen Läden, Bars und so … der Safeway die Straße hoch: Die Jobs hat es hier vorher nicht gegeben.«

»Aber es werden Menschen verdrängt.«

»Klar. Darum ging es in dem Buch. *Zum Wiedersehen der Sterne.*«

»Sie haben es gelesen?«

»Ja.«

»Ich habe es für unseren Buchclub ausgesucht«, sagte Anna. »Das war vielleicht keine so gute Idee.«

»Die Jungs mochten's nicht?«

»Das nicht. Aber ein paar haben den Kardinalfehler der Buchbesprechung begangen und den Autor dafür kritisiert, dass er nicht die Geschichte geschrieben hat, die er *ihrer* Meinung nach hätte schreiben sollen.«

»Ich wette, ich weiß, wieso. Sie haben nicht verstanden, warum dieser Äthiopier, Sepha, nicht mit der Frau rumgemacht hat, Judith. Ich mein, na ja, warum hat er's nicht durchgezogen. Stimmt's?«

Anna grinste. »Ja. Erinnern Sie sich noch an Donnell? Er meinte: ›Warum hab ich so viel Zeit mit dem Buch vergeudet, wenn dann die Beziehung nicht vollzogen wird?‹. Und dann sagte er: ›Ich will mein Geld zurück.‹«

Michael lachte. »Typisch für den Blödmann.«

»Das Buch hat jedenfalls eine Diskussion ausgelöst. Was gute Bücher ja tun sollen.«

»Ich denke, der Autor will zeigen, dass man mit jemandem eng befreundet sein kann, auch ohne das Körperliche.«

»Unter anderem, ja.« Sie betrachtete ihn. »Sie lesen also sehr viel.«

»Wie ein Verrückter. Das ist wegen Ihnen.«

»Ach was.«

Sie tauschten Telefonnummern aus, und Anna bot Michael das Du an. Dass sie bereit dazu war, lag vielleicht auch am Bier. Und sie vertraute Michael. Als er ihr das Handy zurückgab, kam ihr zum ersten Mal in den Sinn, ihrem Mann eine Nachricht zu schicken: *Habe mein Handy wieder. Mache einen Spaziergang. Komme bald nach Hause.* Das war ja auch nicht gelogen.

Nachdem Anna die Getränke bezahlt hatte, schlenderten sie in den Buchladen hinüber und schauten sich um. Anna ging mit einem Buch an die Kasse. Sie fand Michael bei den Romanen wieder. Er wirkte ganz aufgedreht. Sie gab ihm das gerade gekaufte Taschenbuch. Der Titel des Romans lautete *Northline*.

»Für dich«, sagte Anna. »Das ist eins von meinen Lieblingsbüchern.«

Michael war gerührt und sprachlos. Um seine Gefühle nicht zu zeigen, las er sich den hinteren Klappentext durch.

»Hier steht, es spielt in Las Vegas und Reno«, sagte er. »Da bin ich noch nie gewesen.«

»Ich hoffe, es gefällt dir«, sagte Anna.

In der Dämmerung begleitete er sie nach Hause. Er schlug vor, die Quebec Street zu nehmen statt der Princeton, wo er gestern Nacht den Dieb ihres Handys gestellt hatte. Er wollte nicht das Risiko eingehen, erkannt zu werden.

»Wie läuft denn alles?«, fragte Anna und sah zu ihm auf.

»Mein Leben, meinst du?«

»Ja.«

»Ich mag meinen Job. Ich meine, fürs Erste ist er okay, bis ich weiß, wie's weitergehen soll.« Er dachte kurz an Ornazian und das, was sie vorhatten. »Ist immer erst mal eine Herausforderung, den Aufstieg zu machen.«

»Was heißt das, den Aufstieg machen?«

»So sagt man das, wenn man raus ist. Aus dem Knast. Einfach ist das nicht, aber man ist wenigstens zu Hause.«

»Also …«

»Man hat immer erst mal ein bisschen zu kämpfen. Aber ich denke, ich packe es.«

An der Ecke Quebec und Warder sagte Anna, sie würde den Rest des Wegs allein gehen. Michael wusste, es war wegen ihres Mannes. Er sollte sie nicht zusammen sehen. Das verstand er.

»Danke, dass du mir mein Handy wieder besorgt hast«, sagte sie.

»Kein Ding«, sagte Michael. »Pass auf dich auf, Anna.«

Sie gingen getrennte Wege. Einmal sah sie sich noch nach ihm um. Er rückte gerade die Strickmütze auf seinem Kopf zurecht, sodass sie leicht schief saß.

Als er auf der Warder nach Süden lief, entdeckte er Carla Thomas im Kerzenschein auf ihrer Veranda sitzen, und gesellte sich zu ihr. Sie trank ein Glas Rotwein und hörte *Mama's Gun* von Erykah Badu, das aus einem Bluetoothlautsprecher erschallte.

»Big Man«, sagte Carla. »Komm hoch zu mir.«

»Du lässt es dir gutgehen.« Er setzte sich neben sie.

»Ich hab nicht oft Zeit für mich.«

»Wo ist Alisha?«

»Bei einer Freundin«, sagte Carla. »Ich hole sie in ein paar Stunden wieder ab. Und meine Großmutter ist auch nicht da. Sie ist zum Bingo in die Kirche.«

»Also …«

»Genau. Ich bin allein.«

Michael sagte nichts. Ihm fielen keine verführerischen Worte ein. Er war außer Übung.

Carla stand auf und nahm ihr Weinglas, den Lautsprecher und ihr Handy vom Tisch.

»Kommst du mit rein?«

»Gerne.«

»Bring die Kerze mit, Mike.«

Dankbar und in Vorfreude betrachtete er den Schwung ihrer Hüften, als sie durch die Tür ins Haus ging. Er nahm die Kerze und folgte ihr.

18

ORNAZIAN HOLTE Michael Hudson auf dessen Bitte hin ein paar Blocks nördlich des Hauses seiner Mutter an der Sherman Avenue ab. Es war seit Stunden dunkel. Ornazian hielt an der Straßenecke, ließ den Motor laufen, stieg aus und ging auf die Beifahrerseite. Michael setzte sich ans Steuer, schob den Sitz zurück und setzte sich zurecht.

»Impala SS.« Michael konnte seine Freude nicht ganz verbergen. »So einen bin ich ewig nicht gefahren.« Er packte das Lenkrad und betrachtete das Armaturenbrett.

»Ich hab ja gesagt, ich besorg dir was Anständiges. Los geht's. Unser Mann wohnt in Ward Nine.«

Michael kannte den abfälligen Ausdruck für Prince George's County, kommentierte ihn aber nicht, das hatte alles nichts mit ihm zu tun. Er zog den Schalthebel nach unten und fuhr Richtung Osten.

»Wo genau?«, fragte er.

»Kennst du Beaver Heights?«

»Auf der Maryland-Seite der Eastern Avenue.«

»Genau.«

Ornazian merkte, wie Michael beim Fahren immer mehr Gefühl für den Impala bekam. Als auf der Kenilworth Avenue die Straße frei war, gab er Gas, und der Wagen zog ab wie ein Flugzeug beim Start.

»Pass in den Kurven auf«, sagte Ornazian. »Er schlingert.«

»Seine Stärken hatte er immer schon auf der Geraden«, sagte Michael.

»Hast du mal einen gehabt?«

»Einen Tag lang.«

Sie fuhren auf den Parkplatz hinter dem Gebäudekomplex mit dem Büro von Thaddeus Ward. Michael hielt neben drei schwarzen Autos, und Ornazian gab per Handy Bescheid, dass sie da waren. Kurz darauf kam Ward schwarz gekleidet und mit breiter Brust über den Parkplatz marschiert. Michael musterte seinen breitbeinigen Gang und den akkurat geschnittenen grauen Schnurrbart.

»Der Mann ist ein Gockel«, sagte er. »Und alt.«

»Nicht zu alt«, erwiderte Ornazian. »Er hat's immer noch drauf. Mach den Kofferraum auf.«

Ward zog ein paar große Taschen aus dem Kofferraum seines Crown Vic und legte sie hinten in den Impala. Dann setzte er sich auf die Rückbank, streckte den Arm zwischen den Vordersitzen durch und gab Michael die Hand.

»Thaddeus Ward.«

»Michael Hudson.«

Michael fuhr vom Parkplatz.

In Columbia Heights hielten sie in einer Seitenstraße ein paar Blocks westlich der Georgia, in der Nähe der Bar mit dem Nine-Ball-Schild. Ein Stück weiter saß der Junge mit dem Handy vor dem Reihenhaus auf seinem Stuhl. Der schwarze Range Rover und der blaue Mustang standen in Sichtweite.

Michael sah sich um. »Gibt ein paar Überwachungskameras an der Straße. Die könnten das Nummernschild aufnehmen.«

»Keine Sorge«, sagte Ornazian. »Die Schilder gehören nicht zum Auto.«

»Ziemlich dreist«, sagte Michael. »Hier einen Puff aufzumachen, mitten in einem Wohngebiet.«

»Wahrscheinlich gibt's den hier nicht allzu lange«, sagte Ward. »Die ziehen immer wieder um.«

»Wie können die arbeiten, ohne hochgenommen zu werden?«, fragte Michael.

»Bis ein Richter einen Beschluss ausgestellt hat, ist der Puff weg. Bewegliche Ziele sind schwer zu treffen.«

»Jemand wird geschmiert«, sagte Michael, den Blick in den Rückspiegel gerichtet. Er sah Ward an.

Wards Tonfall war geduldig. »Ich habe lange bei der Sitte gearbeitet, junger Mann. Hab nie einen Sittenbullen erlebt, der so dreckig gewesen wäre. Ein paar meiner Kollegen sind den Mädchen zwar ziemlich nahegekommen, du weißt, was ich meine. Haben sie gewarnt, wenn eine Razzia anstand, solche Dinge. Aber das war was anderes. Das war reine Menschlichkeit.« Ward zog ein Kaugummi aus der Tasche, wickelte es aus, steckte es sich in den Mund. »2015 hat der Chief die Abteilung für Sittendelikte in D.C. aufgelöst. Es gibt also weniger Leute, die sich noch um diesen Mist kümmern. Das ist keine Entschuldigung. Ich erklär dir nur die Lage.«

»Ihr seid also alle sauber gewesen.« Michael ließ nicht locker.

»Ich spreche nur von meinen Erfahrungen bei der Washingtoner Polizei. Aber in Montgomery County gibt es Bordelle, eins hab ich selbst gesehen, mitten im Wohngebiet, wo die ganzen Ökos wohnen. Wenn man im Sommer daran vorbeifährt, sieht man die Mädchen im ersten Stock in den Fenstern sitzen. Ein Blinder sieht, was da abgeht. Ich habe keine Ahnung, wie die Polizei da das durchgehen lassen kann. Ich würd's nicht tun. Ich hasse die Scheißpimps. Ist einfach so.«

Ornazian ließ Wards Wut köcheln. Es war gut, dass ihn die schlechten Erinnerungen aufstachelten.

Ein altes Auto mit verrostetem Heck hielt vor dem Reihenhaus. Der Junge sprach in sein Handy, ein paar Männer stiegen aus der Karre und gingen in den Puff.

»Die lassen sich's besorgen«, sagte Ward.

»Unser Mann müsste bald rauskommen.« Ornazian sah auf die Uhr. Es war zwei Uhr nachts.

Eine halbe Stunde später traten Gustav in seinem schlecht sitzenden Sportsakko und Cesar, sein *segundo*, aus dem Haus. Cesar trug zwei Aktenkoffer bei sich. Der dritte Mann fehlte.

»Wo ist der Typ, der das andere Auto fährt?«, fragte Ward.

»Keine Ahnung«, sagte Ornazian. »Egal, wir müssen es heute Nacht durchziehen. Morgen ist Montag. Gustav könnte anfangen, das Geld zu waschen.«

Cesar legte die Koffer auf die Rückbank und setzte sich ans Steuer, Gustav nahm auf dem Beifahrersitz Platz. Der Range Rover fuhr los.

»Auf geht's«, sagte Ornazian.

Michael ließ den Wagen an und legte die Hand an den Schalthebel. »Auf dein Wort.«

»Ruhig Blut«, sagte Oranzian. »Wir wissen ja, wo die hinwollen.«

Gustav wohnte am südlichen Rand von Hyattsville in Maryland, kurz über der North-Brentwood-Linie. Das Haus lag westlich der Rhode Island Avenue an einer Straße, die an die Parklandschaft von Northwest Branch angrenzte. An einer Stelle der Straße war der Asphalt abgesackt, und Michael lenkte den Wagen vorsichtig daran vorbei. Auf Ornazians Anweisung hin schaltete er die Scheinwerfer aus und rollte langsam an Gustavs Grundstück entlang.

»Fahr weiter«, sagte Ornazian.

Hinter der Kurve, die zur Vorderseite des Hauses führte, sah Michael, dass die Straße in einer Sackgasse endete; dort standen niedrige Betonpfeiler an einem Radweg, der in den Park hineinführte. Links von den Pfeilern waren Mülleimer aufgestellt, rechts lag der Wald. Michael begutachtete die Lücke auf der rechten Seite und schätzte die Breite ab.

»Wo geht's da hin?«

»Zum Northwest Branch Trail. Führt am Anacostia River entlang.«

»Der Anacostia kommt so weit raus?«

»Wir sind nicht weit von D.C. entfernt. Ist alles klar bei dir?«

»Ja.«

Michael wendete, parkte in Richtung Highway neben einem verfallenen Bretterzaun und ließ den Motor laufen.

Gustavs Haus bestand aus zwei Stockwerken, war weiß verkleidet und von einem verwilderten Garten umgeben. Drinnen brannten Lichter. Hinter dem Haus befand sich ein Terrassendeck, der Garten erstreckte sich bis zum Rand eines Waldstücks neben einem Fußballplatz. Der Range Rover parkte in der Kieseinfahrt. Straßenlaternen gab es nicht. Nur ein einziges weiteres Haus stand an dieser Straße, ziemlich weit entfernt an einem Abhang.

Ornazian schaltete das Kabinenlicht aus und wandte sich Michael zu. »Ich gebe dir ein Funkgerät.«

»Okay.«

»Wenn du uns kontaktieren musst, nimm das Funkgerät, nicht dein Handy. Nenn mich Nummer Eins. Sag nicht meinen Namen.«

»Kapiert.«

»Mach hinten auf.«

Ornazian und Ward stiegen aus und gingen zum geöffneten Kofferraum. Ward beugte sich hinein, im Mund eine kleine Maglite, und zog die Reißverschlüsse der Taschen auf. Beide Männer streiften Nitrilhandschuhe über und griffen zu den Waffen, Ward zu seinem Remington-Gewehr und einer Glock 17, Ornazian zum .38er. Ward steckte außerdem Kabelbinder und ein Buck-Klappmesser in seine Taschen, während Ornazian zwei Motorola-Funkgeräte aufhob. Zu guter Letzt zogen sie sich Nylonstrümpfe über das Gesicht. Dann klappte Ward den Kofferraum zu.

Ornazian ging zum offenen Fenster an der Fahrerseite und gab Michael eines der Funkgeräte. »Benutz Kanal 11.«

Er nickte Ward über das Wagendach hinweg zu. Sie betraten das Grundstück durch eine Lücke im Zaun und liefen zum Terrassendeck. Ornazian legte sich auf den Boden, kroch zwischen Gasflaschen, leeren Bierdosen und braunem Laub darunter hindurch und kam an der anderen Seite wieder zum Vorschein. Er und Ward kauerten jetzt gebückt auf je einer Seite der Terrasse.

Ward spähte durch die Doppelglastür ins Haus und sah Cesar, den Bodyguard, einen Tumbler mit etwas Bernsteinfarbenem auf Eis in der Hand, gedankenverloren vor dem Flachbildfernseher stehen, auf dem ein Fußballspiel lief. Er wandte der Terrassentür den Rücken zu. Gustav war nirgends zu sehen.

Ward richtete sich auf und lief um das Deck herum, um den Bewegungsmelder oben am Haus auszulösen. Als das Licht den Garten erleuchtete, ging er sofort wieder in Deckung. Sie warteten und horchten. Die Terrassentür wurde geöffnet, schwere Schritte dröhnten über das Deck. Dann wurde eine Schusswaffe durchgeladen.

Ward stand auf, pumpte Munition in seine Remington und richtete sie auf Cesar, der eine Halbautomatik in der rechten Hand hielt.

Ornazian trat ins Licht, spannte den Hahn seines Revolvers und zielte auf Cesar. Cesar hörte das Geräusch, zeigte aber keine Reaktion und sah Ornazian nicht an.

»Lass sie fallen«, sagte Ward.

Mit ausdrucksloser Miene hob Cesar die Waffe und richtete sie auf Ward. Der machte einen Schritt vorwärts und blieb gänzlich unbeeindruckt.

»Wie wär's, wenn ich dich umbringe?«, sagte Cesar.

»Wie wär's, wenn wir uns gegenseitig umbringen?«, sagte Ward.

Die drei Männer standen im grellen Schein der Flutlampe. Zeit verging.

»Was wollt ihr?«, fragte Cesar.

»Wir wollen deinen Boss ausrauben«, sagte Ward.

Cesar dachte nach.

»Ist nicht mein Geld«, sagte er, senkte die Waffe und legte sie auf den Terrassenboden.

Als sie das Haus betraten, hörten sie Gustav nach Cesar rufen. Cesar drehte den Kopf und sah die beiden hinter ihm stehenden Männer an. Ornazian legte den Finger an die Lippen, Ward macht eine Kinnbewegung. Cesar sollte nichts sagen und weitergehen.

Er führte sie an einer Küche vorbei, in der ein ovaler Tisch mit Stühlen stand. Dann durchquerten sie den Flur bis zu einer offenen Schlafzimmertür. Gustav schreckte überrascht hoch. Er hatte neben den Aktenkoffern auf dem Bett gesessen.

Wütend sah er Cesar an, der seine ausdruckslose Miene beibehielt.

»Was soll das?«, fragte Gustav.

»Ich hab nicht gesagt, dass du reden darfst«, sagte Ward.

Gustav fluchte kreativ auf Spanisch. Irgendwas davon, dass er in die Milch ihrer Mütter scheißen würde.

Ward, der ganz gut Spanisch verstand, hielt das für eine merkwürdige Bemerkung, ließ sie aber durchgehen. Er sah Ornazian an. »Geh in die Küche und hol ein paar Stühle.«

Ornazian verließ das Zimmer. Ward hielt das Gewehr auf Cesar gerichtet, eine Beleidigung für Gustav, der damit als harmlos degradiert wurde. Mit der linken Hand zog Ward die Jacke zurück und enthüllte den Griff der Glock.

Ornazian kam mit den Stühlen und stellte sie am Fußende des Bettes ab. Sie waren aus Metall, die Rückenlehne hatte Sprossen wie eine Leiter.

»Setz dich hin«, sagte Ward zu Cesar.

Cesar setzte sich. Während Ornazian ihn mit dem Revolver in Schach hielt, band Ward seine Unterschenkel mit langen Kabelbindern zusammen und fesselte die Hände mit kürzeren hinter dem Stuhl. Cesar wehrte sich nicht.

Als Ward fertig war, sagte er zu Gustav: »Ausziehen.«

»Hm?«

»Zieh deine Klamotten aus, Fettwanst. Komplett.«

Gustav lief rot an, zog aber ein Kleidungsstück nach dem anderen aus, faltete jedes ordentlich zusammen und legte es auf den Flokatiteppich. Dann stand er nackt vor ihnen. Er war ungestalt, hatte hängende Brüste und einen Bauch, der in Wellen über sein Geschlecht hing.

»Verdammt«, sagte Ward. »Du bist echt strunzhässlich. Woher hast du die Weibertitten? Ich mein, *mit* Klamotten siehst du ja wie ein Mann aus, aber so … Scheiße.«

Ward machte in dem Ton weiter, nahm Gustav Stück für Stück auseinander, kommentierte seinen unbeschnittenen Penis, dessen mangelnde Größe und sein abstoßendes Aussehen generell. Dann fesselte er ihn auf die gleiche Art wie zuvor Cesar an den zweiten Stuhl. Ornazian hatte bisher kein Wort gesagt. Das Psychospiel war Wards Spezialität, und er machte seine Sache gut.

Nachdem auch Gustav gefesselt war, öffnete Ornazian die Aktenkoffer und untersuchte den Inhalt. Beide waren mit Geldbündeln gefüllt, doch insgesamt lag da keine große Summe. Hauptsächlich Zwanziger, dazwischen ein paar Fünfer und Zehner. Ornazian klappte die Koffer zu.

»Wo ist der Rest?«, fragte Ward.

»Hä?«, machte Gustav.

»So n Starpimp wie du hat doch sicher ein Geheimversteck.«

Gustav starrte stur geradeaus.

»Egal«, sagte Ward. »Dann finden wir's eben selbst.«

Ornazian und Ward nahmen das Schlafzimmer auseinander. Sie zogen jede Schublade heraus. Ward schnitt mit seinem Klappmesser die Matratzen und das Boxspringbett auf, dann fegte er mit dem Arm alle Gegenstände von der Kommode, weil sich das gut anfühlte. Zuletzt durchsuchte Ornazian den Schrank. Hinter den Kleiderbügeln befand sich ein Safe in der Wand. Ein Modell, wie man es aus Hotels kennt. Auf der Tür standen Instruktionen.

»Aha«, sagte Ward.

Gustav spuckte auf den Boden.

»Ist dein Teppich«, sagte Ward. »Kannst draufspucken, so viel du willst.«

»Nenn uns die Zahlen«, sagte Ornazian.

Als Gustav schwieg, sagte Ward zu Ornazian: »Versuch's mit dem Üblichen.«

Ornazian begann die häufigsten Zahlenkombinationen einzutippen. Erst 1111, dann 2222 und so weiter. Als er ergebnislos bei 9999 angekommen war, versuchte er es mit dem althergebrachten 1234.

»Nichts«, sagte er. Sein Gesicht war unter der Strumpfmaske schweißbedeckt. Alle schwitzten heftig. Im Zimmer stank es.

»Wann hast du Geburtstag, Guu-stav?«, fragte Ward.

Gustav gab keine Antwort.

Ward ging zu dem Klamottenstapel, rupfte ihn auseinander und nahm Gustavs Hose. Er zog ein Portemonnaie aus der Hintertasche, nahm die Geldscheine an sich und steckte sie ein. Dann holte er Gustavs Führerschein heraus und las vor.

»17. Dezember 1974«, sagte er. »Versuch mal 1774.«

Ornazian gab die Zahlen ein, aber die Tür ging nicht auf.

»Nein«, sagte er.

»Okay, dann 1274.«

Ornazian tippte die Zahlen ein, und am Safe leuchtete ein grünes Licht auf. Die Tür sprang auf.

Gustav zischte etwas Unverständliches, als Ornazian mehrere zusammengebundene Stapel mit Hundertdollarscheinen aus dem Safe holte. Er ging mehrfach zwischen dem Schrank und dem Bett hin und her, um das neue Geld zu dem alten zu legen. Dann klappte er die Aktenkoffer zu.

»Chinga tu hermana«, sagte Gustav mit Tränen der Wut in den Augen.

»Warum sagst du so was?«, fragte Ward. Er drehte das Gewehr um und stieß Gustav mit voller Wucht den Kolben vor die Brust. Der Stuhl kippte um, Gustav fiel mit Getöse zu Boden. Seine hinter dem Rücken gefesselten Hände wurden von seinem eigenen Gewicht zerquetscht. Er schrie auf.

Cesar sah Ward an. *»Nos encontraremos otra vez.«*

»Vielleicht«, sagte Ward. »Aber nicht heute Nacht.«

Sie verließen das Haus auf dem Weg, auf dem sie gekommen waren. Auf der Terrasse sprang wieder das Licht an. Ward kickte Cesars Waffe vom Terrassendeck, dann liefen sie los und quetschten sich durch das Loch im Zaun. Michael sah sie kommen und ließ den Kofferraum aufspringen. Sie warfen die Waffen und die beiden Aktenkoffer hinein, danach die Strumpfmasken und die Handschuhe, machten die Heckklappe zu und stiegen in den Impala, Ornazian vorne, Ward hinten.

»Fahr los«, sagte Ornazian.

In diesem Moment bog ein Wagen von der Rhode Island Avenue ab und hielt am Anfang der Straße, kurz vor der Delle im Asphalt. Der Fahrer stellte das Fernlicht an und leuchtete ihnen direkt in die Augen.

»Das ist ein Mustang«, sagte Michael. Er zog den Sicherheitsgurt nach vorn und ließ ihn einrasten.

»Das Folgeauto«, sagte Ward.

»Er bewegt sich nicht«, sagte Michael.

»Fahr«, sagte Ornazian.

Michael legte den Rückwärtsgang ein, seine Hand auf der Lehne des Beifahrersitzes, und drehte den Kopf nach hinten. Dann gab er Gas. Der Impala geriet in der Kurve ins Rutschen, aber Michael glich aus und hielt auf die Betonpfeiler zu. Ornazian sah, dass sich der Mustang in Bewegung setzte, beschleunigte und in die Delle auf der Straße fuhr. Seine Scheinwerfer kippten erst nach unten, dann gen Himmel.

»Pass auf die Pfeiler auf«, sagte Ward. Michael hielt sich links davon und raste über den schmalen Streifen Gestrüpp am Waldrand. Im Rückwärtsgang fuhr er am Fußballfeld vorbei. An dessen Ende drehte er am Lenkrad, bremste und schob den Schalthebel auf »Drive«. Mit ausgeschalteten Scheinwerfern steuerte er über den breiten Asphaltweg und einen steilen Hügel hinauf und gab immer mehr Gas. Was hinter der Hügelkuppe lag, war nicht zu erkennen.

»He«, sagte Ward. »Fahr langsamer.«

Michael sah im Rückspiegel, dass der Mustang die Verfolgung aufgenommen hatte. Er verlangsamte nicht. Oben auf dem Hügel fing der Impala an zu fliegen, alle vier Räder verloren den Bodenkontakt, und einen Augenblick lang starrten alle drei Insassen nach unten. Dann landeten sie. Links lag ein tiefer Abgrund, sie schlingerten und wären fast abgerutscht, aber Michael, der das Steuer mit beiden Händen gepackt hielt, schaffte es, den Wagen wieder einzufangen. Am Fuß des Hügels wurde die Landschaft eben, Michael gab Gas und umrundete elegant die leichten Kurven. Wieder schaute er in den Rückspiegel. Der Mustang war auf der Hügelkuppe ebenfalls durch die Luft geflogen und schief gelandet. Er schoss über die Kante in den Abgrund und kam an einer Felswand am Ufer zum Stehen.

»Das war's«, sagte Michael.

Er nahm den Fuß vom Gas. Sie rollten auf dem Weg neben dem Fluss entlang, das Licht des Monds schimmerte hell auf dem Wasser. Kurz darauf stießen sie auf eine Straße und einen von Pfeilern eingegrenzten Parkplatz, an denen Michael vorbeilenkte, um danach auf die Straße abzubiegen. Er schaltete die Scheinwerfer ein.

»An der nächsten Ampel kommt die Hamilton«, sagte Ornazian. »Fahr da links ab und dann weiter auf die Queens Chapel Road. Die mündet in die Michigan Avenue.«

»Ich weiß, wo wir sind«, sagte Michael.

Auf dem Rücksitz begann Ward zu lachen. Ornazian drehte sich zu ihm um und grinste. Sie stießen die Fäuste aneinander.

»Was hat Cesar als Letztes zu dir gesagt?«, fragte Ornazian.

»Dass wir uns wiedersehen würden.«

Die Männer wurden still. Als sie die Grenze nach D.C. überquerten, schloss Thaddeus Ward die Augen und nickte ein.

19

MICHAEL HATTE Feierabend. Es war wärmer geworden, also setzte er sich an einen der Tische vor dem Restaurant, um noch eine Weile zu lesen, bevor er nach Hause ging. Er hatte mit *Northline* angefangen, dem Roman, den Anna ihm in dem Buchladen an der Georgia Avenue geschenkt hatte. Hier draußen saßen einige Gäste, vornehmlich junge Leute, die die Happy Hour nutzten. Zwar waren sie nicht sonderlich laut, trotzdem suchte sich Michael einen Tisch in einer stillen Ecke, um ungestört lesen zu können.

Am Anfang hatte er nicht gedacht, dass das Buch ihm gefallen würde. Im ersten Kapitel hat ein betrunkenes Mädchen namens Allison Johnson mit einem Junkie namens Jimmy Bodie auf dem Klo eines Casinos in Las Vegas Sex – von Liebe keine Spur. Sie wird mittendrin ohnmächtig, kippt um und schlägt sich den Kopf auf. *Okay*, dachte Michael, *das ist nur der Beginn des Buches. Damit soll gezeigt werden, dass das Mädchen am Boden ist und etwas daraus lernt. Ab jetzt wird's besser.* Aber das Mädchen lernt nichts.

Dieser Bodie, ein Speedfreak und Vollversager, kommt ein paar Tage später bei ihrer Mutter vorbei und bittet Allison um Verzeihung für seinen miesen Trick. Statt ihn rauszuschmeißen, gibt sie ihm noch eine Chance. Sie fahren zu einer Neonaziparty in die Wüste und dröhnen sich wieder mit Drogen und Alkohol zu, und dann sieht Allison, wie Bodie einem anderen Mädchen die Hände unter den Rock steckt. Michael dachte: *Wenn Allison Johnson sich bloß weiter besäuft und von diesem Typen verarschen lässt, weiß ich nicht, ob ich weiterlesen will.* Er fragte sich langsam, was Anna an dem Buch so gefiel.

Aber dann kam ein Kapitel mit dem Titel »T.J. Watson«, in dem ein alter Trucker dieses Namens Allison am Straßenrand aufsammelt und zurück nach Las Vegas bringt. Sie bricht weinend zusammen und gesteht, dass sie von Bodie ein Kind erwartet. T.J. Watson tröstet sie. Redet mit ihr über Entscheidungen und über den Unfalltod seines Sohns und die Liebe zwischen ihm und seiner Frau, die schon viele Jahre währt. Er sagt ihr, dass es im Leben darauf ankommt, immer weiterzumachen, und spricht von den schönen Momenten, die sich offenbaren, wenn man bereit ist, sie zu sehen. An dieser Stelle nahm das Buch für Michael eine Wendung. Er wusste, dass Allisons Leben erst noch viel schlimmer werden musste, bevor es wieder besser wurde. Aber es würde auch Momente der Menschlichkeit geben.

»Darf ich mich dazusetzen, junger Mann?«

Michael sah auf. Gerard, der Postbote, stand aufrecht am Tisch. Er trug noch seine Uniform.

»Setzen Sie sich.«

Gerard winkte einen Kellner herbei und bestellte ein Bier vom Fass, dann setzte er sich Michael gegenüber.

»Ich hab dich jetzt schon zweimal hier gesehen«, sagte er. »Ist das dein Stammlokal?«

»Ich arbeite hier. Unten in der Küche.«

»Wie läuft das?«

»Gut. Ich arbeite gern, wie Sie.«

Ein Auto mit D.C.-Kennzeichen und Dallas-Cowboys-Beflaggung fuhr vorbei. Auf der Rückscheibe klebte der blaue Cowboys-Stern.

»Ich hasse diesen Anblick«, sagte Michael.

»Ich auch. Aber um es zu verstehen, muss man die Geschichte kennen.«

»Ich weiß, dass die Redskins als letzte Mannschaft in der NFL dem Einsatz schwarzer Spieler zugestimmt haben, wenn Sie das meinen. Das hat mir meine Mutter erzählt. Bis Bobby Mitchell aufgestellt wurde. Stimmt's?«

Gerard nickte. »Das war in den frühen Sechzigern. Aber da steckt noch mehr dahinter. Der Eigentümer der Redskins, George Preston Marshall, hat sich immer gegen den Einsatz schwarzer Spieler in der Mannschaft gewehrt. Angeblich, weil die Fans im Süden das nicht akzeptieren würden. Die Skins waren damals nämlich die südlichste Mannschaft der NFL, und Marshall gehörten da unten auch die Radiosender, die die Spiele übertrugen. Er schob finanzielle Gründe vor. In Wahrheit war er ein lupenreiner Rassist. Er wollte einfach keine schwarzen Spieler in der Mannschaft. Kennst du das alte Schlachtlied der Redskins, wo es heißt ›Fight for old D.C.‹? Das hieß früher ›Fight for old *Dixie*‹. Also für die alten Südstaaten. Völlig unverhohlen. Die Schwarzen gingen auf die Barrikaden, und der Sportreporter der *Post*, Shirley Povich, hat haufenweise Artikel gegen die Rassendiskriminierung im Team geschrieben. Und wenn andere Mannschaften mit schwarzen Spielern gegen Washington spielten, waren die noch einmal zusätzlich motiviert, wollten es uns richtig zeigen. Es war also jede Menge Wut da, aber Marshall ließ sich nicht beirren. Erst als es um den langfristigen Pachtvertrag für das neue Stadion in D.C. ging, hat er sein Waterloo erlebt. Präsident Kennedy hat seinen Innenminister geschickt, Udall hieß er, um Marshall klarzumachen, was die Stunde geschlagen hat. Keine Integration von schwarzen Spielern ins Team, kein dreißigjähriger Pachtvertrag fürs Stadion.«

»Sie haben ihn gezwungen.«

»Ja, Marshall hat die bittere Pille geschluckt, aber das hat nichts an dem geändert, was er im Herzen trug. Nach seinem Tod wurde gemäß seinem Testament eine große Wohltätigkeitsorganisation gegründet, die sich um Kinder in D.C. kümmern sollte. Eine Klausel legte fest, dass niemals Geld für etwas verwendet werden dürfte, das ›in irgendeiner Form Rassenintegration unterstützt‹. Seine Dollars sollten allein weißen Kids zugutekommen. So war der Mann, rassistisch bis ins Grab. Viele schwarze Washingtoner, die diese Zeit noch erlebt haben, würden wegen Marshall die Skins niemals unterstützen. Deswegen sind sie Cowboys-Fans. Und ihre Kinder, Enkel und Urenkel folgen dem Stern, obwohl sie hier leben.«

»Ich seh's trotzdem nicht gern«, sagte Michael.

Gerard lachte. »Ich auch nicht. Ich bin für zwei Teams – die Washington Redskins und wer immer gegen die Dallas Cowboys spielt.«

Michael und Gerard stießen die Fäuste aneinander.

»Wie lange sind Sie schon Postbote?«, fragte Michael.

»Seit fünfunddreißig Jahren.«

»Haben Sie dafür eine Ausbildung machen müssen?«

»Marion Barry hat mir den Job gegeben.«

»Der Kokser?«

»Sag das nicht.« Gerard war plötzlich ernst. »Ich erzähl dir mal was über Marion Barry.«

Der Kellner brachte das Bier. Gerard bedankte sich und wartete, bis er wieder gegangen war.

»Ich bin in den Sozialsiedlungen im Southeast aufgewachsen. In den Sechzigern und frühen Siebzigern. Vor der Drogenepidemie, den Gangs, den Schießereien, dem ganzen Mist. Da wohnten viele Familien, und meine war intakt. Mein Vater war ein guter Mann, fand aber nur schwer feste Arbeit. Marion Barry und eine Partnerin, Mary Treadwell, gründeten damals eine Firma, Pride Incorporated. Ziel war es, schwarzen Männern Arbeit zu geben, Putzjobs, Müll sammeln … um die Stadt sauberer zu machen. Klingt nicht so toll, aber es waren Jobs für Männer, die nur sehr selten eine Beschäftigung hatten. Deswegen der Name: Pride. Die Männer sollten ihren Stolz zurückbekommen.

Mein Vater hat für Pride Incorporated gearbeitet, und ich hab erlebt, was das mit ihm gemacht hat. Es hat ihn aufgerichtet. Und mir wurde gezeigt, was ein Mann tut: Er geht jeden Tag zur Arbeit und sorgt für seine Familie. Ich wusste immer, sobald ich kann, gehe ich auch arbeiten. Und als ich sechzehn war, haben mir meine Eltern von einem neuen Sommerjobprogramm erzählt. Das war auch von Marion Barry ins Leben gerufen worden, inzwischen war er Bürgermeister. Das Programm vermittelte Jugendlichen Jobs in der Stadt. Ich bin hingegangen und hab mich angemeldet und bei einem Griechen namens Pete einen Job in einem Diner unten an der Nineteenth und Jefferson bekommen. Bei diesem Programm hab ich gelernt, was Arbeit bedeutet. Ein paar Monate später kam Bürgermeister Barry zu uns in die Schule, in die Ballou, und hat mit uns gesprochen. Er hat mir die Hand gegeben und mir in die Augen gesehen und gesagt: ›Mach weiter so, Junge. Aus dir wird was.‹ Er war echt. Nicht wie diese arroganten Kerle, die wir seitdem als Bürgermeister gehabt haben. Die haben nie mit Kindern geredet.

Na ja. Nach der Highschool wollte ich in den Staatsdienst, also bin ich rausgefahren nach Riverdale in Maryland und hab die Prüfung für den Postdienst gemacht. Ich hab ein gutes Gedächtnis, und in diesem Test musste man aus dem Kopf die ursprüngliche Reihenfolge von durcheinandergewürfelten Zahlen wiedergeben. Eine Woche später kam per Post das Ergebnis. Ich hatte sehr gut abgeschnitten und wurde genommen.«

»Hat Marion Barry auch den Test für Sie gemacht?«, fragte Michael.

»Spar dir die Witze.« Gerard beugte sich vor. »Ich erzähl dir noch was. Als meine Mutter Diabetes bekam, haben wir sie in einem schönen, sauberen Pflegeheim untergebracht, einem von vielen, das Barry als Bürgermeister östlich des Anacostia River hatte bauen lassen. Vorher gab es so was für Leute in diesen Vierteln so gut wie gar nicht.

Und ich? Ich besitze ein Haus in Hillcrest Heights. Bin seit einunddreißig Jahren mit derselben Frau verheiratet. Habe einen Sohn und eine Tochter, beide haben studiert und stehen auf eigenen Füßen. War ich sauer, als rauskam, dass Marion Barry Drogen genommen und mit diesen ganzen Frauen rumgemacht hat? Ich war auf jeden Fall sehr enttäuscht. Aber ich hab ihn immer unterstützt. Nur wegen Marion Barry konnte in dieser Stadt eine schwarze Mittelklasse entstehen. Ich weiß, dass er *mein* Leben verändert hat. Im Ernst.«

»Okay«, sagte Michael. »Ich hab's verstanden.«

»Lern aus der Geschichte, junger Mann«, sagte Gerard. »Das ist wichtig. Vor allem jetzt, wo lauter neue Leute in die Stadt ziehen. Die haben keinen blassen Schimmer.«

»Ich möchte Sie was fragen«, sagte Michael. »Könnte ich diese Prüfung für den Postdienst machen?«

»Hast du einen Schulabschluss?«

»Ja.«

»Was ist mit deinen Vorstrafen? Auf meiner Tour bekomme ich einiges mit, und ich weiß, dass du gesessen hast.«

»Ich hab nur ein paar Jugendstrafen«, sagte Michael. »Nichts als Erwachsener.«

»Dann könnte es klappen. Aber du wirst in eine Flasche pinkeln müssen.«

»Ich kiffe nicht. Ich trinke nicht mal.«

»Bist du gut mit Zahlen?«

»Ja.«

»Dann solltest du drüber nachdenken. Die Post ist immer gut zu mir gewesen.« Gerard stand auf und zeigte Michael seinen flachen Bauch. »Ich laufe zehn Meilen am Tag. Ich werde fürs Trainieren bezahlt.«

Michael lächelte. »Kann ich Sie auf ein zweites Bier einladen?«

Gerard setzte sich wieder. »Da sage ich nicht Nein.«

Sie redeten, bis die Dämmerung einsetzte, dann ging Gerard seines Weges.

Michael spazierte mit dem Buch in der Hand nach Hause. Er kam am Haus von Carlas Großmutter vorbei und sah mit Erleichterung, dass Carla nicht da war. Er hatte den Besuch bei ihr genossen und nahm an, dass es ihr ebenso ging, aber er war nicht dazu bereit, etwas Ernsteres daraus entstehen zu lassen. Nicht, solange er so in der Luft hing wie im Moment. Außerdem war sie nicht die Richtige.

Er kam nach Hause und ging über die Plastikläufer in die Küche, wo seine Mutter das Abendessen kochte.

»Essen ist bald fertig.« Doretha warf ihm beim Umrühren einen Blick zu. In der Stereoanlage lief eine CD von Anthony Hamilton, und sie lauschte dem wunderschönen Lied *Hard to Breathe*. Es klang, als wären sie in der Kirche.

Er wandte den Blick ab. »Ich werd noch ein bisschen lesen.«

»Ich ruf dich, wenn's fertig ist«, sagte sie.

Brandy erhob sich von ihrem Schlafkissen, folgte Michael zur Treppe und wimmerte. Der Hund wollte mit nach oben, schaffte aber die Stufen nicht mehr. Michael drehte um, hob Brandy hoch und trug sie nach oben in sein Zimmer. Er setzte sich aufs Bett. Der Hund ließ sich zu seinen Füßen nieder.

Michael betrachtete die Trophäen auf der Kommode seines Bruders. Thomas, der immer alles richtig machte und seinen Platz in der Welt als anständiges Mitglied der Gesellschaft eingenommen hatte. Und dann seine Schwester, kurz vor dem Uniabschluss, den Blick bereits fest auf eine Karriere in Public Relations gerichtet.

Er betrachtete seine eigene Kommode. In der obersten Schublade lag unter seiner Unterwäsche ein Umschlag mit zweitausend Dollar in bar. Phil Ornazian hatte das Honorar verdoppelt.

Michael hatte keinen einzigen Cent davon ausgegeben. Er wollte das Geld weder sehen noch anfassen. Wenn er mit jemandem darüber hätte reden können, hätte er gesagt, dass Blut daran klebt. Aber er hatte es angenommen. Er hatte es nicht abgelehnt. Und er vermutete, dass Ornazians Schatten bald wieder auf seine Türschwelle fallen würde.

Er brauchte jemanden, mit dem er reden konnte. Anna kam ihm in den Sinn. Bei dem Gedanken an sie regte sich etwas in ihm.

Er stopfte sich ein Kissen unter den Kopf, schlug *Northline* auf und begann zu lesen. Er steckte jetzt richtig tief in der Geschichte drin.

Allison Johnson hat inzwischen ihr Baby zur Adoption freigegeben und ist nach Reno, Nevada, gezogen, wo sie als Kellnerin Nachtschichten in einem Casinorestaurant schiebt. Außerdem hat sie einen Teilzeitjob im Telemarketing, bei dem sie mit einer fettleibigen, fröhlichen Frau namens Penny zusammenarbeitet. Allison trinkt immer noch viel und ist wegen ihres Kindes verzweifelt. Eines Abends wird sie in betrunkenem Zustand von zwei Männern in Anzügen in ein Haus verschleppt, hat mit beiden Sex und verlangt von dem einen, dass er sie schlägt. Sie denkt an Selbstmord. Der Vater ihres Kindes, Jimmy Bodie, droht ihr, sie zu finden. Ihr Leben fällt auseinander. Und doch … oft sitzt ein von Narben gezeichneter, gutmütiger junger Mann namens Dan Mahony in ihrer Ecke des Restaurants. Er redet mit ihr, bringt ihr von einer Reise nach San Francisco eine Schneekugel mit, lädt sie zum Kaffeetrinken ein und versucht sie für sich zu gewinnen. Sie erzählt ihm Lügen über ihre Familie und ihre Vergangenheit. Sie sagt, sie will keinen Freund, und er nimmt es hin. Er ist eindeutig verknallt. Aber Allison ist nicht bereit, sich auf eine neue Beziehung einzulassen, weil sie noch völlig durcheinander ist. Als sie sich wieder einmal in einer Bar volllaufen lässt, wird sie ohnmächtig und schlägt sich den Kopf auf. Als sie zu sich kommt, wird sie von dem freundlichen Barmann und seiner Frau nach Hause gebracht.

Michael konnte beim Lesen Allison Johnsons Schmerz und ihre Anstrengungen fühlen. Er war bei ihr in ihrem schäbigen Motelzimmer, hat ihre Patti-Page- und Brenda-Lee-Platten gehört, ihren Phantasiegesprächen mit dem Schauspieler Paul Newman gelauscht. Er hat Reno vor sich gesehen, diese kleinere, ruhigere Version von Vegas, mit bescheidenen Spielcasinos, Chicken-Fried-Steak-Tagesangeboten, Waschsalons, holzvertäfelten Bars, abgehalfterten Optimisten und Neonschildern, deren Farben die Straßen überspülen.

Er schloss die Augen und stellte sich alles vor. Das Buch hatte ihn an einen anderen Ort getragen. Er hatte sich und seine Sorgen hinter sich gelassen.

20

DER MITTAGSANSTURM im *Matisse* war vorbei. Phil Ornazian und Monique saßen als einzige verbliebene Gäste an der Bar. Monique hatte Pause und noch einen halben Arbeitstag in der Kosmetikabteilung vor sich. Sie trug ihre schwarze Uniform aus Hose und durchgeknöpfter Bluse. Schwarz spielte ihre üppige Figur herunter, konnte sie aber nicht vollständig kaschieren.

Ornazian gab ihr unter der Theke einen Umschlag. Monique nahm ihn, warf einen kurzen Blick hinein und schob ihn in ihre Handtasche. Ornazian hatte noch was draufgelegt. Monique hatte ihn an Marisol vermittelt, was zu dem Überfall auf Gustav geführt hatte, und der hatte sich als lukratives Geschäft erwiesen. Ihr Tipp war Gold wert gewesen.

»Du meinst es gut mit mir«, sagte Monique.

»Das war eine saubere Sache. Du hast es verdient.«

»War es schwierig?«

»Kinderleicht.«

»So?« Monique nippte an ihrem Weißwein und stellte das Glas auf die Theke zurück.

»Was ist los?«, fragte Ornazian. »Alles in Ordnung?«

»Alles gut. Es ist was passiert. Ich hab am Kosmetikstand diesen verheirateten Typen kennengelernt. Er war mit seiner Frau einkaufen. Man hat sofort gesehen, dass sie keinen Sinn für Mode hat. Vielleicht ist ihr das nicht wichtig, keine Ahnung. Aber als sie weiterging und er mit mir allein war, hat er gesagt, wie toll ich aussehe. Wollte wissen, ob ich nebenher noch andere Jobs mache. Ich hab gedacht, er wollte ein Date, also hab ich gesagt, ich bin Tänzerin und könnte auch privat kommen, nur um sein Interesse zu testen. Aber er hat gesagt: ›Nein, das habe ich nicht gemeint. Ich wollte fragen, ob ich Sie als persönliche Einkaufsassistentin für meine Frau buchen könnte, erst mal für einen Nachmittag. Um ihr ein paar Sachen vorzuschlagen, die ihr stehen würden, weil wir bald Hochzeitstag haben und ausgehen.‹ Das war echt süß. Ich hab's gemacht und ein paar Hundert Dollar dabei verdient. Ich hab überlegt, vielleicht könnte ich daraus ein Geschäft aufbauen. Mit Kleidung und Schuhen kenne ich mich aus.«

»Ganz offensichtlich. Du siehst großartig aus.«

»Danke, Baby. Das Daten gebe ich aber nicht auf, das kann ich mir nicht leisten. Außerdem, wer weiß, vielleicht läuft mir eines Tages Richard Gere oder so über den Weg und nimmt mich mit.«

»Woher weißt du, wann du aussteigen musst?« Ornazian war ehrlich neugierig. »Ich meine, wie sieht für jemanden wie dich das Ende aus?«

»Ich weiß es nicht«, sagte Monique. Sie stand auf, trank ihr Glas leer und nahm Handy und Handtasche. »Wie, glaubst du, sieht das Ende für dich aus?«

Sie gab ihm einen Kuss auf die Wange und ging.

Am Abend um sechs traf sich Ornazian mit Marisol und ihrer kleinen Tochter in der Haupthalle der Union Station. Marisol trug einen Regenmantel über dem Kleid und hatte einen großen alten Koffer und eine riesige Stofftasche bei sich. Sie saß mit ihrer Tochter auf dem Schoß inmitten der feierabendlichen Bahnhofshektik auf einer Bank.

»Wie heißt sie?«, fragte Ornazian, nachdem er Marisol begrüßt hatte.

Das Baby schien etwa zehn Monate alt zu sein und trug ein hübsches weißes Kleid. Es hatte so ein Ding in den Haaren, eine Art Band mit rosa Schleife, damit die Welt sah, dass es ein Mädchen war.

Ornazian wusste nicht, wie man das nannte, aber niemand hätte dieses Kind für etwas anderes als ein Mädchen gehalten.

»Stephany«, sagte Marisol.

Ornazian setzte sich neben sie. »Sie ist sehr süß.«

»Sie ist ein braves Kind.«

»Ist alles glatt gelaufen? Irgendwelche Probleme?«

»Gustav ist sehr wütend«, sagte Marisol. »Cesar hat allen Mädchen Fragen gestellt.«

»Und?«

»Ich habe gut durchgehalten. Aber ich müsste heute Abend arbeiten, und wenn ich nicht komme, werden sie Verdacht schöpfen.«

»Dann bist du weit weg. Marisol, du darfst niemals zurückkommen.«

»Warum sollte ich?«, fragte sie.

Ornazian steckte die Hand in seine hellblaue Jacke von Kühl und zog einen Umschlag heraus. Er gab ihn ihr.

»Dadrin sind auch die Fahrkarten. Für Bahn und Bus.«

Sie schaute in den Umschlag und errötete. »Das ist viel mehr, als du gesagt hast.«

»Ich habe deinetwegen eine Menge Geld verdient.«

»Das hättest du nicht tun müssen.«

»Na, komm. Gehen wir zum Bahnsteig.«

Er zog ihren Koffer und nahm die Tasche, sie trug das Kind. Vor der Absperrung am Bahnsteig zum Crescent-Amtrak-Zug, der täglich zwischen der Pennsylvania Station in New York City und New Orleans verkehrte, hatte sich bereits eine Schlange gebildet. Daneben hatte ein Schuhputzer seinen Stand aufgebaut.

»Mit diesem Zug fährst du bis nach New Orleans. Das dauert etwa sechsundzwanzig Stunden. Du kommst morgen Abend gegen halb acht an und gehst dann etwa fünf Minuten rüber zum Busbahnhof. Nimm den Bus nach Houston. Das sind noch mal sechs Stunden. Ich hab dir alles auf einen Zettel geschrieben, dann kannst du nachgucken. Der ist auch im Umschlag.«

»Danke, Phil.«

»Geh. Stell dich an, damit ihr gute Plätze bekommt.«

Er blieb so lange, bis er sicher war, dass die beiden im Zug saßen. Dann verließ er mit erhobenem Kopf die Union Station. Es war lange her, dass er so mit sich im Reinen gewesen war.

Thaddeus Wards Wohnhaus lag an einer ruhigen Drei-Silben-Straße in Brightwood im Fourth District, wo er früher einen Großteil seines Polizeidienstes verrichtet hatte. Sein Haus war im Kolonialstil gebaut, sauber und ordentlich; die anschließende Garage nutzte er als Werkstatt. Er und seine Frau Ida hatten hier ihre Tochter Sharon großgezogen. Sharon stand seit Mitte der Neunziger auf eigenen Füßen, und Ida war vor zehn Jahren gestorben. Seitdem lebte Ward allein in dem Haus.

Sharon war ohne ihre Kinder gekommen, die inzwischen in die Highschool gingen. Ihr Mann Virgil Cotton, Betreiber mehrerer Fast-Food-Franchisefilialen, war zu Hause in Bowie geblieben, um die Kinder zu beaufsichtigen und dafür zu sorgen, dass sie ihre Hausaufgaben und Pflichten erledigten. Sharon und Virgil waren gläubige Christen. Thaddeus war, was die Sache mit Gott anging, nicht so überzeugt.

Sie hatten sich von *Ledo's* an der Georgia Avenue Pizza geholt, saßen im dem Raum, den Ward als »Fernsehzimmer« bezeichnete, und sahen zu, wie die Wizards die Lakers abservierten.

»Verdammt, ist der schnell«, sagte Ward, als John Wall an zwei Verteidigern vorbeiflitzte, sich hochschraubte und punktete.

»Wir haben ein paar richtig gute Leute«, sagte Sharon. Sie hatte früher Basketball für Coolidge gespielt und kannte sich aus. »Bradley Beal, Otto Porter …«

»Georgetown-Zögling«, warf Ward ein.

»Markieff Morris war ein guter Zugang.«

»Vergiss den Polnischen Hammer nicht«, sagte Ward. »Und den Trainer. Scott Brooks hat das alles zusammengestellt, Sharon. Wir stehen kurz davor, die Division zu gewinnen. Zum ersten Mal seit den Siebzigern. LeBron ist immer noch ein Ungetüm, aber die Cavaliers sind schwach, jede Menge Verletzungen und so. Das könnte *das* Jahr werden für meine Bullets.«

»Die heißen jetzt Wizards, Daddy.«

»Nicht in meinem Haus.«

Sie sah ihn mit liebevoller Nachsicht an. »Ich mach mich besser auf den Weg. Aber erst räum ich hier auf.«

Sharon brachte Pizzakartons, Limonadendosen und Teller nach und nach in die Küche. Ward hätte seine Hilfe angeboten, wusste aber, dass Sharon ablehnen würde. Sie kam zweimal die Woche zu ihm, um sich um ihn zu kümmern. Sie spülte das dreckige Geschirr ab, legte die saubere Wäsche zusammen und wechselte die Bettwäsche, egal, ob es nötig war oder nicht. Sie war für Haushaltstätigkeiten überqualifiziert – verdammt, sie war Anwältin für Urheberrecht bei der Regierung –, aber sie wollte es so. Nicht, dass ihr das Aufräumen bei ihm Spaß gemacht hätte. Aber es beruhigte ihr Gewissen.

»Setz dich, Kleine«, sagte Ward, als Sharon zurück ins Zimmer kam.

Sie nahm neben ihm auf dem Sofa Platz. »Was ist?«

»Ich hab heute Geld auf das Uni-Konto der Kinder überwiesen. Ziemlich viel Geld sogar.«

»Daddy …«

»Ich will es so. Es gibt nichts Wichtigeres als eine gute Ausbildung. Ich weiß, dass ihr, du und Virgil, erfolgreich seid. Ihr habt genug Geld. Aber ich will euch ein bisschen den Rücken frei halten. Das ist alles. Ich will euch unter die Arme greifen.«

»Aber du gehst irgendwann in Rente. Du willst nicht daran denken, aber der Tag wird kommen. Und dann will ich nicht, dass du knausern musst.«

»Ich bekomme von der Polizei und von der Armee meine Pension, *und* ich hab meine Sozialversicherungsschecks. Das Haus ist abbezahlt. Mir geht's gut. Das ist extra, Sharon. Vor langer Zeit angelegte Investitionen, die sich bezahlt gemacht haben. Geld, das ich nicht brauche. Ich will es meinen Enkelkindern geben, als Starthilfe. Jetzt diskutier nicht mit mir.«

»Okay.«

»Komm her.«

Sie umarmten sich, dann brachte er sie zur Haustür. Sie war so groß wie er, das hatte sie von ihrer Mutter. Ida war hochgewachsen gewesen und hatte eine aufrechte Körperhaltung gehabt, war eine herausragende Sportlerin und ihr ganzes Leben lang kerngesund gewesen. Es hatte sie schwer getroffen, als ihr Körper dermaßen schnell verfallen war. Zwei Monate nach der Diagnose war sie gestorben.

Ward sah Sharon in ihren japanischen Wagen steigen und davonfahren.

Es stimmte, er brauchte das Geld nicht. Er war froh, seinen Enkelkindern die Chance zum Studieren geben zu können, die er selbst nicht wahrgenommen hatte. Das Geld war sein Zusatzverdienst, aber nicht der Grund, weshalb er diese Jobs annahm. Er machte sich nichts vor und hätte nie behauptet, dass er diese Aktionen mit Phil Ornazian seiner Familie wegen durchführte.

Er hatte Ornazian erst vor ein paar Jahren durch einen anderen älteren Polizeiveteranen kennengelernt, einen Iren namens Liam Shannon, der auch aus dem Fourth District stammte. Ornazian hatte einen Klienten gehabt, dessen Frau im Zuge eines Drogenkriegs auf offener Straße entführt worden war, wovon die Polizei nichts wissen sollte. Wenn Gewalt zu erwarten war, setzte Ornazian immer Ex-Cops ein, um für Sicherheit zu sorgen. Shannon war sein Kontaktmann und stellte das Team zusammen. Schon bei ihrer ersten Zusammenarbeit hatte Ornazian in Ward etwas gesehen. Ornazian meinte damals, es sei die Art, wie Ward auftrat. Mit Autorität. Außerdem aggressiv und furchtlos.

Während Shannon sich an die Regeln hielt, war Ward da eher offen. Ornazian begann bald, ihn für jene Nebenjobs anzuheuern, bei denen er Verbrechern das unrechtmäßig verdiente Geld abnahm. Bisher hatte diese Partnerschaft gut funktioniert. Ward war klar, dass Ornazian seine Abneigung gegenüber Zuhältern ausnutzte. Ornazian wusste aus einem früheren Gespräch, dass Ward seine Schwester an den Strich verloren hatte.

Ward kam aus einer anständigen Arbeiterfamilie. Sein Vater hatte in einem Diner gearbeitet, seine Mutter war Köchin in einer Ministeriumscaféteria gewesen. Es waren gute Menschen und gute Vorbilder, aber wie viele Eltern hatten sie feststellen müssen, dass das nicht reichte, um ihre Kinder vor dem Einfluss falscher Freunde zu schützen oder zu verhindern, dass ihre Tochter vorübergehend ihren Teenagerverstand verlor. Wards Schwester Ella, Kirchgängerin und gute Schülerin, begann mit fünfzehn langsam abzurutschen und machte irgendwo die Bekanntschaft eines Mannes, der sich Ace nannte. Ace, Zuhälter und Junkie, verführte Ella und brachte sie auf Heroin. Mit sechzehn schaffte sie auf der Fourteenth Street an. Ace wurde von einem anderen Zuhälter gefickt und verlor nach dieser Demütigung seine Macht, war nicht länger der dicke Boss, sondern nur noch ein jämmerlicher Junkie. Ella mochte ihn und blieb bei ihm, schlief aber nie wieder mit ihm. Nur die Sucht hielt sie zusammen. Nicht lange nach ihrem achtzehnten Geburtstag wurde Ella in einer Fixerhöhle tot aufgefunden, starr wie eine Sperrholzplatte.

Ward hatte das nie vergessen. Aber bei seiner Nebentätigkeit mit Ornazian ging es nicht nur um Vergeltung, auch nicht um Geld. Er war Vollblutsoldat in Vietnam und Polizist aus Leidenschaft in D.C. gewesen. Jetzt ging er auf die Siebzig und den Abstieg zu. Er wusste, was ihm blühte, und konnte es nur schwer akzeptieren. Also hielt er so lange wie möglich an dem Bild fest, das er von sich hatte. Er mochte die Action. Am Ende ging's immer nur darum. Er war nicht bereit, diesen Teil von sich einzumotten.

Noch nicht.

Phil Ornazian saß in der Abenddämmerung in seinem Wagen und wartete. Er hatte in der Wagner Lane in Glen Echo Heights geparkt, eine Gegend von stillem Wohlstand in der Nähe des MacArthur Boulevard, unweit des Chesapeake and Ohio Canal und des Potomac River. Er war hier, um das Haus der Kellys zu observieren: ein einfaches Gebäude aus Backstein und Schindeln am Ende der Straße, erbaut, als die Mittelschicht sich diese Gegend noch leisten konnte.

Dies war der dritte Versuch, bisher war er immer unverrichteter Dinge wieder abgefahren. Kein Terry Kelly, kein Dodge Charger. In der Einfahrt parkte nur ein cremefarbener Honda Pilot, der während seiner Anwesenheit bisher nicht einmal bewegt worden war.

Ornazian stand vor einer schwierigen Aufgabe. Da er vorhatte, Terry und seine Freunde zu überfallen und ihnen das Tiffany-Armband abzunehmen, konnte er schlecht klingeln und die Eltern ausfragen. Das Personensuchprogramm auf seinem Laptop hatte nur ihre Anschrift ausgespuckt, andere Adressen waren nicht angegeben. Wenn Terry nicht irgendwann auftauchte, würde er sich etwas anderes ausdenken müssen. Doch im Moment fiel ihm nichts ein.

Vom vielen Nachdenken tat ihm der Kopf weh. Außerdem hatte er Hunger. Er drückte auf den Startknopf und fuhr nach D.C. zurück.

Ornazian traf sich mit Sydney und den Jungs in einem Soulfoodladen an der Ecke Second und Upshur, nicht weit von ihrem Zuhause entfernt. Er hatte Geld in der Tasche und Lust, seiner Familie etwas zu gönnen. Seine Söhne liebten das Fried Chicken, und Syd stand auf die Crab Cakes. Der neue Betreiber hatte den Laden aufgemotzt, aber noch war etwas von dem alten Charme geblieben, darunter eine nette Kellnerin mittleren Alters und eine Jukebox mit R & B aus den Siebzigern. Die Kellnerin war offensichtlich Teddy-Pendergrass-Fan und hatte die Jukebox auf Dauerbeschallung durch Harold Melvin and the Blue Notes gestellt. Wie viele Briten fuhr Sydney auf den amerikanischen Funk und Soul jenes glorreichen Jahrzehnts ab, der auch Ornazian als waschechtem Washingtoner im Blut lag. Die Familie verbrachte einen schönen Abend miteinander. Zum Glück benahmen die Jungs sich einigermaßen.

Danach gingen sie die Upshur entlang zu Ornazians Ford. Vater, Mutter und Söhne hatten unterschiedliche Hautfarben, aber in Petworth und Park View kümmerte das kaum jemanden. Diese Akzeptanz war einer der Gründe, warum Ornazian die Stadt nicht verlassen wollte. Hier galten sie als normal. Einmal hatte er Frau und Kinder mit auf die Hochzeit eines Freundes in Vermont genommen, und sie waren auf der Straße unverhohlen angestarrt worden. So viel zum vermeintlich liberalen Norden.

Zu Hause belohnte er die Jungs für ihr gutes Benehmen und ließ sie im elterlichen Bett schlafen. Whitey und Blue lagen schnarchend auf den Kissen daneben. Die Jungs schliefen rasch ein. Ornazian hatte Gregg auf der einen Seite, Vic auf der anderen. Gregg lag dicht an ihn gedrückt, sein Kopf wärmte seine Brust. Ornazian lächelte und dachte: *Meine Babys.*

Sydney, die auf der anderen Seite des Betts lag, sprach leise. »Danke für das Abendessen, Liebling. Wir sollten öfter zusammen ausgehen. Die Jungs sind nicht mehr so wild wie früher.«

»Doch, sind sie. Heute war eine Ausnahme.«

»Was ich sagen will: Wir werden jetzt mehr Zeit für gemeinsame Unternehmungen haben. Du hast doch nach dieser Sache gestern Nacht einen Schlussstrich gezogen, oder?«

»Ich hab noch mehr Dinger am Köcheln.«

»Dann nimm sie vom Herd.«

»Irgendwie kommt bei mir gerade nur Kakophonie an.«

»Hä?«

»Aus dem Griechischen. ›Kakos‹ heißt ›schlecht‹. ›Phones‹ heißt ›Ton‹.«

»Gott. Geht das schon wieder los.«

»Du machst schlechte Töne.«

»Lass dich nicht vom Geld verführen«, sagte Sydney. »Mehr will ich nicht sagen. Das eigentlich Wichtige ist hier, in diesem Bett.«

»Das brauchst du mir nicht zu sagen, Syd. Ich hab's kapiert.«

»Ich kann nicht anders.«

»Schlaf jetzt.«

Der Wind frischte auf und schüttelte die Äste der Eiche vor dem Fenster. Schatten huschten über das Bett.

21

EIN WÄRTER hatte aus dem »Goldfischglas« per Knopfdruck die Zellentüren im allgemeinen Vollzug geöffnet, und die in orangefarbene Overalls gekleideten Insassen standen vor dem am Boden festgeschraubten Tisch Schlange. Dort saß Anna neben dem Bücherkarren und sprach mit dem Mann mit den schweren Augenlidern und der rauen Stimme, an dessen Namen sie sich nicht erinnern konnte.

»Ham Sie *Die Playboys*?«, fragte er.

»Das ist ausgeliehen. Wie wäre es mit *Die Unersättlichen*?«

»Ja, das könnte ich noch mal lesen. Jonas Cord ist ein cooler Typ.«

Anna suchte ein zerlesenes Exemplar des beliebten Romans von Harold Robbins heraus und gab es dem Mann.

Donnell, der Kleinkriminelle mit dem schläfrigen Blick, der kurz vor der Entlassung stand, trat vor und legte *The Passenger* auf den Tisch. Er hatte Anna um etwas gebeten, das ihm helfen würde, »Frauen verstehen« zu lernen, und Anna hatte dieses Buch ausgesucht, weil es aus weiblicher Perspektive erzählt wurde. Und auch, weil die Geschichte spannend und gut geschrieben war.

»Da bin ich echt eingestiegen, Anna. Die Lady kann scheißegut schreiben.«

»Freut mich, dass es Ihnen gefallen hat.«

»Wie diese Tanya in die Ferienhäuser einbricht und da einfach so lebt, wenn die Besitzer nicht da sind, das ist genial. Ich kann verstehen, warum das Buch so gut ankommt. Weil, diese Vorstellung, dass man sich einfach die Haare färben, das Konto leerräumen, sich neue Ausweise besorgen und dann in Luft auflösen kann, davon träumt doch jeder, oder? Von einem Neuanfang.«

»Manche schon«, sagte Anna.

»Was haben Sie mir denn heute mitgebracht?«

Anna griff zu einem Krimi von Wallace Stroby über eine professionelle Diebin namens Crissa Stone. »Versuchen Sie's mal damit. Die Hauptfigur ist eine Frau. Ist zwar von einem Mann geschrieben, aber er kann sich gut in Frauenfiguren hineinversetzen.«

Donnell schlug das Buch auf und las den Klappentext. »Danke. Ich sag Ihnen dann, wie ich's fand.«

Sie nahm das andere Buch zurück, trug alles ein und reichte Donnell einen Ausleihschein.

Larry, der Totschläger, der unlängst zu Gott gefunden hatte, war als Nächster dran.

»Miss Anna.«

»Larry. Hier, bitte sehr.«

Sie gab ihm ein schmales Buch, *Gabilan – mein bester Freund.* Nachdem sie im Buchclub *Von Mäusen und Menschen* besprochen hatten, wollte Larry noch mehr von »Mr. Steinbeck« lesen. Mit *Jenseits von Eden* hatte Anna danebengelegen, Larry hatte es nicht zu Ende gelesen und für »zu langsam und zu lang« befunden. Dieses hier würde ihm besser gefallen, hoffte sie.

Larry betrachtete die Covergestaltung: ein schönes Schwarz-Weiß-Foto eines grasenden Pferdes, um 1926 von Albert Renger-Patzsch aufgenommen.

»Ist das ein Kinderbuch?«, fragte er.

»Einige Leute haben es bei Erscheinen irrtümlicherweise dafür gehalten. Aber es ist keins. Ganz und gar nicht. Es ist wahrscheinlich das tiefgründigste Buch, das Steinbeck geschrieben hat. Es geht um die verschiedenen Lebenszyklen.«

»Wie im Alten Testament. Kommt der Herr darin vor?«

»Nicht namentlich. Aber es ist ein sehr spirituelles Buch.«

»Amen«, sagte Larry.

Anna sah ihm nach, als er mit dem Buch in der Hand zu seiner Zelle zurückging.

Wegen der aufwändigen Sicherheitskontrollen beim Verlassen und Betreten des Gefängnisses aß sie ihr Mittagessen normalerweise im Arbeitsraum, aber heute brauchte sie eine Pause und wollte an die frische Luft. Sie verließ die Anstalt und ging an den Parkplätzen vorbei zum Anacostia Riverwalk Trail. Der Pfad war breit genug für Fahrradfahrer und Spaziergänger. Unter Bäumen wanderte sie am Ufer entlang und überquerte nach etwa eineinhalb Meilen eine Brücke über einem Bootsanleger, neben dem bunte Kajaks aufgestapelt waren, dann folgte sie dem Pfad bis ans Wasser hinunter, stand neben der Sousa Bridge und schaute zum Ostufer hinüber.

Als sie und Rick neu in Washington gewesen waren, war sie oft mit dem Fahrrad runter zum Fluss gefahren, den Trail gab es damals noch nicht. Häufig hatte sie Männer gesehen, die hier den ganzen Tag verbrachten, auf Klappstühlen hockten, sich ihr Abendessen zusammenangelten, Barsche und Welse aus dem brackigen Wasser zogen. Der früher völlig verseuchte Fluss hatte sich berappelt, war aber immer noch schmutzig. Anna hätte keinen Fisch daraus gegessen, aber wahrscheinlich wussten die Männer, was sie taten. Sie nannten sie »Kleine« und »Baby« und boten ihr Billigbier aus Kühlkisten an, bedrängten sie aber nicht. Heutzutage traf man diese Männer hier unten nur noch selten an. Jetzt tummelten sich hier junge Pärchen in Klamotten von Patagonia mit Kinderwagen und Jogger in Runner's-World-Outfits. Aber auch die gehörten jetzt zu D.C.

Möwen schossen zum Wasser herunter und warfen schwarze Schatten auf die Pfeiler der Brücke. Ein leichter Wind kräuselte den Fluss. Es war wunderbar hier und ruhig.

Donnells Worte kamen ihr in den Sinn. »Davon träumt doch jeder, oder? Von einem Neuanfang.«

Sie hatte kein Bedürfnis, wegzulaufen. Sie mochte Washington. Sie mochte die Arbeit mit den Gefangenen, sie freute sich, sie für Literatur begeistern zu können. Vielleicht war das kein Job für immer, aber im Moment war sie mehr als zufrieden. Trotzdem fehlte ihr im

Alltag etwas, vor allem in der Beziehung mit Rick, was angesichts seines ausgeglichenen Charakters, seiner florierenden Karriere und seines guten Aussehens schwer zu erklären war. Welche Freundin hätte es verstanden? Aber es gab auch nur sehr wenige Menschen in ihrem Leben, denen sie sich wirklich anvertrauen konnte. Umso seltsamer war es, dass sie sich mit Michael Hudson so wohlfühlte und ihm gegenüber offen sein konnte. Michael mit seiner sanften Art, seinem Selbstbewusstsein, der stylischen Mütze, den tiefbraunen Augen.

»Nein«, sagte sie laut und schüttelte den Kopf, denn was sie dachte, war falsch.

Anna kehrte zum Gefängnis zurück.

Michael Hudson zog den Korb mit den sauberen Gläsern aus der Spülmaschine, aus seinen Ohrstöpseln drang *Street Antidote* von Backyard Band. Er hörte die Go-go-Combo schon seit einer Stunde. Er hob den Korb an, drückte ihn gegen seine Schürze und ging zur Wendeltreppe.

Je näher der Frühling kam, desto wärmer wurde es in der Küche, und Michael schwitzte, aber er war fit und kam damit klar. Kurz vor der Treppe hielt ihn jemand von hinten am T-Shirt fest: Blanca, die Pizzabäckerin mit den rot getönten Haaren und den Puppenwangen, über deren Unterarme sich Ofennarben wanden. Sie lächelte, stellte sich auf die Zehenspitzen und zog Michael einen Stöpsel aus dem Ohr. Jetzt hörte er halb Go-go, halb die spanische Blasmusik, die aus den Bluetoothlautsprechern in der Küche dröhnte.

»Was ist, Blanca?«

»Will dich nur ärgern, Baby.«

»Siehst du nicht, dass ich zu tun habe?«

»Sei nicht so ernst.« Sie hob die Arme und vollführte eine Art verkürzte Cha-Cha-Cha-Bewegung. »Willst du nicht tanze'?«

»Ich werde fürs Arbeiten bezahlt und nicht fürs *Tanze'*. Ansonsten würde ich dich so zum Tanzen bringen, dass sich dein Kopf dreht.«

»Ich dreh mich auf dir«, sagte sie und zwinkerte Maria zu, ihrer Freundin hier in der Küche. Beide bogen sich vor Lachen. Michael wäre fast rot geworden.

Er stieg die Treppe hoch. Während er den Windungen folgte und zu sehen versuchte, wo er hintrat, kam ihm Joe entgegen und verpasste ihm im Vorbeigehen einen kurzen Schlag in die Leistengegend.

»Sei froh, dass ich die Hände voll habe, *amigo*«, sagte Michael.

»Ich würde dich fällen wie einen großen Baum«, sagte Joe und warf ihm einen Luftkuss zu.

Auf dem Flur vor der Bar lächelte Michael und dachte: *Ich bin drin.*

Nach dem Mittagsansturm machte er Pause und setzte sich an einen Zweiertisch im oberen Speisezimmer. Während er aß und las, trat Angelos Valis aus dem Büro, in dem er gerade Papierkram erledigt hatte.

»Hast du eine Minute?«, fragte er und setzte sich Michael gegenüber.

»Willst du mich rauswerfen?«

»Im Gegenteil. Ich wollte dir sagen, dass du gute Arbeit leistest.«

»Und das bedeutet was? Mehr Lohn?«

Angelos schüttelte mit theatralischem Bedauern den Kopf. »Negativ. Deine Gehaltserhöhungen unterliegen den Mindestlohngesetzen in D.C. Das hab ich dir gesagt. Aber ich würde dich gern in unseren Krankenversicherungsplan aufnehmen. Du müsstest einen kleinen Teil deines Lohns abgeben, aber wirklich nicht viel, und der Plan ist solide. Bist du krankenversichert?«

»Nein.«

»Tja, und wenn du krank wirst oder einen Unfall hast, wer zahlt dann die Rechnungen?«

Meine Mutter, dachte Michael, aber er schämte sich zu sehr, es Angelos zu sagen.

»Wie viel müsste ich zahlen?«, fragte er.

»Ich druck dir die Unterlagen aus, dann kannst du sie dir angucken.«

»Das kostet doch auch euch Geld«, sagte Michael. »Warum willst du das tun?«

»Ich hab's mit dem Eigentümer besprochen. Wir mögen deine Arbeitsweise und Einstellung. Das ist ein Anreiz, bei uns zu bleiben. Wir wollen dich.« Er stand auf. »Ich lass dich in Ruhe zu Ende essen.«

Angelos ging die Treppe hinunter. Michael widmete sich wieder *Northline*. Er konnte den Roman kaum noch weglegen und war in Gedanken ständig damit beschäftigt. Allison Johnsons Geschichte ging dem Ende entgegen.

Ein guter Detektiv braucht neben Ehrgeiz auch Geduld. Bei Ornazians viertem Ausflug an die Wagner Lane kam am frühen Abend Terry Kelly nach Hause.

Terry parkte seinen hellroten Charger vor seinem Elternhaus, stieg aus und holte einen Wäschekorb aus dem Wagen, den er mit weiteren Klamotten vom Rücksitz auffüllte. Ornazian, der sich drei Häuser weiter postiert hatte, machte Fotos und beobachtete, wie Terry mit einem eigenen Schlüssel die Haustür öffnete. Er war muskulös, hatte kurz geschorene Haare, ein ungewöhnlich langes Gesicht und eine breite Stirn. Er war groß. Ornazian schätzte ihn auf eins neunzig.

Ornazian fotografierte auch den Charger und zog die Bilder auf dem Display groß, um sicherzugehen, dass das Kennzeichen lesbar war. Auf dem Kühlergrill war das R/T-Emblem zu sehen, ebenso die Hutzen auf der Haube. Darunter lag ein V8 Hemi. Ornazian erinnerte sich, vor Jahren den Preis nachgeschlagen zu haben. Wenn der Wagen neu gewesen war, hatte Terrys Vater vierzigtausend für dieses Geschenk ausgegeben. Viel Geld, Ausdruck von Stolz auf einen Sohn, der mit einem Baseballstipendium an einem College angenommen worden war. Ornazian konnte sich vorstellen, wie fassungslos der Vater gewesen sein musste, als Terry in der Schule versagte und wegen Drogenhandels hochgenommen wurde. Für den Mann musste eine Welt zusammengebrochen sein. Der inzwischen erwachsene Sohn fuhr das Auto noch immer, eine höhnische Erinnerung an seinen tiefen Sturz.

Ornazian rief Thaddeus Ward im Büro an.
»Ward Bonds«, sagte der Chef persönlich.
»Wie der Charakterdarsteller?«
»Was willst du, Phil? Ich hab keine Zeit für deinen Blödsinn.«
»Ich hab Terry Kelly gefunden. Einen der Typen, die das Tiffany-Armband geklaut haben.«
»Und?«
»Er ist gerade bei seiner Mom und seinem Dad aufgekreuzt. Ich stehe vor seinem Elternhaus. Ich werd ihm nachfahren und rausfinden, wo er wohnt.«
»Verbrenn dir nicht die Finger.«
»Danke, Dad. Aber ich muss gar nicht allzu sehr auf Tuchfühlung gehen. Sein Auto leuchtet so grell, das sieht man meilenweit. Ungefähr so subtil wie Napalm in einen Wald zu werfen.«
»Ist die Vietnam-Anspielung auf mich gemünzt?«
»Ich hab vergessen, das Zippo-Feuerzeug zu erwähnen.«
»Brauchst du einen Beifahrer?«
»Gern. Du musst dich nicht beeilen. Terry hat dreckige Wäsche mitgebracht.«
Er gab Ward die Adresse durch.
Drei Stunden später folgten sie dem Charger aus dem Stadtgebiet von Washington hinaus auf die 270 North. Die Fahrt dauerte eine Stunde, führte an Frederick vorbei auf die Route 15, dann fuhren sie vom Highway auf eine zweispurige Straße ab, die durch eine kaum bewohnte Stadt namens Hillville am Fuß der Catoctin Mountains verlief. Dort bog Terry Kelly auf eine sich aufwärts windende Straße ab und kam schließlich auf eine Kieseinfahrt, an deren Ende unter Kiefern ein Haus stand.

22

TERRY KELLY erwachte am nächsten Morgen zu den Klängen seines Handyweckers und dem Hardcorehämmern einer Band namens Storm. Seine Mitbewohner hatten die Musik von einer Website aus Maryland heruntergeladen, die CDs, Kleidung und anderes vertrieb, das weiße Vorherrschaft propagierte. Hätte Terry einen Sinn für geschichtliche Zusammenhänge besessen, wäre ihm vielleicht aufgefallen, dass die Songs sehr denen von frühen D.C.-Punkbands wie Minor Threat ähnelten, wenn auch mit rassistischen Texten. Aber er hatte keinen solchen Sinn. Er hatte nur Kopfschmerzen. Am Abend davor hatte er mit seinen Mitbewohnern Richard Rupert und Tommy Getz einen Kasten Bier und eine Flasche Jack Daniel's getrunken und große Mengen Gras geraucht.

Richard legte die Musik jeden Morgen auf. Er behauptete, sie würde ihn für den Tag motivieren. Terry wünschte sich manchmal, Richard würde es einfach mal gut sein lassen. Gestern Abend, als sie dicht waren und mit nackten Oberkörpern getanzt hatten, waren die Songs geil gewesen, aber um halb acht morgens zerrten der grölende Gesang und die kreischenden Gitarren an den Nerven. Terry war von der Sache überzeugt, hätte aber im Zweifelsfall zugeben müssen, dass die Nazirocktexte sich von Song zu Song kaum unterschieden. Irgendein junger Kerl jaulte der guten alten Zeit nach, die er selbst nie erlebt hatte, als den Weißen noch haufenweise Jobs zur Verfügung standen, bevor »die anderen« gekommen waren und die Nachbarschaft mit Graffiti, Gangs und billiger Arbeitskraft verschandelt und alles kaputt gemacht hatten.

Unsere Großväter haben diese Stadt gebaut
Jetzt ist alles versaut
Aber wir ziehen in den Kampf
Und machen dem Gesindel Dampf!

Terry setzte sich auf die Bettkante und rieb sich die Schläfen. Im Unterschied zu dem Typen, der diese Zeilen herausbrüllte, musste er zur Arbeit gehen. Und seine Freunde auch. Alle drei hatten Jobs in der Umgebung von Frederick. Terry war Regalauffüller in einem kleinen Supermarkt in Walkersville. Richard und Tommy arbeiteten in einer Autolackiererei in Monrovia.

Sie hatten sich bei der Arbeit in einer Autowerkstatt in Gaithersburg kennengelernt, einem in Maryland gelegenen nördlichen Vorort von D.C. Terry hatte sie mit Marihuana versorgt, das er mit ein paar Kumpels en gros aus der Gegend um die Cherry Hill Road in Montgomery County bezog. Richard und Tommy behandelten ihn höflich, hielten ihn aber auf Distanz. Später, als Terry verhaftet worden war und ihnen von seiner Lage erzählte, erfuhr er den Grund. Sie konnten Weiße, die sich mit Schwarzen abgaben, nicht ausstehen. Sie meinten, die Schwarzen seien schuld an Terrys Schwierigkeiten. Schwarze hätten keine Ehre. Sie seien Weißen in jeglicher Hinsicht unterlegen. Und würden Terry vor Gericht mit Sicherheit verraten. Schwarze und Weiße passten nicht zusammen. Terry würde sich für eine Seite entscheiden müssen.

Nachdem er seine ehemaligen Kumpels verpfiffen und dafür Bewährung abgegriffen hatte, erhielt Terry ein paar bedrohliche SMS und Sprachnachrichten und fing an, das Ganze wie Richard und Tommy zu sehen. Er war auf dem Irrweg gewesen. Ein Weißer konnte nur Weißen trauen.

Terry rasierte sich den Bart ab, den er immer in einem der vielen schwarzen Barber Shops in Silver Springs hatte in Form bringen lassen. Er hing mit Richard und Tommy ab. Sie nahmen ihn zu Nazitreffen um Baltimore herum mit, auch zu größeren Veranstaltungen, Picknicks, Kundgebungen und Konzerten oben in Harrisburg, Pennsylvania, wo die Keystone State Skinheads ihr Revier hatten. Allmählich erkannte Terry die Wahrheit. Der Genozid an den Weißen war eine Tatsache. Er redete sich ein, dass er Schwarze zwar nicht hasste, aber dass seine Freunde und er etwas unternehmen müssten, um den wahren American Way of Life zu schützen, der schon viel zu lange unter Beschuss stand.

Dann wurde Richard dabei erwischt, wie er Werkzeug aus der Werkstatt in Gaithersburg klaute, und daraufhin gefeuert. Aus Solidarität schmissen Terry und Tommy ebenfalls den Job hin, und die drei beschlossen, gemeinsam ein Haus in Frederick County zu mieten, wo sie unter ihresgleichen waren. Richard und Tommy besorgten sich die Lackiererjobs, Terry kam in einem örtlichen Supermarkt unter. Sie zogen in ein Haus in Hillville, ein abgelegenes Bergkaff nahe der Route 15, in dem fast ausschließlich Weiße lebten. Ihre Tagesjobs boten die Tarnung für die lukrativeren nächtlichen Aktivitäten, wozu Diebstahl jeder Art, das Verticken von Marihuana an Arbeitskollegen und der Verkauf von versetztem Lean an gutgläubige weiße Kids gehörten, die sie auf Facebook und Instagram trollten. Sie nannten diese Kids »Eight Milers«: Weiße, die schwarz sein wollten. Genau wie weiße Paare, die schwarze Kinder adoptierten, waren das in ihren Augen Rassenverräter und hatten es verdient, beschissen zu werden.

Terry zog sich an, verließ sein kleines Zimmer und ging in den Wohnbereich. Dort gab es einen Tisch, an dem sie aßen, und einen Fernseher, der sein Signal von einer Satellitenschüssel auf dem Dach bekam. Richard und Tommy saßen in Arbeitskleidung am Tisch, aßen die letzten Löffel Müsli und waren auf dem Sprung in die Lackiererei. Auch sie waren groß, über eins neunzig. Richard trug die Haare an den Seiten modisch kurz, oben lang. Unter dem aufgeknöpften Hemd waren die üblichen Tätowierungen sichtbar, Blitze und symbolische Zahlen. Tommys Schädel war kahl geschoren. Beide waren kräftig.

Terry aß schnell sein Müsli, dann verließen sie gemeinsam das Haus. Richard sicherte die vordere und die hintere Tür mit Zylinderschlössern und Riegeln. Alle Fenster waren mit stabilen Plastikgittern gegen Einbrecher versehen. Richard und Tommy bewahrten ihre Waffen und andere Wertgegenstände in einer Kiste unter dem Bodenbelag in Richards Zimmer auf. Terry hatte in seinem Wagen eine Pistole unter dem Fahrersitz liegen. Das Risiko, eine nicht zugelassene Waffe bei sich zu haben, war ihm bewusst, doch die Drohungen der Cherry-Hill-Road-Jungs waren ihm noch gut im Gedächtnis.

Sie gingen zu ihren Fahrzeugen: Terrys Charger, Richards hochgelegter Cherokee und Tommys Silverado standen unter hohen Kiefern in der Einfahrt. Zum Abschied stießen sie die Fäuste aneinander. Terry empfand Stolz. Er war einer von ihnen. Er hatte sich immer fremd gefühlt, in seiner Privatschule, in der Baseballmannschaft, und im Rückblick eigentlich auch, wenn er mit dem Alligatorfraß unterwegs gewesen war, den er für seine Freunde gehalten hatte. Mit Richard und Tommy hatte er zum ersten Mal im Leben das Gefühl, Teil von etwas zu sein. Er gehörte dazu.

Sie fuhren die gewundene Straße in den Ort hinunter: spärlich besiedelt, eine Tankstelle, eine Kirche und ein verlassener Gemischtwarenladen. Sie folgten der Hillville Road zur Route 15 und nahmen den Weg zu ihren Arbeitsstellen.

Phil Ornazian und Thaddeus Ward saßen in Wards Crown Vic hinter dem geschlossenen Gemischtwarenladen und warteten. Sie hatten darauf gesetzt, dass die drei Autos, die am Abend zuvor vor dem hellbraunen Haus unter den Kiefern gestanden hatten, sich am nächsten Morgen auf den Weg zur Arbeit machen würden, und sich vor Sonnenaufgang in Wards Kautionsagentur getroffen.

Eine Verkehrsmeldung auf Ornazians Handy hatte sie informiert, dass die 270 North wegen eines umgekippten Sattelschleppers gesperrt war, daher waren sie in der Dunkelheit in Richtung Baltimore gefahren und hatten die Route 70 nach Frederick genommen.

»Das hier wird ›Heroinhighway‹ genannt«, sagte Ward, als sie die 70 East erreichten. »Die Polizei fängt hier nach dem Zufallsprinzip Autos mit Kennzeichen aus West Virginia ab. Die Jungs von dort holen die Ware in Baltimore und fahren damit zurück nach Hause.

Viele Deals laufen auch auf dem Parkplatz beim Walmart in Mount Airy ab.«

»Woher weißt du so was?«, fragte Ornazian.

»Von nem ehemaligen Kollegen im Fourth District, Burnside heißt er. Ist nach seiner Dienstzeit nach West Virginia gezogen. Machen ja viele so. Burnside hat sich früh pensionieren lassen und der Stadt den Rücken gekehrt. Aber er ist immer ein Cop geblieben. Er weiß genau, was in den Orten da oben läuft, in Maryland, West Virginia … auch in Pennsatucky.«

»Hast du ihn nach Hillville gefragt?«

Ward nickte. »Er meint, Hillville ist die Crackhauptstadt von Maryland. Hat gesagt, ich soll auf mich aufpassen, weil diese Hillvillies mit Fremden nicht gerade zimperlich umgehen, wenn sie Bullen riechen.«

»Wir sind keine Bullen«, sagte Ornazian.

»Und woher sollen *die* das wissen?«, sagte Ward.

Als sie von der Route 15 auf die Hillville Road abbogen, sahen sie in einem gepflügten Feld ein Schild stehen, das eine Neubausiedlung ankündigte. Darüber waren die Worte »Verpisst euch« gesprüht worden.

Sie durchquerten eine Art Ortszentrum – eine Kirche, eine Tankstelle und ein kleiner Supermarkt, vereinzelte Häuser. Weiter draußen waren die Gebäude kleiner und heruntergekommen. Vor einigen standen mit Unkraut überwucherte Autos, Trucks und landwirtschaftliche Geräte. Überall waren Schilder mit »Vorsicht, bissiger Hund« und zahlreiche Satellitenschüsseln zu sehen. Am Fuß der Catoctin Mountains entdeckten sie einen geschlossenen Gemischtwarenladen. Von dort führte die Straße hoch zu dem Haus, in dem Terry Kelly und seine Freunde wohnten. Ward fuhr hinter den Laden, parkte so, dass sie die Straße überblicken konnten, und stellte den Motor ab.

Hier hinter dem Laden bildeten ein paar kleine Häuser, kaum größer als Schuppen, einen Halbkreis, in dessen Mitte ein verrostetes Klettergerüst und eine Schaukel standen. Die Tür eines der Häuser hing in den Angeln. Bei einem anderen waren die Fenster schwarz angesprüht worden.

»Crackhöhlen«, sagte Ward.

Eine Stunde nach Sonnenaufgang kam der Charger den Hügel herunter, gefolgt von einem kastigen Jeep mit übergroßen Rädern und einem Chevy-Halbtonnentruck.

»Da sind sie«, sagte Ornazian.

»Die neuen Klansmänner.«

»Eher Möchtegernnazis.«

»Wo ist der Unterschied?«

»Ihre Bibel ist *Mein Kampf.* Sie haben die Zahl vierzehn in den Esstisch der Weitzmans geritzt.«

»Und was bedeutet das?«

»Vierzehn Wörter. Das Motto der weißen Nationalisten. ›Ich bin ein Feigling und ein Versager und gebe anderen für mein Versagen die Schuld.‹«

Ward zählte an den Fingern nach. »Das sind fünfzehn Wörter.«

»Siehst du? Die Typen könnten jeden feuchten Traum versauen. Auf in ihre Höhle.«

Ward fuhr den Hügel hoch, an dem Haus mit der jetzt leeren Einfahrt vorbei und noch zwei Meilen weiter. Die Straße endete an einem Entwässerungsgebiet; am Zaun hing ein »Zutritt verboten«-Schild.

»Das gefällt mir nicht«, sagte Ward. »Der einzige Ausweg ist den Hügel runter.«

»Wirst du sofort aufhören mit deinen negativen Wellen, Moriarty!?«

»Keine Ahnung, was das schon wieder heißen soll, Mann.«

Ward wendete und fuhr zurück, vorbei an einem Haus, das an einem unwahrscheinlich steilen Abhang klebte. Auf der Veranda saßen drei Männer und starrten ihnen mit harten Blicken nach. Schließlich hielt Ward ein Stück nördlich von dem braunen Haus unter den Kiefern auf dem Seitenstreifen an.

»Hier können wir von den Nachbarn nicht gesehen werden.«

Ornazian sah sich um und nickte. »Dann schauen wir mal.«

Sie stiegen aus und öffneten den Kofferraum, zogen sich Handschuhe über, aber keine Strumpfmasken. Ward prüfte die Glock und schob sie ins Holster, das Gewehr ließ er liegen. Ornazian steckte den .38er ein und griff zu seinem Teleskopschlagstock.

»Den brauchst du heute nicht«, sagte Ward. Er öffnete eine Reisetasche und packte einen sechzig Zentimeter langen Blackhawk-Special-Operations-Rammbock am oberen Griff. Seitlich befanden sich zwei weitere Griffe.

»Ihr Cops liebt euer Spielzeug«, sagte Ornazian.

»Das ist ein wunderschönes Werkzeug. Wiegt fünfzehn Kilo. Sogar du könntest damit umgehen.«

»Warum sind da drei Griffe? Du hast nur zwei Hände.«

»Er ist so konstruiert, dass sowohl Links- als auch Rechtshänder ihn benutzen können. Trottel.«

»Ich möchte nicht, dass du mich so nennst. Ich bin im Augenblick etwas sensibel.«

»Hast du deine Tage?«

»Ich hasse es, wenn du meine Gefühle nur darauf schiebst.«

Sie sahen sich noch einmal um, überquerten die grob geteerte Straße und gingen ums Haus herum.

»Ich höre keine Hunde«, sagte Ward.

Das Haus lag an einem Abhang voller Geröll und Unkraut. Drei Betonstufen führten zu einem kleinen Absatz vor der Hintertür. Ornazian zog vergeblich an der verschlossenen Tür und trat dann einen Schritt zurück. Ward brachte sich in Position und schwang den Rammbock gegen den Türpfosten, die Tür flog auf, der Rahmen war sauber gesplittert. Ward legte den Rammbock auf dem betonierten Absatz ab, dann traten sie ins Haus.

Sie standen in einer nach Unrat stinkenden Küche. Ein voller Müllsack hing offen in einem Plastikkorb, im Spülbecken stapelten sich dreckiges Geschirr und Besteck. Um einen billigen Esstisch herum standen vier Stühle. Dahinter lag ein offener Wohnbereich mit einem Sofa, einem Kabeltrommeltisch, einem Sessel und einem großen Flachbildfernseher.

Auf dem Tisch befanden sich ein aufgeklappter Laptop, zahlreiche leere Bierdosen, eine Bong, eine Tüte mit Blüten, Blättchen, Plastikfeuerzeugen und ein Aschenbecher voller Kippen und Jointstummel. An den Wänden waren Poster mit arischen Gesichtern und dazu passenden Sprüchen ohne erkennbares Muster mit Reißnägeln angebracht worden: »Wir haben ein Recht zu existieren. Wir holen uns die Straßen zurück. Unsere Zukunft gehört uns.«

Ornazian betrachtete die Poster, die Worte, die fetten Buchstaben und die Art-decó-artigen Bilder, die man sonst auf den Umschlägen von Ayn-Rand-Büchern sah.

Er ging zum Laptop und schaute sich die aufgerufene Website an: ein Musiklabel bewarb seine Produkte und rassistische Ideologie. Ornazian klickte auf einen zum Download bereitgestellten Song mit dem Titel *When the Righteous Day Comes* von einer Band namens Blood Duty. Grölen und Gitarrenkreischen erfüllten den Raum.

»Sogar deren Musik ist scheiße«, sagte Ornazian.

»Stell den Mist ab«, sagte Ward. »Hier werden wir nicht finden, wonach wir suchen. Sehen wir uns mal in den Zimmern um.«

Sie durchsuchten nacheinander die drei Schlafzimmer, zogen Schubladen heraus, öffneten Schuhkartons, durchwühlten Schränke, schlitzten Matratzen auf. Im größten Schlafzimmer, das sie zuletzt betraten, standen auf einem kleinen Läufer an der Wand Packungen eines verschreibungspflichtigen Medikaments aufgestapelt, eine Kombination aus Promethazin und Codein. Daneben waren NyQuil-Flaschen aufgereiht. Christopher Perry, das Kid aus Northeast, hatte recht gehabt. Die Typen verschnitten das Lean mit handelsüblichem Hustensaft.

»Was ist das für eine Scheiße?«, fragte Ward.

»Die neueste Billigdröhnung.«

»Zu meiner Zeit schnüffelte man Klebstoff aus Papiertüten.«

»Gleiches Prinzip.«

Ornazian und Ward machten sich auf die Suche, fanden das Tiffany-Armband aber auch hier nicht. Auch keinen anderen Schmuck oder Bargeld.

»Nichts«, sagte Ornazian.

»Glaubst du, die sind das Zeug schon losgeworden?«

»Keine Ahnung.«

»Lass uns abhauen, Mann.«

Im Wohnzimmer sagte Ornazian: »Warte mal.«

Er riss die Poster von den Wänden und warf den Kabeltrommeltisch um. Dann packte er einen Stuhl und warf ihn in den an der Wand angebrachten Fernseher, dessen Bildschirm zerknackte. Zu guter Letzt knöpfte er seine Hose auf, holte seinen Schwanz heraus und pinkelte aufs Sofa.

»Bist du fertig?«, fragte Ward. »Oder willst du auch noch in die Betten scheißen?«

»Das ist für meine Kinder.«

Auf dem Rückweg durch Hillville sagte Ward zu Ornazian: »Ich schätze, wir müssen noch mal kommen und Wahrheit oder Pflicht spielen.«

»Vermutlich.«

»Sie sind jetzt gewarnt. Nachdem du alles zertrümmert hast.«

»Du hast doch den Türrahmen kaputt gemacht.«

»Aber nicht draufgepisst.«

»Stimmt.«

»Wir können wiederkommen«, sagte Ward, »aber nicht mit meinem Wagen.«

»Ich besorg den Impala.«

»Woher kriegst du den?«

»Von nem Typen namens Berhanu. Hat eine kleine Werkstatt nahe der Kansas Avenue in Petworth.«

»Vertraust du ihm?«

»Der ist in Ordnung.«

»Kannst du Hudson kriegen?«

»Ich sorg dafür.«

»Er wirkte beim letzten Mal nicht allzu glücklich.«

»War er auch nicht«, sagte Ornazian. »Aber er wird's machen.«

23

MICHAEL HUDSON kam von seiner Schicht im *District Line* nach Hause und ließ Brandy in den Garten, damit sie ihr Geschäft verrichten konnte. Auf dem leeren Grundstück, wo die Gasse ein T bildete, saß der Mann namens Woods auf einer Kiste. Woods hatte im Irak einen Fuß verloren, als unter seinem Humvee ein Sprengsatz explodiert war. Dafür wurde er mit siebenhundert Dollar im Monat entschädigt. Er hatte in D.C. noch keinen Job gefunden.

»Hudson.« Woods begrüßte Michael mit einer Zwei-Finger-Geste.

»Woods.« Michael nickte.

Nachdem Brandy sich entleert hatte, schleppte sie ihren Hintern durch den verwilderten Garten zur Treppe zurück und jaulte. Michael hob sie hoch und trug sie ins Haus. Die Hündin schlief zu seinen Füßen, während er auf dem Bett lag und *Northline* zu Ende las. Er hatte auf eine ruhige Minute gewartet, um das Buch beenden zu können.

Allison Johnson hat den vernarbten jungen Mann gesucht, Dan Mahoney, der wochenlang verschwunden war und sich wie ein Einsiedler in seinem kleinen Haus verkrochen hat. Er lässt sie rein und erzählt ihr auf ihr vorsichtiges Nachfragen hin von seiner schwierigen Vergangenheit und den Gründen für seine Depression. Während er duscht, will sie ihm etwas Gutes tun und räumt sein Haus auf. Dann schlägt sie vor, dass er und sein Hund mit in das Restaurant kommen, in dem sie arbeitet. Sie versucht, Dan Mahoney wieder raus in die Welt zu holen. Und lässt gleichzeitig erstmals selbst Nähe zu, nachdem sie ihr Leben lang missbraucht worden ist und Männern nur mit großer Vorsicht begegnet.

> *»Das wäre schön«, sagte er und stand auf. Er ging zu einem Schrank und holte seinen Mantel heraus. Das Mädchen zog ihren Mantel, Hut und Handschuhe an, und sie verließen gemeinsam das Haus. Es war schon dunkel, als sie sich auf der Seventh Street den Casinos und Lichtern der Stadt näherten. Dan Mahoney würde sie nicht kontrollieren, dachte sie im Stillen, er hatte sich ja selber kaum unter Kontrolle. Und als sie so nebeneinander her gingen, fühlte sie sich wohl. Seine Hand näherte sich ihrer, sie nahm sie und hielt sie fest.*

Michael ließ das Buch kurz sinken, dann las er den letzten Satz noch einmal. Dann las er weiter. Im vorletzten Kapitel fahren Allison, Dan Mahoney und sein Hund in die Black Rock Desert von Nevada raus und schlafen auf der Ladefläche von Dans altem Pick-up unter den Sternen. Am Ende finden zwei verletzte Menschen Zuflucht, Heilung und Hoffnung in den Armen des jeweils anderen.

Michael rieb über den Umschlag des Buchs und stellte es dann mit dem Rücken nach vorne in das Regal neben die Elmore-Leonard-Romane *Valdez* und *Man nannte ihn Hombre.* Seine Bibliothek wuchs allmählich.

Er duschte, zog frische Kleidung an und aß früh mit seiner Mutter zu Abend. Dann spazierte er von Columbia Heights nach Park View.

Michael stand am Eingang des Sportzentrums an der Warder Street und hoffte, dass Anna Byrne auftauchen würde. Er wollte sich nicht zu sehr in der Nähe ihres Hauses herumtreiben. Es war ein Schuss ins Blaue, aber er wusste, dass sie abends oft eine Radtour machte. Und tatsächlich kam sie bald darauf angeradelt. Als sie ihn erkannte, wurde sie langsamer und bremste mit einem Fuß ab. Sie wirkte überrascht, aber auch erfreut.

»Michael ...«

»Ich war in der Gegend.«

»Okay.«

»Eigentlich bin ich absichtlich hier. Ich hab gehofft, dich zu treffen.«

»Ist irgendwas passiert?«

»Nein. Ich wollte dich nur sehen.«

Sie sah ihn an, und er wandte den Blick nicht ab.

»Ich wollte gerade eine Tour machen«, sagte sie.

»Schon verstanden.«

»Nein, hör zu. Gib mir eine Stunde. Wir können uns auf dem Rückweg treffen. Wenn es dir nichts ausmacht, dass ich verschwitzt bin.«

»Macht mir nichts aus. Wo?«

»In dem Biergarten an der Georgia?«

»Neben dem Buchladen an der Morton.«

»In einer Stunde«, sagte Anna. »Bis dann.«

Michael sah ihr nach. Als sie in Richtung Downtown verschwunden war, ging er in das Sportzentrum und setzte sich auf eine der Tribünen am Spielfeldrand. Sah ein paar Typen bei einem Fußballspiel zu, die mit Ernst bei der Sache waren. An den Gesichtszügen erkannte er, dass sie aus El Salvador kamen. Durch seinen Küchenjob hatte er gelernt, die Heimatländer seiner Kollegen zu unterscheiden. Es war cool, seine Nachbarn zu kennen und zu wissen, wo sie herkamen. Auch sie waren D.C.

Phil Ornazian stand vor der Werkstatt in der Gasse hinter der Taylor Street. Er zählte Bargeld ab und gab es Berhanu, dem Mann mit den dichten Locken.

»Reicht das?«, fragte Ornazian.

»Ich mach dir den Impala fertig«, sagte Berhanu. »Beim letzten Mal hat die Vorderseite was abbekommen.«

»Dafür ist hier was extra. Wir mussten leider von der Straße runter. Ich hoffe, es war nicht allzu schlimm.«

Berhanu winkte ab. »Kleinere Reparaturen am Unterboden. Das hier reicht.«

Donnie, der Alki-Mechaniker, kam aus der Werkstatt und steckte sich eine Zigarette an. Er wechselte einen kurzen Blick mit Ornazian, weiter ging die Interaktion nicht.

»Was für ein Typ«, sagte Ornazian.

Berhanu zuckte die Achseln. »Er kann gut schrauben.«

»Ich brauche den Impala bald.«

»Gut, aber ich bin abends nicht zu erreichen. Es ist Heilige Woche.«

»Verstanden.«

»Hast du vor, in die Kirche zu kommen?«

»Klar.« Eine sanfte Lüge. Beschäftigt, wie er war, hatte Ornazian das orthodoxe Osterfest fast vergessen. Er schämte sich, es zuzugeben.

»Ciao, Phil.«

»Ciao. Ich melde mich.«

Sie gaben sich die Hand. Begleitet vom lauten Gebell der Gassenhunde kehrte Ornazian zu seinem Ford zurück.

Im Biergarten von *The Midlands* saß Michael Anna gegenüber, die sich auf der Toilette frisch gemacht und die Haare gelöst hatte. Sie trug ein in Washington designtes Rapteez-T-Shirt und Fahrradleggings. Ihr Cannondale-Rad lehnte am Zaun. Sie trank ein Bier, Michael ein Ginger Ale. Einige Hunde liefen herum, deren Besitzer sich mit Freunden trafen. Ein Kellner grillte Rippchen, und aus den Lautsprechern sang Sturgill Simpson mit sattem Bariton von einem Versprechen, das er einst gegeben hatte.

»Ich hätte nie gedacht, dass ich in dieser Gegend mal Country hören würde«, sagte Michael.

»Der Typ ist mehr als nur Country«, sagte Anna. »Als Nächstes läuft wahrscheinlich GoldLink oder so was. Hier kommen die unterschiedlichsten Leute her. Man muss sich der Kundschaft anpassen.«

»Vermutlich.«

»Gefällt's dir nicht?«

»Ich reg mich nicht über Dinge auf, die ich nicht ändern kann.« Michael trank einen Schluck. »Aber all das Neue ist ganz schön schnell gekommen. So lange war ich ja nicht weggesperrt.«

»Heutzutage passiert alles schnell. Die Uhr dreht sich schneller. Spürst du das nicht?«

»Ja. Aber was sagt uns das? Dass man selbst langsamer machen und es genießen soll? Oder so viel wie möglich mitnehmen, weil die Zeit kurz ist?«

»Ich weiß nicht, was uns das sagt«, erwiderte Anna. »Ich gehe jeden Tag zur Arbeit und versuche etwas Gutes zu tun. Ich habe keine großen Ziele. Genug Geld verdienen, vielleicht das Leben von anderen etwas besser machen. Mehr kann man sich kaum erhoffen, denke ich.«

»Anderen im Kleinen was Gutes tun. Wie im Buch.«

»Welchem Buch?«

»Das du mir gegeben hast. *Northline.* Jedes Mal, wenn dem Mädchen was Schlimmes zustößt, immer, wenn es scheint, als würde sie da nie wieder rauskommen, tut ihr jemand was Gutes. Nichts Großes. Aber es bringt was. Sie lernt. Und am Ende hilft sie auf diese Weise dem Typen, der diese ganzen Narben trägt.«

»Was hat dir das gesagt?«

»Das Schlechte in der Welt kann einen mürbe machen. Aber ein einziger kleiner Akt der Güte kann die Dunkelheit vertreiben.«

»Ich liebe das Buch.«

»Ich auch. Danke, dass du es mir gegeben hast. Und für alles, was du getan hast, als ich im Gefängnis saß. Du hast mein Leben verändert.«

Ihre Blicke trafen sich. Anna wurde rot.

»Was?«, fragte Michael.

»Nichts. Es war mir eine Freude.«

Michael hielt ihrem Blick stand. »Was ist mit dir?«, fragte er.

»Was soll sein?«

»Bist du glücklich?«

Sie zögerte, denn ihre Antwort würde Folgen für sie beide haben. Ihr Herz wollte viele unterschiedliche Dinge. Aber sie wusste, was richtig war.

»Ich glaube, ich bin nicht anders als die meisten«, sagte sie. »Ich kann für sehr vieles dankbar sein. Also bin ich wohl ziemlich glücklich. Jedenfalls meistens.«

»Mit deinem Mann, meine ich.«

»Ich weiß, was du fragen wolltest. Ja.«

Michael nickte. Er musste es wissen.

Spontan streckte Anna den Arm aus und legte ihre Hand auf Michaels. Das Gefühl war elektrisierend. Sie ließ die Hand dort, sah ihm in die Augen. Dann zog sie sie langsam zurück.

Sie saßen da, bis Anna ihr Bier ausgetrunken hatte und es allmählich dunkel wurde, und sie fühlten sich wohl miteinander.

Sie schob ihr Rad den Hügel zur Warder Street hoch, er ging neben ihr. Einen Block von ihrem Haus entfernt verabschiedeten sie sich. Sie sah ihm nach, bis er an der Princeton um die Ecke gebogen war.

Michael ließ sich auf dem Nachhauseweg Zeit. Er hatte eine SMS bekommen und beantwortet. Jetzt musste er nachdenken.

Der schwarze Edge stand an der Sherman, direkt vor dem Haus seiner Mutter. Michael öffnete die Tür und setzte sich auf den Beifahrersitz.

»Michael.«

»Ich hab doch gesagt, wir treffen uns am Ende der Straße.«

»Ich hab keinen anderen Parkplatz bekommen.«

»Was willst du?«

»Ich hab einen neuen Job für dich«, sagte Ornazian.

»Wieso meinst du, ich würde ihn annehmen?«

»Ich und Thaddeus werden draußen auf dem Land ein Haus überfallen. Die Typen, die da wohnen, haben auf einer Party wertvollen Schmuck mitgehen lassen. Und das Mädchen vergewaltigt, das die Party geschmissen hat. Die Täter sind Neonazis. Arschlöcher durch und durch.«

»Quatsch mich nicht voll, Phil.«

»Ich brauche dich. Du hast uns mit dem Impala aus der Scheiße rausgeholt, als es gezählt hat. Ich kenn keinen anderen, der so fahren kann wie du.«

»Immer auf dem krummen Weg. Was hast du vor, willst du drohen, mich in den Knast zurückzuschicken?«

»Das ist wohl nicht nötig.«

Michael starrte geradeaus. »Wann?«

»Bald.«

»Komm nie wieder in die Nähe meiner Mutter. Kapiert?«

Michael stieg aus dem Ford. Ornazian fuhr in Richtung Petworth. Er wollte seine Söhne sehen, bevor sie einschliefen.

24

IN DER Nacht fuhren sie in die Berge hoch. Michael steuerte den Impala, Ornazian saß neben ihm, Thaddeus Ward auf der Rückbank. Die Scheinwerfer waren ausgeschaltet, der Mondschein wies Michael den Weg. Als sie das Haus unter den Kiefern erreichten, fuhr er nach Ornazians Anweisung zunächst daran vorbei und wendete nach etwa hundert Metern. Dann sagte Ornazian, er solle auf den Seitenstreifen fahren und den Motor ausstellen.

»Warte«, sagte Ward. »Fahr lieber in den Wald.«

»Was, wenn wir stecken bleiben?«, fragte Ornazian.

»Es hat seit einer Woche nicht geregnet«, sagte Ward. »Der Boden ist steinhart. Kein Problem.«

Michael tat, wie ihm geheißen. Der Impala war im Unterholz hinter Eichen und Kiefern teilweise verborgen, die Front zeigte zur Straße hin. Sie konnten das Haus deutlich sehen. Die Vorhänge waren zugezogen, drinnen brannte Licht. Nur der Cherokee und der Silverado standen in der Kieseinfahrt. Der Charger fehlte.

»Wo ist unser Junge?«, fragte Ward.

»Wer weiß?«, entgegnete Ornazian. »Noch bei der Arbeit? Ist doch egal. Wir wollen nicht ihn, wir wollen das, was sie gestohlen haben.«

»Wir könnten warten, bis Kelly zurückkommt«, sagte Ward.

»Wir wissen doch gar nicht, ob er heute Nacht überhaupt kommt. Ich finde nicht, dass wir warten sollten.«

»Okay.« Ward versuchte alle Risiken abzuschätzen. »Sie wissen, dass jemand bei ihnen eingebrochen ist. Sie werden auf der Hut sein.«

»Worauf willst du hinaus?«

»Wir müssen brachial vorgehen. Ich setze den Rammbock ein, du musst sie sofort mit dem Gewehr in Schach halten.«

»Gut.« Ornazian klemmte sich ein Funkgerät an den Gürtel und gab Michael das andere. »Bleib auf Kanal elf.«

»Wie beim letzten Mal.«

»Kelly ist groß, hat ein langes Gesicht und eine breite Stirn«, sagte Ornazian. »Sollte er zurückkommen, denk daran, du gehörst zu uns. Du weißt, was das heißt.«

Michael sagte nichts. Aber er verstand, was Ornazian sagen wollte. Sie zählten darauf, dass er ihnen den Rücken frei hielt.

»Hast du fertiggequatscht?«, fragte Ward.

»Noch nicht«, erwiderte Ornazian. »Ich will euch nur daran erinnern, dass das richtig böse Buben sind. Sie haben ein Mädchen unter Drogen gesetzt und vergewaltigt. Und dich würden sie nur zu gerne von einem Ast baumeln sehen, Thaddeus.«

»Mich brauchst du nicht aufzustacheln«, sagte Ward. »Ich bin in den Fünfzigern in Washington aufgewachsen. Mein Vater war Weltkriegsveteran, Steuerzahler und ein anständiger Bürger, trotzdem habe ich ständig gehört, wie ihn die Leute Nigger nannten. Weißt du, was das mit einem Jungen macht, der zu seinem Vater aufschaut? Meine Mutter hat für die Regierung gearbeitet, konnte aber zu Ostern nicht mal einen Hut oder ein Kleid in einem der Kaufhäuser in der Innenstadt kaufen oder einfach mal bei Garfinckel's in der Fourteenth Street reinspazieren und das Geld ausgeben, das sie verdient hatte. Jedenfalls bis 1968. Dann haben wir die Fourteenth Street abgefackelt. Will sagen, ich kenne solche Typen. Du bist der, der keine Ahnung hat. Und du auch, Hudson. Entweder hast du dir nie die Zeit genommen, dich mit Geschichte auseinanderzusetzen, oder du hast alles wieder vergessen. Und das Vergessen macht es diesem Abschaum möglich, wieder aus der Versenkung aufzutauchen.

Das letzte Jahr ist das düsterste gewesen, seit ich mich erinnern kann. Aber einmal musste ich lachen: Als so ein weißes Rassistenarschloch in die Stadt gekommen ist und jemand aufstand und ihm einfach in die Fresse geschlagen hat. Das ist *Washington*, Mann. Die Zahlen gehen runter, aber die Stadt ist immer noch schwarz. Für mich wird sie immer schwarz sein. Wenn irgendein weißer Idiot da seinen Mist verbreiten will, bekommt er mächtig eins auf den Arsch. Du brauchst mich also nicht anzuheizen, Phil. Ich hab eine Tochter. Sie hat mehr erreicht, als diese Typen je schaffen werden, trotzdem ist sie in deren Augen Dreck.«

»Ich hab auch Kinder.«

»Ja, deine schwarzen Kids. Ihr Weißen werdet immer ganz selbstgerecht, wenn ihr mal ein bisschen von dem zu schmecken bekommt, was wir seit fast fünfhundert Jahren schlucken müssen.«

»Ich weiß, auf welcher Seite ich kämpfe, wenn der Rassenkrieg losgeht«, sagte Ornazian.

»Ich auch«, sagte Ward. »Aber bevor wir jetzt völlig apokalyptisch werden, sollten wir uns vielleicht erst mal um das kümmern, weswegen wir hier sind.«

»Seid ihr fertig?«, fragte Michael.

»Denke schon«, erwiderte Ward.

Michael ließ die Heckklappe aufspringen, Ornazian schaltete das Innenlicht des Wagens aus und öffnete die Tür. Ward und er stiegen aus und gingen zum Kofferraum. Ward hatte auf dem Parkplatz hinter seinem Büro einen Haufen Zeug aus seinem Crown Vic in den Impala umgeladen. Die Glühbirne im Kofferraum hatten sie bereits entfernt. Ward zog seine kleine Maglite aus einer der vielen Taschen seiner Jacke, knipste sie an und steckte sie zwischen die Zähne. Sie zogen sich Handschuhe über und bereiteten sich im Licht der Taschenlampe vor.

Ward überprüfte die Munition in seiner Glock, schob sie in das Holster am Rücken und steckte Kabelbinder ein. Ornazian öffnete die Trommel seines .38ers, überzeugte sich, dass der Revolver geladen war, und steckte ihn in den Bund seiner Jeans. Dann wickelte er das Remington-Gewehr aus der Decke und wog es in der Hand.

»Spitzkopfgeschoss«, sagte Ward. »Lad noch nicht durch. Die machen sich in die Hose, wenn sie das Geräusch hören.«

Ward zog den Reißverschluss der Reisetasche auf, holte den Rammbock hervor und legte ihn in den Kofferraum. Dann öffnete er eine Kiste und brachte etwas zum Vorschein, das wie eine Pistole aussah, aber keine war. Ornazian wusste genau, worum es sich handelte. Er hatte sich selbst so ein Ding auf dem Schwarzmarkt besorgt. Ward nahm noch eine spezielle Patrone aus dem Kasten und setzte sie auf den Kolben auf.

»Was ist das?«

»Speed Load«, sagte Ward.

Er steckte die Waffe in ein Plastikholster und klemmte es an seinen Gürtel. Dann zogen beide Männer Strumpfmasken über ihre Gesichter. Ward nahm den Rammbock und schloss den Kofferraum, während Ornazian mit dem Teleskopschlagstock zu Michael ging.

»Falls du den brauchst«, sagte er. Michael legte den Schlagstock auf den Beifahrersitz.

Ward spähte mit zusammengekniffenen Augen das Haus auf der anderen Straßenseite aus.

»Kannst du sie erkennen?«, fragte Ornazian, der im Dunkeln schlecht sah.

»Nein«, sagte Ward. »Aber ich vermute mal, fernsehen werden sie nicht. Dafür hast du gesorgt.«

»Hintertür?«

Ward nickte. »Die haben wir ordentlich zerlegt. Wahrscheinlich haben sie noch keine Zeit gehabt, sie zu reparieren.«

»Auf geht's.«

Sie überquerten geduckt die Straße, vermieden den Kies auf der Einfahrt und drückten sich an die Hauswand. Sie nahmen sich Zeit, bis sich ihr Atem und ihre Nerven etwas beruhigt hatten, dann liefen sie zur Rückseite des Hauses. Ward schlich die Stufen zur Hintertür hinauf und schaute vorsichtig in die Küche hinein. Ornazian stand gebückt hinter ihm, ließ ihm genug Platz. Ward sah ihn kurz an, hielt zwei Finger hoch und nickte. Dann packte er die Griffe des Rammbocks – ein Schwung, und die Tür flog krachend auf. Ward ließ den Rammbock fallen und zog die Glock. Sie stürmten ins Haus.

»Keine Bewegung«, rief Ward.

Richard Rupert und Tommy Getz saßen wie vom Donner gerührt an dem kleinen Esstisch, auf dem eine Halbautomatik lag. Richard sprang auf und wollte danach greifen, hielt aber auf Wards Befehl und das Geräusch des durchgeladenen Remington in Ornazians Händen hin inne. Tommy war sitzen geblieben. Seine Hände zitterten sichtbar.

Ward lud die Glock durch und bewegte sich vorwärts. Ornazian hielt das Remington auf die beiden jungen Männer gerichtet. Der, der stand, hatte den Schönlingshaarschnitt: an den Seiten kurz, oben lang. Der andere war kahl geschoren. Die Oberkörper der beiden waren nackt, sie waren barfuß und trugen Jeans. Sie waren durchtrainiert und hatten glatte Gesichter ohne den kleinsten Hauch eines Bartes. Ornazian musste sich in Erinnerung rufen, wie brutal die Burschen waren. Sie wirkten wie Kinder.

»Nehmt die Hände hoch«, sagte Ward.

Sie gehorchten. In den Augen des Stehenden lagen Hass und Scham.

»Nennt eure Namen«, befahl Ward.

»Ich heiße Fick dich«, gab Richard Rupert zurück.

Ward trat so schnell nach vorne, dass seine Konturen zu verschwimmen schienen, und schwang die Glock. Richard fiel zu Boden und rieb sich das Kinn, das bald geschwollen und blau sein würde.

»Pass auf, was du sagst, und steh auf«, sagte Ward. »Also, wie heißt du?«

»Richard.«

»Und du?«

»T-T-Tom«, sagte der andere.

Wir haben einen Stotterer, dachte Ornazian. Er wusste, was Ward damit machen würde. Es gehörte zu seiner Show.

»Zieht die restlichen Klamotten aus«, befahl Ward. »Nicht nur die Jeans. Alles. Auch die Schlüpfer.«

Richard begann sich auszuziehen. Tommy Getz zögerte.

»Du auch, T-T-T-Tom.«

Richard und Tommy wurden mit Kabelbindern um Hände und Füße an die Stühle gefesselt. Sie waren nackt und schwitzten. Es roch nach ihren schalen Ausdünstungen.

»Ihr Motherfucker stinkt«, sagte Ward.

»Was wollt ihr von uns?«, fragte Richard.

»Wir sind wegen dem Tiffany-Armband hier. Das ihr aus dem Haus in Potomac gestohlen habt. Verschwendet nicht unsere Zeit und tut nicht so, als wüsstet ihr nicht, wovon ich rede.«

»Ich hab's verkauft«, sagte Richard.

»Glaub ich dir nicht.«

»Ihr habt das Haus doch schon durchsucht. Das seid doch ihr gewesen, oder? Also wisst ihr auch, dass das Armband nicht mehr da ist.«

»Ja? Und wo ist das Geld, das ihr dafür bekommen habt?«

»Hab ich auf die Bank gebracht.«

»Du bist zu blöd, um ein Konto zu haben.«

Richard sah Ward trotzig in die Augen. Tommy starrte in seinen Schoß.

»Tom«, sagte Ward. »Schau mich an.« Tommy hob den Kopf. »Wo ist das Armband?«

»Du erzählst ihm gar nichts, Tom«, sagte Richard.

Ward zog den Taser aus dem Holster, entsicherte ihn und stellte sich direkt vor Tommy.

»Der Hersteller hat mit diesem Modell ein paar Verbesserungen eingeführt«, sagte Ward. »Nachdem die Polizei sich beschwert hatte, das Ding wäre nicht kräftig genug. Lag früher bei zwanzigtausend Volt, jetzt haben sie auf fünfzig erhöht. Die Nadeln waren glatt, jetzt haben sie kleine Widerhaken dran, wie bei Angeln. Ich hab ein Video gesehen – wenn man den Taser direkt unter dem Brustbein ansetzt, harpuniert die untere Nadel die Genitalien.«

Er richtete den Taser auf Tommy, unter dessen Brustbein ein roter Punkt aufleuchtete. »Da geht die obere Elektrode rein. Die untere wird deine Weichteile treffen.«

»Nicht«, sagte Tommy.

»Fünfzigtausend Volt in deinen P-P-Penis und die Eier, Tom. Das geht durch und durch. Wenn ich den Abzug lange genug drücke, entstehen auch Verbrennungen. Und dann bist du – wie soll ich sagen – nicht mehr funktionstüchtig. Nervenschäden und so. Du wirst da unten nie mehr der Alte sein.«

Tränen rannen über Tommys Gesicht.

»Lass ihn in Ruhe«, sagte Richard.

»Okay«, sagte Ward.

Er trat an Richard Rupert heran und richtete den Taser auf die Stelle an dessen Solarplexus, wo ein kleines Hakenkreuz eintätowiert war. »Du hast das Mädchen vergewaltigt. Ist doch so, Richard? Du siehst ja nicht nach viel aus, aber ich vermute, du hältst dich für einen echt geilen Stecher.«

Richard hielt seinem Blick stand.

»Wo ist das Armband, Richard?«, fragte Ward.

»In deinem fetten Arsch.«

Ward löste den Taser aus. Zwei Projektile an Drähten schossen aus dem Lauf. Die Pfeile trafen ihre Ziele und drangen in Richards Nervensystem ein. Seine Muskeln krampften heftig. Er warf sich auf dem Stuhl hin und her. Seine Hände erschlafften, er fiel um, krümmte sich, und der Geruch von verbranntem Haar und Fleisch breitete sich aus. Tommy Getz wandte den Kopf ab und übergab sich.

»Es reicht«, sagte Ornazian.

Ward legte den Taser auf den Boden und ging wieder zu Tommy.

»Jetzt musst du es uns sagen, Tom.«

Michael Hudson hielt den Blick auf das Haus unter den Kiefern gerichtet, als auf einmal Scheinwerfer die Straße heraufkamen. Das Auto, den Lampen nach ein Dodge, wurde langsamer und fuhr auf die Einfahrt. Ein V8, wie das Dröhnen aus den Rohren verriet.

Michael griff zum Funkgerät.

»Nummer eins, kommen«, sagte er.

»Ich bin's. Was gibt's?«

»Wir haben Besuch. Scheint unser Mann zu sein.«

»Wir sind hier fast fertig«, sagte Ornazian. »Kümmer dich darum.«

Michael warf das Funkgerät auf den Beifahrersitz und griff zum Schlagstock.

Nachdem Tommy das Versteck verraten hatte, ging Ornazian in Richards Schlafzimmer und schob die Schachteln mit Promethazin, Codein und Hustensaft beiseite, die in der Ecke standen. Als er den Läufer darunter wegzog, kam eine Klappe im Holzboden zum Vorschein. Er kniete sich hin und zog an dem auf der Klappe angebrachten Ring. Darunter befand sich eine Kiste.

In der Kiste lagen eine Automatik, ein Revolver, diverse Schmuckstücke in einer Papiertüte, ein Bündel Geldscheine und eine türkisblaue Schachtel mit der Aufschrift »Tiffany and Co«. Sie enthielt das Armband aus Diamanten und Platin.

Sie hatten das Versteck bei der ersten Durchsuchung übersehen. Es war die ganze Zeit unter den gestapelten Zutaten für das Lean gewesen.

Ornazian verteilte den Schmuck, das Armband und das Geld in den Taschen seiner Kühl-Jacke. Er entfernte das Magazin aus der Neun-Millimeter-Beretta und die Patronen aus dem Revolver und steckte sie ebenfalls ein.

Dann ging er zurück in die Wohnküche, um Ward abzuholen. Es war Zeit zu gehen.

Terry Kelly bemerkte beim Aussteigen den Wagen auf der anderen Straßenseite, dessen Kühler aus dem Wald herausschaute. Sah aus wie ein alter Chevy, konnte ein Impala sein. Ein Polizeiauto vielleicht. Es gab keine Nachbarn in der Nähe und keinen guten Grund, hier mitten im Wald zu parken.

Terry wusste, was Richard sagen würde, wenn er ins Haus ginge und ihm und Tommy von dem Wagen berichtete: *Idiot. Warum hast du nicht nachgesehen?*

Terry langte unter seinen Sitz, zog die Neun-Millimeter-Beretta hervor, die er auf der Straße gekauft hatte, und lud sie durch. Er löste die Sicherung, steckte die Waffe in die Seitentasche seiner Jacke und ging über die Straße auf das Auto zu.

Obwohl es stockdunkel war, sah er, dass niemand im Wagen saß, und als sich seine Augen an die Finsternis gewöhnt hatten, erkannte er Hersteller und Modell. Tatsächlich ein Impala, die aufgemotzte Neunzigerjahre-Variante des SS. Terry ging unter den Kiefern um den Wagen herum und betrachtete das Chevy-Tieremblem am Kofferraum und die verchromten Auspuffrohre. Er hörte Schritte. Sein Herz klopfte heftig.

»Keine Bewegung«, sagte eine Stimme hinter ihm.

Terry fuhr herum, zog dabei die Beretta aus der Jackentasche und richtete sie auf die kaum einen Meter vor ihm stehende Gestalt. Er sah einen großen, bärtigen Mann, dessen Gesichtszüge in der Dunkelheit nicht zu erkennen waren und der eine Metallstange in der Hand hielt.

Trotz der Pistole in seiner Hand spürte Terry, wie ihm das Blut aus dem Gesicht wich.

»Ich will nicht sterben«, sagte er mit zitternder Stimme.

»Wer hat was von sterben gesagt?«

»Die haben dich geschickt, damit du mich umbringst, oder?«, fragte Terry. »Ist doch so?«

»Wer?«

»Die Cherry-Hill-Road-Jungs.«

»Mich hat niemand geschickt. Wirf die Waffe weg, damit wir reden können.«

»Das kann ich nicht«, sagte Terry.

Michael Hudson musterte ihn. Terry Kelly war kein harter Typ. Er war ein dummes, verstörtes Kind. Michael war im Jugendknast und im Erwachsenenvollzug gewesen. Er sah genau, dass dieser Junge ein Schwächling war.

»Tu, was ich dir sage.«

»Ich *kann* nicht«, erwiderte Terry.

Michael schwang den Schlagstock und traf ihn an der Schläfe. Terry brach zusammen und fiel um wie ein nasser Sack.

Michael warf die Beretta in den Wald. Dann kniete er sich hin und berührte das Blut auf Terry Kellys Gesicht.

Ich bin ein Mörder, dachte Michael.

Ich habe einen Menschen getötet.

Zurück in der Wohnküche berichtete Ornazian Ward, dass er das Gesuchte gefunden habe. Richard lag immer noch mit dem umgekippten Stuhl auf dem Boden, war bei Bewusstsein, aber desorientiert. Seine Genitalien waren verbrannt. Blut klebte an den Stellen, wo Ward die Nadeln rausgezogen hatte. Er hatte seinen Darm entleert. Ward hatte ihm Wasser über das Gesicht gegossen, aber er war weiß wie eine Wand.

Ward riet Tommy, die Sache auf sich beruhen zu lassen. Warnte ihn, was passieren würde, wenn sie in das Haus in Potomac zurückkehren oder irgendwie versuchen würden, sich zu rächen.

»Hast du verstanden?«

»Ja.«

Ornazian und Ward ließen sie an die Stühle gefesselt zurück.

Draußen liefen sie über die Straße zum Impala und sahen Michael neben Terry Kelly auf dem Erdboden sitzen.

»Er ist tot«, sagte Michael.

»Halt mal die Lampe auf ihn«, sagte Ornazian zu Ward.

Ward richtete die Maglite auf Kelly, während Ornazian in die Hocke ging und seinen Zeige- und Mittelfinger an die Halsschlagader des jungen Mannes drückte. Dann holte er eine Flasche Wasser aus dem Kofferraum, befeuchtete Terrys Lippen und goss etwas über seine blutverschmierte Stirn und die Schläfen.

»Er ist nicht tot«, sagte Ornazian. »Vermutlich hast du ihm eine Gehirnerschütterung eingebrockt, aber sein Puls ist kräftig. Er kommt wieder auf die Beine.«

»Wollt ihr ihn einfach hierlassen?«, fragte Michael.

»Er liegt auf weichen Kiefernnadeln. Wenn er aufwacht, wird er ins Haus rübergehen und seine Kumpel befreien.« Ornazian legte die Hände um Michaels Bizeps. »Das hast du gut gemacht.«

»*Fick* dich, Mann.« Michael riss den Arm weg.

Schweigend fuhren sie aus den Bergen heraus und in Richtung D.C. zurück. Ornazian öffnete das Fenster einen Spalt, um frische Luft zu atmen. Ihm war übel von der ganzen Aktion.

»Du siehst nicht so toll aus«, sagte Michael.

»Mir geht's gut«, erwiderte Ornazian.

»Ach ja? Was habt ihr mit den Typen im Haus angestellt?«

»Wir haben bekommen, was wir wollten«, sagte Ward.

»Und nur das zählt?«, fragte Michael.

»Jetzt setz dich mal nicht aufs hohe Ross, junger Mann«, sagte Ward.

»Von jetzt an«, sagte Michael, »will ich mit euch nichts mehr zu tun haben. Droht, so viel ihr wollt. Ich gehe lieber in den Knast, als mich mit Leuten wie euch abzugeben.«

»Aber deinen Anteil nimmst du trotzdem«, sagte Ward.

Michaels Gesicht im Licht des Armaturenbretts war grimmig.

25

NACHDEM ORNAZIAN gegen Mittag aus dem Tiefschlaf erwacht war, hatte Sydney ein üppiges Frühstück aus gebratenem Speck, Eiern, Würstchen, Bohnen und Pilzen zubereitet. »Full English« nannte sie das. Er saß am Küchentisch und verschlang das Essen, spülte mit Saft und Kaffee nach.

Die Hunde, Whitey und Blue, folgten Sydney in der Hoffnung auf Leckerbissen durch die Küche. Sie befahl ihnen zu sitzen, und als sie gehorchten, gab sie jedem einen halben Streifen Speck.

»Du verwöhnst sie zu sehr«, sagte Ornazian.

»Ich verwöhne *dich* zu sehr«, gab Sydney zurück. »Wann bist du letzte Nacht nach Hause gekommen?«

»Keine Ahnung. Ziemlich spät. Deswegen habe ich ausgeschlafen. Wann sind Gregg und Vic zu ihren Freunden gegangen?«

»Lange, bevor du aufgestanden bist.«

»Ich muss einiges erledigen. Vielleicht können wir heute Abend alle zusammen essen gehen. Fried Chicken und Crab Cakes an der Upshur.«

»Die Jungs wären begeistert«, sagte sie.

Er ging hoch in sein Balkonbüro, erledigte ein paar Anrufe, duschte dann, zog sich an und packte seinen Rucksack. Unten sammelte Sydney Spielsachen, Bälle und alle Arten von Plastikwaffen zusammen. Sie begleitete Ornazian zur Tür, sie küssten sich. Er spürte eine Regung und küsste sie noch einmal lange, seine Hand lag auf ihrem unteren Rücken.

»Später?«, fragte er.

»Vielleicht.«

»Du bist megascharf. Das weißt du, oder?«

»Du magst mich einfach.«

»Das ist wahr.«

»Bist du durch mit dem ganzen Unsinn mit Thaddeus?«

»Ja, ich bin durch.«

»Vielleicht können wir dann wieder zu unserem normalen Leben übergehen.«

»Das ist der Plan«, sagte er.

Er stieg in den Ford, den er in der Taylor Street geparkt hatte, und fuhr raus nach Potomac, Maryland. Im Rucksack neben ihm lag das Tiffany-Armband.

Ornazian saß am Küchentisch der Weitzmans und zählte Geldscheine. Leonard Weitzman war nach Ornazians Anruf zur Bank gegangen, hatte fünfundzwanzigtausend Dollar abgehoben und sie in einen braunen Umschlag gesteckt. Neben dem Geld lagen auf dem Tisch die Tiffany-Schachtel mit dem Armband und der Schmuck aus der Papiertüte: eine Perlenkette, einige Ringe mit Edelsteinen, ein Paar Diamantenohrringe.

»Wir sind quitt«, sagte Ornazian und steckte den Umschlag in seinen Rucksack.

»Was ist mit den anderen Stücken, die Sie wiedergefunden haben?« Weitzman zeigte auf den restlichen Schmuck. Er trug einen Pullover mit dem Wappen des Congressional Country Club auf der Brust, gekreuzte Golfschläger vor dem Kapitol.

»Die sind Beigabe«, sagte Ornazian. »Wenn sonst alles klar ist, mache ich mich wieder auf den Weg.«

»Eine Sache noch«, sagte Weitzman. »Ein Mann namens Hanrahan hat mich angerufen. Sie hätten mit seinem Sohn gesprochen, der anscheinend auf der Party war. Und dem Jungen gedroht, zu seinem Schuldirektor zu gehen, wenn er Ihnen nicht gewisse Informationen geben würde.«

»Stimmt.«

»Hanrahan hat mir mit rechtlichen Schritten gedroht.«

»Und was genau ist Ihre Frage?«

»Ich hatte Sie gebeten, die Kinder und deren Eltern nicht mit in die Sache reinzuziehen.«

»Sie haben, was Sie wollten, oder?«

»Ja.«

»Sie werden schon wissen, wie Sie auf Hanrahan reagieren.«

»Ich wollte nicht undankbar klingen. Sie haben gute Arbeit für mich geleistet.«

Ornazian stand auf. Weitzman hielt ihm die Hand hin, und Ornazian schüttelte sie, ohne das Kompliment zu kommentieren. Er schaute durchs Küchenfenster – draußen auf der Terrasse saß Lisa auf einer Bank. Sie stierte vor sich hin, von ihrer Zigarette fiel Asche auf ihre Jeans.

Ornazian kehrte nach Hause zurück und ging hoch ins Schlafzimmer, wo er zehntausend Dollar in einen Umschlag steckte, auf den er »Thaddeus« schrieb, und weitere zehntausend in einen zweiten Umschlag, den er nicht beschriftete. Die übrigen fünftausend schob er in einen dritten Umschlag. Er ging nach unten, küsste Sydney und sagte, er wäre rechtzeitig zurück, um mit der Familie essen zu gehen. Die Jungs waren noch nicht wieder zu Hause.

Auf der Straße stieg er in seinen Edge und ließ den Motor an.

Ornazian fuhr zum *District Line* an der Eleventh Street und parkte. Michael stand auf der Seitenterrasse und zerschlug Holzscheite mit einer schweren Axt. Ein kleiner Mann kam aus einer Seitentür und sagte etwas, das Michael zum Lächeln brachte. Er hob die Arme und ließ den kleinen Mann eine kurze Kombination aus einer weichen Linken und härteren Rechten gegen seinen Solarplexus schlagen, ohne wirklich zu zucken. Die beiden lachten, und dann begann der Mann, das klein gehackte Holz aufzusammeln. Beladen mit Nachschub für den Ofen kehrte er in die Küche zurück.

Als er Michael so sah, ganz in seinem Element, bei der Arbeit und glücklich, schämte sich Ornazian.

Er zog den Umschlag aus dem Rucksack, stieg aus dem Wagen und ging zur Terrasse. Michael sah ihn kommen und runzelte die Stirn.

»Hey«, sagte Ornazian. »Das hier ist für dich.«

Er gab ihm den Umschlag, den Michael sich ohne hineinzusehen unter sein Hemd steckte.

»Das wär's dann wohl«, sagte Michael. Er legte die Axt in einen Käfig mit Holzblöcken und sperrte ihn mit einem Vorhängeschloss zu. Dann wandte er sich zum Gehen.

»Warte kurz«, sagte Ornazian.

»Was ist?«

»Hör zu … ich hätte dich da nicht mit reinziehen sollen.«

»Das kommt ein bisschen spät.«

»Ich weiß, ich habe einen Fehler gemacht. Ich möchte mich entschuldigen. Bitte.«

Ornazian, ehrlich verzweifelt, streckte die Hand aus. Michael zögerte. Er empfand Bitterkeit, aber es würde ihn nichts kosten, dem anderen die kleine Geste der Güte entgegenzubringen, die dieser gerade so sehr brauchte.

Michael schüttelte die Hand.

»Danke«, sagte Ornazian.

Michael nickte, drehte sich um und ging durch die Seitentür zur Küche. Ornazian stand einen Moment lang da, dann kehrte er zum Wagen zurück.

Er ließ das Fenster herunter, schob das Sonnendach zurück und fuhr auf der Eleventh südlich nach Lamont, dann schwenkte er nach rechts, bog auf die Sherman Avenue ab und fuhr in Richtung Norden.

Ich habe einen Fehler gemacht.

Wie war das passiert?

Er hatte das nie so geplant. Kein Kind träumt davon, korrupt zu werden. Er versuchte sich zu erinnern, was ihn auf diesen Pfad geführt hatte, doch es stach kein einzelnes Ereignis heraus. Ein Cop hatte mal gesagt, bei der Polizei gebe es Grasfresser und Fleischfresser. Ein Grasfresser lässt sich von einem Imbissbetreiber einen Kaffee ausgeben. Ein Fleischfresser nimmt heute den Kaffee und verlangt morgen Schutzgeld. Bei Ornazian hatte es mit Zeugenbeeinflussung begonnen. Dann Drogendealer abziehen. Einbrüche und Überfälle. Er redete sich ein, dass er nur von den Schlechten nahm. Er redete sich ein, das Geld wäre für seine Kinder. Für Sydney. Für ihre Zukunft.

Nun, er war fertig damit. Dieser Trip war beendet. Seine Söhne sollten nicht erfahren, was ihr Vater getan hatte, und sie würden es auch nicht erfahren. Wenn es für ihn und Sydney finanziell eng würde, wäre das eben so, die Jungs bekämen trotzdem alles, was sie brauchten: Essen, ein Dach über dem Kopf, Liebe und vor allem zwei Eltern, die ihnen ein Vorbild waren.

Er war auf dem Heimweg. Sobald er zu Hause wäre, würde er Gregg und Vic in den Arm nehmen, sie festhalten und küssen.

Ein Stück vor ihm fädelte sich ein blauer Mustang in den Verkehr ein. An der Ecke Park Road und Sherman kam Ornazian an einer roten Ampel hinter dem Mustang zum Stehen. Irgendwie kam ihm das Auto bekannt vor.

Er warf einen Blick in den Rückspiegel. Ein schwarzer Range Rover kam von hinten angerast, schob sich neben seinen Ford und bremste abrupt ab.

Ornazian blickte nach links; butterweich schlug das Herz in seiner Brust. Cesar, Gustavs *segundo*, saß auf dem Beifahrersitz des Range Rovers. In den Händen hielt er ein abgesägtes Gewehr.

Ornazian sagte: »Syd.«

DRITTER TEIL

26

ZEHN MÄNNER in orangefarbenen Overalls saßen in der Kapelle des Gefängnisses von D.C. im Kreis. Anna, die Anstaltsbibliothekarin, war ebenfalls anwesend, außerdem zwei bewaffnete Wärter, die das Geschehen entspannt beobachteten, denn beim Buchclub gab es nur sehr selten Ärger. Zudem waren die heute teilnehmenden Männer alle aus der Seniorenabteilung und relativ zahm. Sie waren hier, weil sie hier sein wollten.

Anna hatte *Abschied in Dunkelblau* von John D. MacDonald ausgesucht, den ersten Band aus der Reihe um Travis McGee, 1964 erstmals veröffentlicht. Zwar kamen darin Gewalt und Erotik vor, doch war der Sex nicht allzu explizit beschrieben, und sie hatte den Roman mit dem Argument durch die Gefängniszensur gebracht, dies sei ein wichtiges Buch über Maskulinität sowie über Vergeltung und Konsequenzen. Außerdem las es sich verdammt gut.

Die meisten Männer hatten die Lektürefragen, die sie verteilt hatte, unter ihre Stühle gelegt. Jeder hielt das Buch aus der legendären Fawcett-Gold-Medal-Paperback-Reihe in der Hand. Anna hatte im Internet für wenig Geld gut erhaltene Exemplare bekommen, alle mit dem klassischen, von Ron Lesser gestalteten Umschlag: eine Frau mit nacktem Rücken und üppiger Frisur in leopardengemusterter Caprihose und High Heels. Annas Vater, bei dem vor Kurzem Darmkrebs festgestellt worden war, hatte die McGee-Taschenbücher gesammelt. In Annas Kindheit hatte immer eins auf seinem Nachttisch gelegen. Dass sie nun dieses Buch für die Gefangenen auswählte, hatte ebenso emotionale wie literarische Gründe.

Nach einem von einem der religiöseren Männer in der Gruppe gesprochenen Gebet begann die Diskussion.

»Was halten Sie von der Hauptfigur Travis McGee?«, wollte Anna wissen.

»Das ist mal ein echt schlimmer weißer Typ«, sagte ein Mann namens Sam, berüchtigt für ständige Bewährungsverstöße, dem zwei clownsähnliche graue Haarbüschel vom ansonsten kahlen Kopf abstanden. Anna wusste nicht, was Sam anstellte, um immer wieder eingesperrt zu werden, aber es konnte nichts allzu Ungebührliches sein. Er war ein sanfter Mann.

»Er hat keinen normalen Job«, sagte Russell, ein intelligenter Langzeitheroinjunkie, der kleine Mengen dealte, um seine Sucht zu finanzieren. »Er arbeitet nur, wenn er keine Kohle mehr hat. Er ist groß, kräftig und sieht gut aus. Er kann mit den Händen umgehen. Er trinkt, ist aber kein Alkoholiker. Er kriegt alle möglichen Frauen rum. Hat keine Verpflichtungen. Keine Hypothek, keine Familie. Hey, der Mann wohnt auf einem Hausboot. Mehr Freiheit geht nicht.«

»Viele Männer wären gern wie McGee«, sagte Anna. »Er verkörpert ein Ideal. Das ist einer der Gründe, warum die Reihe so erfolgreich war.«

»Mich hat das an einen Westernfilm erinnert«, sagte ein Serienstraftäter namens Randolph, ein Filmfan, der oft nostalgisch vom Leben in den Siebzigern schwärmte, anscheinend das beste Jahrzehnt seines Lebens. Jetzt war er sechzig, großgewachsen, hellhäutig, hatte Sommersprossen, trug sein Haar immer noch hochtoupiert und hatte eine komisch wirkende lange Nase. Manchmal wurde er Bibo genannt.

»Inwiefern, Randolph?«, fragte Anna.

»McGee ist wie John Wayne oder so. Kennen Sie diesen Film, *Der schwarze Falke*? Ethan Edwards. Genau so ist McGee. Er ist ein Beschützer, passt aber nicht in die Gesellschaft.«

»Er ist eher wie ein Ritter.« Russell setzte seine Lesebrille auf und öffnete das Buch. »Hier, ich hab's mir markiert. Seite neunundzwanzig. McGee redet davon, auf sein weißes Ross zu steigen, den Rost von der Rüstung zu klopfen und seine alte, verbogene Lanze zu nehmen.«

»Da hast du's«, sagte Sam. »Die Lanze ist verbogen. Das heißt, Travis *weiß*, dass er krumme Dinger macht.«

»Man könnte ihn als befleckten Engel bezeichnen«, sagte Anna. »Was ist mit dem Schurken in dem Buch, Junior Allen?«

Die Erwähnung des soziopathischen Verbrechers rief Unruhe hervor.

»Das ist ein übler Motherfucker«, sagte jemand. »Entschuldigung, Miss Anna.«

»McGee nennt Junior einen Ziegengott«, sagte Russell. »Einen Satyr.«

»Aber ist Junior McGee nicht in gewisser Weise ähnlich?«, fragte Anna. »Ich meine, was die Beziehung zu Frauen betrifft. Klar, Junior benutzt Frauen zum Spaß, aber auch McGee schläft mit lauter Frauen, die er nicht liebt.«

»Da ist nichts falsch dran. Ein Mann hat eben Bedürfnisse.«

»Junior wäre wie McGee, wenn McGee wirklich ein schlechter Mensch wäre«, sagte Russell.

»Junior ist McGees *Es*«, sagte Anna. »Seine dunkle Seite.«

»Deswegen muss McGee ihn umbringen«, sagte Russell, nahm die Brille ab und faltete die Hände im Schoß.

»*Warum* muss er das?«, fragte Anna.

»Um seine eigene dunkle Seite zu zerstören.«

Schweigend dachten die Männer darüber nach. Manche nickten mit dem Kopf.

»Das Buch sollte mal verfilmt werden«, sagte einer.

»Es gibt zwei Travis-McGee-Filme«, warf Randolph ein.

»Jetzt hält uns Randolph mal wieder nen Film-Vortrag«, sagte Russell.

»Der eine war ein Fernsehfilm mit einem Cowboy-Schauspieler«, sagte Randolph. »Der zählt nicht. Aber dann gab es noch einen, der hieß *McGee, der Tiger*, mit Rod Taylor als McGee. Taylor war total Macho und hat in die Rolle alles reingelegt, was er hatte. Am Ende gab es einen zehn Minuten langen Faustkampf zwischen ihm und William Smith, einem großen Muskelprotz, der normalerweise Bikertypen spielte. Das sieht aus, als würden die beiden sich echt prügeln. Der Regisseur war der Typ, der auch *Der Mann mit der Todeskralle* gedreht hat.«

»Mann, keiner will was von Bruce Lee hören. Das hier ist ein Buchclub, kein Filmclub.«

»Ich mein ja bloß«, sagte Randolph. »*McGee, der Tiger* war krass. Ich hab ihn damals zu meiner Zeit im *Booker T.* gesehen.«

»Deine Zeit ist verdammt lang her, Bibo. Du kannst jetzt aus der Zeitmaschine rauskommen.«

Gelächter in der Gruppe. Ein paar Männer stießen die Fäuste aneinander.

»Hat MacDonald viel Kohle gemacht?«, wollte jemand wissen.

Die Diskussion um das Buch wurde hitziger und lebhafter. Am Ende des Treffens wollten viele noch bleiben.

»Das war ein gutes Buch«, sagte Sam.

»Danke, Miss Anna«, sagte Russell.

»Es war mir eine Freude«, erwiderte sie.

In den Wochen nach Phil Ornazians Ermordung hielt Thaddeus Ward den Ball flach. Er ging zur Beerdigung, sprach aber nicht mit Ornazians Witwe Sydney, die ihn keines Blickes würdigte. Ornazians Söhne waren nicht dabei. Anscheinend hatte ihre Mutter es ihnen ersparen wollen, mitanzusehen, wie der Sarg mit ihrem Vater in den Boden hinabgelassen wurde.

Nur unregelmäßig schaute Ward in seinem Büro vorbei. Einstweilen hielt Genesis, die clevere Ex-Nationalgardistin, die Stellung bei Ward Bonds. Sie war eine geborene Managerin und konnte gut mit den Klienten umgehen.

Zu Hause zog er die Vorhänge zu, verteilte geladene Schusswaffen in allen Räumen und behielt das Gewehr neben dem Bett. Seiner Tochter sagte er, sie solle im Moment nicht zu Besuch kommen, er würde bei Gelegenheit bei ihr und den Kindern vorbeischauen. Sollten die Mörder es auch auf ihn abgesehen haben, war er bereit, aber er wollte alleine bereit sein.

Sie kamen nicht.

Eines Tages fuhr er ins Northwest und suchte die Werkstatt in der Gasse nahe der Kansas Avenue auf, wo Ornazian den Wagen besorgt hatte. Ihm war der Gedanke gekommen, dass die Überwachungskameras an der Straße mit dem Puff den Impala vielleicht aufgenommen hatten. Er traf Berhanu, den Äthiopier mit den schwarzen Locken, bei der Arbeit an.

Der Impala war nicht zu sehen, aber es standen drei hochtourige Importwagen in der Werkstatt. Ward stellte sich vor und fragte Berhanu, von dessen illegalen Vermietungen viele in der Gegend wussten, ob sich jemand nach dem Mieter des Impala erkundigt hätte. Berhanu sagte, ein Latino mit glatt rasiertem Gesicht sei gekommen und habe danach gefragt, er habe dem Mann aber keinerlei Informationen gegeben. Ward glaubte ihm.

»Arbeitet hier sonst noch wer?«, fragte er.

»Ich hatte einen Gehilfen«, sagte Berhanu. »Einen Mechaniker namens Donnie. Aber der ist weg.«

»Wie meinen Sie das?«

»Eines Tages ist er nicht mehr aufgetaucht und nie wiedergekommen. Ich hab ihm Nachrichten geschickt, aber …« Berhanu zuckte die Achseln. »Donnie war ein Trinker. Konnte gut schrauben, war aber unzuverlässig.«

Ward dachte nach. Im Herzen wusste er, dass Gustav den Mord an Ornazian in Auftrag gegeben hatte. Dass der Mechaniker gegen Bezahlung das Kennzeichen von Ornazians Ford verraten hatte, war eine Vermutung, die ins Bild passte. Damit war es ein Leichtes gewesen, Ornazians Adresse rauszufinden und ihm zu folgen. An der Ecke Park und Sherman war die Falle dann auf klassische Weise zugeschnappt. Wahrscheinlich hatte Cesar den Schuss abgefeuert, der Phils Leben ein Ende setzte.

Nos encontraremos otra vez.

Wir werden uns wiedersehen.

Das waren in jener Nacht, als sie ihn an den Stuhl gefesselt hatten, Cesars letzte Worte gewesen. Er hatte sein Verspechen gehalten.

»Tut mir leid wegen Phil«, sagte Berhanu. »Ich mochte ihn.«

»Ich auch«, sagte Ward.

Die Frage war: Was würde er jetzt tun? Die Mordermittler hatten ihm bereits einen Besuch abgestattet und ihn befragt. Vermutlich hatte Sydney ihn als Geschäftspartner genannt. Obwohl Ward Ex-Cop war, hatte er behauptet, nichts zu wissen. Durch seine Beteiligung an dem Überfall war er belastet, aber es gab noch einen anderen Grund. Das Bild, das er von sich hatte, verlangte Vergeltung. Er wollte den Mord an seinem Freund rächen.

Kurz nach dem Gespräch mit Berhanu rief Sydney ihn auf dem Handy an und fragte, ob sie sich treffen könnten.

Sie saßen in einer Nische im *Slim's*, einem Diner an der Georgia und Upshur, und tranken Kaffee. Sydney sah mitgenommen aus. Sie schien abgenommen zu haben und verströmte einen starken Körpergeruch. Er fragte sich, wann sie zuletzt geduscht hatte.

»Ich habe was für Sie«, sagte sie, griff in ihre Tasche und legte einen Umschlag auf den Tisch, auf dem in Phil Ornazians krakeliger Handschrift »Thaddeus« stand.

Ward nahm ihn und steckte ihn in die Innentasche seines Jacketts.

»Wollen Sie nicht nachzählen? Da sind zehntausend Dollar drin.«

»Ich brauche nicht nachzuzählen.«

»War es das wert?«

»Natürlich nicht«, sagte er. »Hören Sie, es tut mir leid.«

»Ich will Ihre Entschuldigung nicht. Ich bin nur hergekommen, um Ihnen Ihr Geld zu geben. Wissen Sie, warum? Weil Phil es so gewollt hätte. Auf seine Art war er ein Ehrenmann.«

»Ich gebe Ihnen das Geld gerne zurück. Das ist das Mindeste, was ich tun kann.«

»Das ist nicht nötig. Phil hatte vorgesorgt und eine Lebensversicherung über eine halbe Million Dollar abgeschlossen. Außerdem hatte er ohne mein Wissen eine Hypothekenversicherung aufgenommen, mit der das Haus im Fall seines Todes abbezahlt wird. Wenn man außer Acht lässt, dass ich keinen Ehemann mehr habe und meine Söhne ohne ihren Vater aufwachsen, ist also alles in bester Ordnung.«

»Es tut mir leid«, wiederholte Ward, weil ihm nichts anderes einfiel.

»Ich mache nicht Ihnen Vorwürfe, sondern mir selbst. Ich wusste, dass das, was Sie beide da getrieben haben, falsch war. Ich habe Phil gesagt, dass es mir nicht gefällt. Dass ich Angst um ihn hatte. Ich habe es sanft gesagt. Aber ich hätte drohen sollen, ihn zu verlassen, wenn er weitermacht. Ich hätte ihn anbrüllen sollen.«

»Ich werde diejenigen finden, die –«

»Nein!« Sie sprach so laut, dass sich im Diner Köpfe nach ihnen umdrehten. »*Nein.* Hören Sie auf, Thaddeus. Das muss aufhören.« Sie riss sich zusammen. »Beantworten Sie mir eine Frage: Sind meine Kinder in Sicherheit? Werden die Mörder auch mir und meiner Familie etwas antun?«

»Es ging ihnen nicht darum, irgendetwas wiederzubeschaffen, was wir ihnen abgenommen hatten. Es ging um Rache. Ich habe lange darüber nachgedacht. Einer unschuldigen Frau und ihren Kindern werden sie nichts tun. Das wäre zu auffällig. Es würde ihnen zu viel Ärger bescheren.« Er hielt ihrem Blick stand, während sie ihn anstarrte; stille Wut strömte aus ihr. »Die Antwort auf Ihre Frage ist also, dass Sie und Ihre beiden Kinder nichts zu befürchten haben.«

Sie stand abrupt auf und ließ ihn sitzen. Er sah ihr durch das Fenster nach, als sie auf der Upshur in Richtung Osten lief. Die Kellnerin kam und erkundigte sich, ob alles in Ordnung sei. Er sagte Ja, alles gut.

Hör auf.

Sydney hatte recht. Sie hatten hoch gepokert und den Preis dafür bezahlt. Es würde nur noch mehr Blut fließen. Menschen würden sterben. Außerdem war er fast siebzig, verdammt. Es war Zeit, von der Bühne abzutreten.

Ward war fertig.

27

IM SPÄTEN Frühling überzeugte Michael Hudson seine Mutter, dass Brandys Zeit gekommen war. Die Hündin war schon lange nicht mehr in der Lage, Treppen zu steigen; inzwischen zog sie ihre Hinterbeine hinter sich her, wenn sie an die Tür hinkte, um Gerard, den Postboten, anzukläffen, oder wenn sie zu ihrem Futternapf wollte. Michael erklärte seiner Mutter sanft, dass es egoistisch und grausam wäre, das Tier länger leiden zu lassen. Sie willigte ein, Brandy einschläfern zu lassen.

Brandy lag auf ihrem Kissen am Sofa, neben sich ihren Lieblingsball und ihren Gummiknochen, als der Tierarzt die Lösung in ihre Pfote spritzte. Doretha Hudson sprach auf sie ein und kraulte sie an der Stelle hinter dem Ohr, bei der sie immer seufzte, bis das Mittel seine Wirkung tat, sie bewusstlos werden ließ und Herz und Hirn zum Stillstand brachte. Sie schaute zu Michael auf, der neben ihr auf dem Boden saß, dann erlosch das Licht in ihren Augen.

Gleich am nächsten Tag fuhren Michael und seine Mutter in das Tierheim an der Ecke Blair Road und Oglethorpe Street, wie damals, als er noch in der Highschool gewesen war. Sie suchten sich einen Hund aus, keinen Welpen, sondern einen ausgewachsenen Terriermischling. Nicht groß und stark, und alles andere als hübsch, aber mit lebhaften Augen. Als sie auf ihn zukamen, hüpfte er von seinem Kissen, stemmte die Vorderpfoten gegen die Tür seines Käfigs und leckte Dorethas ausgestreckte Hand. Dabei wedelte er heftig mit dem Schwanz.

»Das ist unserer«, sagte Doretha.

»Sieht irgendwie komisch aus«, sagte Michael. »Wir könnten auch einen der niedlichen Welpen nehmen.«

»Welpen will jeder. Diesen Hund nimmt keiner, wenn wir ihn nicht adoptieren. Ich mag ihn.«

»Was ist mit dem Namen?«, fragte Michael. Auf dem Schild an der Tür stand »Honeyboy«.

»Ich werde ihn O'Jay nennen.«

»Du willst ihn nach einem Mörder nennen? Echt jetzt?«

»Nicht nach O. J. Simpson, Dummerchen. Brandy war nach diesem wunderschönen Lied von den O'Jays benannt, darin kommt ein Mann vor, der seinen Hund vermisst. Somit gibt es eine Verbindung von O'Jay und Brandy.« Doretha lächelte. »Lass uns mit der netten Latina reden und den Papierkram erledigen.«

Im Tierheim arbeitete eine dunkelhaarige junge Frau namens Rosa, die sehr hilfsbereit war.

»Sie kommt aus Guatemala«, sagte Michael.

»Na und? Los geht's, Michael, bringen wir O'Jay nach Hause.«

»Was immer du willst, Mama.« Und er meinte es so.

Michael hatte begonnen, das Geld Stück für Stück auszugeben. Er kaufte sich ein neues Paar Timbs und am Gallery Place eine Helly-Hansen-Jacke, allerdings interessierten ihn Klamotten nicht wirklich. In einem Antiquitätenladen in der North Capitol Street entdeckte er eine Büchervitrine mit Glastüren, legte dafür und für die Taxifahrt nach Hause eine üppige Summe hin und stellte die Vitrine in seinem Zimmer auf. Er kaufte weitere Bücher.

Meistens gab er sein Geld für andere aus. Für Woods, den beinamputierten Veteranen, der oft hinten in der Gasse saß, kaufte er einen bequemen Gartensessel, so ein wetterfestes Ding, wie es viele Leute auf der Veranda hatten. Michael wollte nicht, dass Woods weiter auf einer umgedrehten Kiste hocken musste. Und für Alisha, die Tochter von Carla Thomas, besorgte er mehrere Kinderbücher, die ihm die Frau in dem Laden in der Upshur Street empfohlen hatte.

Aus der Sache mit Carla entwickelte sich nichts weiter, aber sie blieben befreundet, und er mochte ihr kleines Mädchen.

Eines Abends führte er seine Mutter zum Abendessen ins *Prime Rib* in der K Street aus. Davon hatte sie immer geträumt. Er bat um einen Tisch in der Nähe des Pianos, von wo aus sie den Mann im Smoking die Klassiker spielen und singen hören und die schönen Menschen an der Bar beobachten konnten. Seine Mutter wählte das Gericht, nach dem das Restaurant benannt war, er nahm ein New York Club-Steak, medium rare. Atmosphäre und Service waren tadellos, was Michael zu schätzen wusste, seitdem er selbst in einem Restaurant arbeitete. Seine Mutter schwebte im siebten Himmel.

Das Geld würde bald aufgebraucht sein. Es war nicht viel gewesen, nicht in der heutigen Zeit. Nicht genug, um sein Leben zu riskieren, das stand fest. Daran dachte Michael jedes Mal, wenn er zu Fuß zur Arbeit ging und an der Kreuzung Park und Sherman vorbeikam, wo Phil Ornazian in seinem Wagen ermordet worden war.

Aus allem, was passierte, musste man seine Lehren ziehen. Das hatte Michael sich zu Herzen genommen. Er war am Leben, und er würde seinen Weg gehen.

Sein Job im *District Line* war sicher. Nicht gerade eine Herausforderung, aber eine Arbeit, und er war dort akzeptiert und hatte eine zweite Familie gefunden. Trotz Angelos Valis' Beharren, dass Michael erst dann mehr Gehalt bekommen würde, wenn der Mindestlohn erhöht wurde, bekam er auf einmal mehr Geld. Eines Freitags stand einfach eine höhere Summe auf seinem Lohnzettel. Und er war krankenversichert. Es sah so aus, als hätte er hier einen Platz, solange er wollte. Erst mal war alles gut.

Aber er schaute nach vorn. Er hatte noch einmal mit Gerard über den Postjob gesprochen und sich ein Muster des Einstiegstests 473E runtergeladen, der größtenteils aus Gedächtnisfragen, Nummern, Postleitzahlen, Adressen, Routen und ähnlichem bestand. Er war zuversichtlich, den Test mit Bestnote zu bestehen. Das Führungszeugnis könnte zum Problem werden, aber Michael hatte vor, seinen

Anwalt Mr. Mirapaul aufzusuchen, um sich wegen seiner Vorstrafen zu erkundigen. Vielleicht konnte Mr. Mirapaul ihm helfen, die Einträge löschen zu lassen. Das würde dauern. Aber das machte nichts.

Er wollte die Einträge nicht nur wegen des Postjobs gelöscht haben. Er wollte außerdem ehrenamtlich arbeiten, was bedeutete, dass er mit Kindern zu tun haben würde. Und er hatte noch weitere Ideen. Wenn er sich am College einschrieb und ein paar Kurse absolvierte, an der UDC oder am Montgomery College drüben in Maryland, käme er vielleicht auf den Geschmack und könnte am Ende sogar einen Abschluss machen. Vielleicht irgendwann Lehrer werden. Literatur unterrichten.

Es war möglich. Auf jeden Fall.

Als Michael eines Abends aus dem Wall of Books in der Georgia Avenue trat, sah er Anna und ihren Mann an einem der Biertische im *Midlands* sitzen und reden. Sie wirkten ernst. Der Mann, Rick hieß er, trug eine Kappe mit der Aufschrift »Titleist«. Er trank Bier, Anna Wasser.

Michael verzichtete darauf, rüberzugehen und Hallo zu sagen. Es sah aus, als würden sie etwas Wichtiges besprechen, und er wollte sie nicht stören. Er dachte oft an Anna, hatte sie aber eine ganze Weile nicht mehr gesehen oder gesprochen. Im letzten Monat war er ab und an in ihre Gegend rüberspaziert und sich in der Hoffnung, sie würde auf ihrem Rad vorbeikommen, im Sportzentrum die Fußballspiele angeschaut. Aber das war nicht passiert, und es war besser so. Er wusste nicht, was er wollte, aber er wusste, dass es falsch wäre, die Dinge mit ihr voranzutreiben.

Er wollte ihr Leben nicht auf den Kopf stellen. Aber er vermisste sie.

Das nächste Mal begegnete er ihr abends im Restaurant. Sie holte eine vorbestellte Pizza ab, und er brachte saubere Gläser an die Bar. Sie stand an der Kasse, sah ihn und lächelte. Er ging zu ihr.

»Anna.«

»Michael. Wie geht's?«

»Bisschen warm da unten in der Küche. Aber mir geht's gut. Wenn ich so weitermache, werde ich noch der beste Tellerwäscher in der ganzen Stadt.«

»Läuft da ein Wettbewerb?«

»Gewissermaßen. Wie geht es dir?«

»Ich arbeite immer noch im Knast. Wir haben da jetzt eine richtige Bibliothek, in der die Gefangenen sich die Bücher ansehen können. Alles ist gut.«

Einen Moment lang schwiegen beide. Er sah ihr in die Augen.

»Im Ernst«, sagte sie. »Ist bei dir alles in Ordnung?«

»Ja. Ich überlege, mich für ein paar Collegekurse einzuschreiben. Vielleicht Englisch. Aber es ist ein Segen, diesen Job hier zu haben.« Seine Miene wurde ernst. »Ich weiß nicht. Vielleicht kauf ich mir eine Farm auf dem Land, so was in der Art. ›Und lebe in Saus und Braus.‹«

Anna lachte. »Das weißt du noch.«

»Wie könnte ich das vergessen?«, fragte er. »Du hast meine Nummer noch, oder?«

»Ja. Und du hast meine.«

»Wenn du je irgendwas brauchst, Anna, musst du mich nur anrufen. Du hast einen Freund hier in der Stadt, hörst du? Fürs Leben.«

»Und du auch«, sagte sie.

»Mach's gut, Anna.«

Michael wandte sich um und ging zur Wendeltreppe.

Anna ließ sich auf dem Nachhauseweg Zeit; sie wollte allein sein.

Sie war schwanger.

Wenn sie Michael das nächste Mal begegnete, würde der Bauch schon zu sehen sein, oder vielleicht würde sie auch mit Mann und Baby auf der Terrasse des *District Line* sitzen. Neben dem Tisch einen Kinderwagen, wie so viele andere. Wie all die anderen jungen Paare, die diesen nächsten Schritt gemacht hatten.

Rick, bisher überzeugter Stadtbewohner, sprach bereits davon, das Haus zu verkaufen und sich etwas Größeres »mit Garten« und

Platz »fürs Kind zum Spielen« in Maryland oder Northern Virginia zu suchen. Zweifelsohne in der Nähe eines Golfplatzes. Am Ende würde sie einen Kompromiss eingehen. Es war eine Partnerschaft. Es ging nicht allein darum, was sie wollte oder mochte.

Sie war nicht unglücklich. Sie wusste, dass sie ihr Kind lieben würde, und wollte eine gute Mutter sein, wie ihre eigenen Eltern. Trotzdem konnten diese Dinge, einmal in Gang gesetzt, nicht mehr ungeschehen gemacht werden. Sie sah ihren Weg vor sich.

Bei dem Gedanken an morgen besserte sich ihre Stimmung. Nicht das abstrakte Morgen, sondern die konkreten nächsten Tage. Sie bereitete den nächsten Buchclub vor und hatte den Karren für den allgemeinen Vollzug bestückt. Dort gab es einen jungen Mann namens Terrell, der sich immer mehr fürs Lesen interessierte. Sie hatte extra etwas für ihn ausgesucht, einen positiven Erinnerungsbericht über das Aufwachsen in einem früher berüchtigten Block am Hanover Place. Das Buch war von Tony Lewis Jr. und hieß *Slugg*. Sie war sicher, dass es Terrell gefallen würde.

Nicht alles war perfekt und würde es auch nie sein. Anna war mit einem Mann verheiratet, den sie liebte, und zusammen würden sie eine Familie gründen. Sie hatte ihre Arbeit. Und sie hatte in der Stadt einen Freund fürs Leben.

Michael hatte damit begonnen, in der Freizeit seine Gegend und sein Viertel zu verlassen und andere Ecken der Stadt zu erkunden. Er besuchte die renovierte Mount Pleasant Library, in der es fünfzigtausend Bücher gab, und die wunderschöne, von David Adjaye entworfene Francis Gregory Library in Ward Seven. In verschiedenen Büchereien nahm er an Diskussionsgruppen teil oder ging zu Filmabenden. Und zum ersten Mal in seinem Leben nutzte er das große Angebot an erstklassigen Kunstgalerien und Museen in D.C., deren Besuch kostenlos war. Er wuchs.

Eines Nachmittags im Frühsommer, als sich am Himmel dunkle Wolken zusammenzogen, machte er sich auf den Weg nach Petworth, um einen Roman abzuholen, den er in dem Buchladen in der Upshur Street bestellt hatte. Er hieß *True Grit.* Anna hatte ihm das Buch noch im Gefängnis empfohlen. Sie wusste, dass er Western mochte, und der hier, hatte sie gesagt, sei ein Klassiker.

Er bezahlte das Buch, eine Ausgabe der Overlook Press, und setzte sich auf eine Bank. Er schlug die erste Seite auf und las.

Heutzutage glaubt kein Mensch mehr, dass ein vierzehnjähriges Mädchen mitten im Winter sein Elternhaus verlassen könnte, um den Mord an seinem Vater zu rächen; aber damals erschien einem das nicht so seltsam – wenn ich auch sagen muss, dass es sicher nicht alle Tage vorkam. Ich war gerade mal vierzehn, als ein Feigling namens Tom Chaney meinen Vater unten in Fort Smith, Arkansas, über den Haufen schoss und ihm sein Leben, sein Pferd, 150 Dollar sowie zwei kalifornische Goldstücke raubte, die er im Hosenbund trug.

Michael klappte das Buch zu und rieb mit dem Daumen über den Umschlag.

Die Wolken brachen auf, erste Tropfen fielen. Da es nirgends einen Unterstand gab, machte Michael sich auf den Heimweg. Er steckte das Buch unter sein Hemd, schob die Strickmütze auf seinem Kopf zurecht und ging Richtung Süden. In Gedanken war er bereits bei dem Buch, bei der Verbindung von Geschichte und Erzählstimme. Es hatte ihn sofort gefesselt. Es hatte ihn an einen anderen Ort getragen.

Für Außenstehende war er einer von vielen, die wegen des Wetters schnellen Schritts ihres Weges gingen. Sie wussten nichts von seinem Seelenleben, von seiner Geschichte oder dass er gebürtiger Washingtoner war, mit einem festen Job, Familie und Freunden. Ein Bücherliebhaber. Ein Mann, der wusste, wer er war und wer er zu sein hoffte.

Ein Mann, der aufstieg.

Im Regen.

DANKSAGUNGEN

Dank an Danielle Zoller, Dave Constantine, Linnea Hegarty, Margaret Goodbody, Frazier O'Leary, Joe Aronstamn, Jon Norris, Betsy Willeford, Gerard Young, Paul Ruppert, Rick Kain, Mark Billingham und die vielen Insassen im Gefängnis von D.C., die mir über die Jahre hinweg einen Blick in ihre Welt gewährt haben. Außerdem möchte ich mich bei Reagan Arthur, Katharine Myers, Betsy Uhrig und Sabrina Callahan von Little, Brown bedanken, bei Josh Kendall von Mulholland Books, bei Emad Akhtar von Orion in Großbritannien, bei Robert Pépin von Calmann-Lévy in Frankreich, und bei Sloan Harris.

Die folgenden Organisationen leisten wichtige Arbeit und verändern oft Leben: der Free Minds Book Club, das Programm PEN/Faulkner Foundation Writers in Schools, die D.C. Public Library Foundation, das Innocence Project und Open City Advocates. Wer sie unterstützen will, kann online Informationen finden.

Wie immer ein Gruß an meine Leser: Ich weiß euch zu schätzen.